꼭 한번 가고 싶은
이스라엘

김종철 지음

베드로서원

꼭 한번 가고 싶은
이스라엘

이스라엘은 꼭 한번 가봐야 할 나라이다.

크리스천이든 크리스천이 아니든 상관이 없다.

　이스라엘이 종교 국가이며 기독교의 성지가 많은 곳이긴 하지만, 크리스천이 아닌 사람에게도 이스라엘은 여행지로서의 손색이 없다. 이스라엘엔 그 어떤 나라에서도 느낄 수 없는 흥미진진함이 곳곳에 있다.

　언제 어디서 폭탄이 터질지 모르는 팽팽한 긴장감이 감도는 곳도 있지만, 에일랏 같은 휴양지로 가면 지구상에서 스노클링을 하기에 가장 아름다운 홍해가 있어 세계에서 모여든 관광객으로 지상낙원이 따로 없을 정도이다. 긴장과 여유가 동시에 공존하는 희한한 나라, 뿐만 아니라 예루살렘의 신도시는 패션과 첨단기술의 경연장을 방불케 하지만, 신도시 바로 옆에 붙어 있는 올드시티 안에는 5천년 역사가 고스란히 저장되어 있는 거대한 타임캡슐과도 같다. 고대 문화와 현대 문명이 공존하는 재미있는 나라이기도 하다.

크리스천이라면 더더욱 이스라엘은 반드시 가 봐야 한다. 갈릴리에서 많은 사람들을 앉혀놓고 설교를 하셨던 그 자리, 분명 그 어느 곳에선가 발을 담그고 손을 담갔을 것 같은 갈릴리 호수, 예루살렘에서 무거운 십자가를 지고 거친 숨을 몰아쉬었을 고난의 길에서 묵상하는 예수님의 생애는 단순히 성경속의 이야기나 먼 나라의 오래전 이야기로만 끝나는 것이 아니라 실제 내 눈과 내 손과 내 가슴을 적시는 현실이 된다.

대중에게 설교를 하는 설교자라면 이스라엘은 필수적으로 다녀와야 한다. 아예 신학과정에 성지순례 코스를 필수과정으로 넣어야 하는 것이 아닐까 싶은 생각도 든다. 현지를 이해하지 못하고 읽는 성경은 어딘가 부족할 수밖에 없다. 현지를 느껴보지 못하고 공부하는 성경은 답답할 수밖에 없다. 크리스천이라면 해외로 여행을 가고 해외로 집회를 갈 계획을 세우기보다 먼저 이스라엘을 다녀와야 하지 않을까?

물론 성지순례를 다녀온 사람들 중에는 그다지 큰 감흥을 얻지 못하는 사람도 있다. 이스라엘을 가봐야 가는 데마다 돌만 쌓여있고, 까다로운 검문이 귀찮고, 날씨마저 더워 도무지 일주일 동안 뭘 보았는지 어딜 갔었는지 기억이 가물가물하다고 한다.

그러나 이스라엘 여행은 다른 나라와는 그 방식이 달라야 한다. 준비과정이 다르고 마음의 자세가 달라야 하고 현지에 가서도 바라보는 눈이 달라야 한다. 쌓여있는 돌이 아무런 준비 없는 사람의 눈에는 그저 아무 쓸모도 없는 돌에 불과할지 모르지만 그 돌의 의미를 알고 바라본다면, 아마 그

돌을 집으로 싸들고 오고 싶은 맘이 생길지도 모른다.

성경은 2차원이다, 그러나 성지는 성경을 바탕으로 한 3차원의 공간이 된다. 성지에서 성령님을 만난다면 그것은 4차원이 될 수밖에 없다. 하루에 서너 군데 들러서 사진만 찍고 오는 성지순례로는 절대 4차원의 여행이 될 수 없다. 미리 알고 준비하고 공부하고 떠난다면, 그곳에서 만나게 될 예수님의 숨소리와 성령님을 생각한다면 이스라엘 여행은 분명 또 하나의 아주 특별한 4차원의 여행이 될 것이다.

필자는 지난 10여 년 동안 이스라엘을 20여 차례 방문하면서 성서 속의 인물이 직접 땅을 밟고 숨을 쉬었던 현장을 직접 발로 찾아 다녀왔다. 그리고 그 현장을 노트북으로 기록하고 카메라로 담아왔다. 성지뿐만 아니라 성지에 살고 있는 유대인과 팔레스타인 사람들과 직접 부딪히며 그들의 이야기를 귀에 담아 왔다. 그곳에서 나는 살아계신 하나님을 만났고, 예수님을 만났으며, 나를 지켜주시는 성령님을 만났다. 성지 여행은 적자생존의 법칙이 강하게 작용하는 방송국에서 작가로 숨 가쁘게 살아온 내게 또 다른 차원의 성령수양회나 다름없었고 신앙적 위로가 되었다.

삶이 고단하고 힘든 분이 있다면 나는 과감히 이스라엘을 여행하라고 권하고 싶다. 좀 더 하나님의 사랑을 강하게 체험하고 싶은 분이 있다면 이스라엘에서 하나님을 만나기를 권하고 싶다. 물론 하나님은 이스라엘에만 계시지는 않는다. 하지만 흙과 바람과 바위와 물 하나하나가 모두 성경 속의 인물과 관련이 있는 곳에서 만나는 하나님은 더욱 구체적이 된다.

이스라엘은 단지 세계지도 속에 한 구석을 차지하고 있는 단순한 나라가 아니라 기독교 역사의 현장이자 성경의 현실적인 배경이다.

이 책을 읽고 성지를 찾아간다면 그 감동과 감격은 더 해질 것이며, 성지를 못 간다 하더라도 페이지를 넘길 때마다 마치 현장에 가 있는 듯한 느낌이 들 수 있을 것이다.

Contents

이스라엘 전도

ISRAEL

레바논

지중해

단
헤르몬산
빌립보

로시하니크리
야포
하이파
갈멜산
티베리아
가나
나사렛
다볼산
아폴라
나인
수넴
가이사랴
하데라
제닌

거라사
에인게브
요르단강 출입국 관리소

요르단

사마리아성
에발산
그리심산
세겜

텔아비브
욥바
벤구리온 국제 공항
로호벳
벧엘
아이
라마
아스돗
기브온
엠마오
라둔
여리고
알렌비 출입국 관리소
아스글론
예루살렘
쿰란
가자지구
벤세메스
헤브론
에인게디
사해

라파
카이로 방면
라파 출입국 관리소
브엘세바
마사다
아랏
호르마
소알
아로엘
다말
소돔

이집트

팀나

에일랏
아라바 출입국 관리소
티바 출입국 관리소
아카바
홍해
시내산 방면

예.루.살.렘.

살렘에는 예수님이 십자가를 지고 가신 비아 돌로로사, 예수님의 무덤이 있는 성분묘교회, 통곡의 벽 등 기독교, 유대
성지와 황금사원 같은 이슬람의 중요성지가 함께 자리 잡고 있다.

예루살렘 *Jerusalem*

오천 년 역사의 도시

예루살렘은 해발 600m에서 700m의 높은 지대에 위치해 있다. 그래서 이스라엘의 서쪽 지중해 근처에 있는 텔아비브의 벤구리온 공항에서 내려 예루살렘으로 가다 보면 약 한 시간 동안 계속해서 차가 위쪽으로 달려가고 있다는 것을 느낄 수 있으며 사람에 따라서는 귀도 먹먹해 지는 것을 경험하게 된다.

한 여름인 7월에서 9월까지는 40도를 웃도는 무더위와 비 한 방울 내리지 않다가도 겨울에는 비가 내리기도 하고 또 몇 년에 한 번씩은 함박눈이 내려 장관을 이루기도 한다.

눈이 내리는 예루살렘… 아마도 눈이 하얗게 내린 예루살렘을 상상해 본 사람은 그다지 많지 않겠지만, 어쩌다 한 번씩 눈이 내리면 예루살렘의 사람들은 거리로 뛰어나와 눈싸움을 하기도 한다.

예루살렘은 이스라엘의 중간 위치에 있어서 북쪽의 라말라, 사마리아, 갈릴리와 남쪽의 베들레헴과 헤브론, 그리고 네게브 사막과 항구도시 에일랏으로 가는 중심도시이다.

현재 예루살렘은 크게 올드시티(Old city)와 뉴시티(New city)로 나뉘어져 있는데, 뉴시티는 20세기에 들어서면서 새로 생긴 신도시로 56만 명의 인구가 살고 있으며, 각종 관공서 건물과 호텔, 상업용 빌딩, 고속버스터미널, 유대인 거주지구 등이 자리 잡고 있어 도시로서의 기능을 잘 감당하고 있다. 특히 뉴시티 중에서도 토요일 밤이면 젊은이들로 북적이는 벤야후다 거리는 마치 우리나라의 대학로나 강남의 거리를 보는 듯한 착각을 준다.

그러나 예루살렘 도시 속의 또 다른 도시, 도시 속의 섬이라고 할 수 있는 올드시티는 총 길이 6km의 길이로 된 성벽으로 둘러싸인 3천 년 역사의 오래된 도시로 마치 도시 전체가 박물관이나 타임캡슐과도 같은 곳이다.

성벽 하나를 사이에 두고 올드시티 안에는 그 옛날의 풍광을 그대로 간직한 듯 전혀 개발되지 않아 복잡하게 느껴지기도 하지만 이 도시에는 예수님이 십자가를 지고 가신 비아 돌로로사, 예수님의 무덤이 있는 성분묘교회, 통곡의 벽 등 기독교, 유대교의 성지와 황금사원 같은 이슬람의 중요성지가 함께 자리 잡고 있다.

그리고 올드시티는 가로 약 1km 세로 약 1km밖에 안 되는 아주 작은 도시이지만, 약 2만 명의 사람들이 살고 있으며 천여 개의 골목이 있고 3천여 개의 크고 작은 상점들이 빽빽하게 모여 있다.

이곳에는 세계에서 찾아온 수많은 성지순례자와 여행자들에게 물건을 팔기 위해 장사를 하는 팔레스타인 사람들, 그리고 그 속을 비집고 유적지를

에루살렘 전경

찾아 몰려다니는 단체 순례자들, 황금사원으로 기도하기 위해 찾아가는 수
많은 모슬렘인들, 한 여름에도 검은 코트와 검은 털모자를 쓰고 통곡의 벽을
찾아가는 유대인들이 서로 어깨를 부딪치며 혼재해 살아가고 있다.

다윗의 도시에서 십자군의 도시로 다시 이슬람의 도시로

예루살렘은 지금으로부터 3천 년 전 여부스라는 민족이 모여 살고 있
었는데, 다윗이 헤브론에서 이스라엘의 두 번째 왕이 된 후 제일 먼저 이곳
을 점령하게 된다.

다윗에 의해서 새롭게 건축되기 시작한 예루살렘 성은 지금까지 보존

되고 있는 예루살렘 성보다는 훨씬 작은 규모였다. 그 후 솔로몬 왕은 다윗 성보다는 조금 더 큰 규모로 넓히게 되고 예루살렘은 남유다의 수도로 명분을 유지하다가 바빌론에 의해 파괴되면서 예루살렘 사람들이 모두 바빌론에 끌려가 노예생활을 하는 이른바 바빌론 유수가 시작된다.

그 후 기원전 539년 바빌론이 멸망하면서 노예생활을 하던 예루살렘 사람들이 다시 고향에 돌아오지만, 이미 그곳에는 아무것도 남아있지 않았다. 다시 예루살렘을 재건하기 시작한 이스라엘 백성들은 또 다시 페르시아와 알렉산드리아의 지배를 받다가 예수님 당시에는 로마제국의 식민지가 되고, 결국 A.D. 70년에는 예수님이 예언하셨던 것처럼 돌 위에 돌 하나 남지 않을 정도로 쑥대밭이 되고 만다.

이렇게 이스라엘 백성들이 떠나버린 예루살렘 땅에는 그 주변에서 유목민으로 생활하고 있었던 팔레스타인 사람들이 찾아와서 정착하기 시작한 것이 지금까지 이르게 된 것이다.

그 후로 예루살렘은 4세기경 로마의 콘스탄틴(Constantine) 대제의 어머니 헬레나 여사의 방문에 의해 기독교적인 부흥기를 잠시 맞이하게 되지만 예루살렘은 이슬람의 도시로 변하게 된다. 이슬람 종교의 창시자인 모하메드(Mohammed)가 예루살렘에 찾아와 하늘로 승천을 했다고 했기 때문이다. 이슬람의 성지, 이슬람의 도시가 되어 버린 예루살렘, 그것을 또 못마땅하게 여긴 것이 바로 유럽의 십자군이었다. 유럽 각지에서 출발한 십자군들은 예루살렘의 이슬람 군대를 몰아내고 또 다시 기독교의 도시가 되었다. 하지만 이것 역시 오래 가지는 못했다.

13세기 중반에는 이집트의 마믈룩(Mame-luke)이 이곳을 정복하게 되고, 16세기에는 오스만 터키가 예루살렘을 정복하여 19세기까지 터키의 지배 국가가 되었다. 현재 예루살렘의 올드시티를 감싸고 있는 그 성벽도 16세기 오스만 터키에 의해서 세워진 성벽들이다.

1967년, 6일 전쟁으로 이스라엘은 예루살렘을 탈환했지만, 현재 유대인과 팔레스타인과 여러 민족이 같이 살고 있다.

이렇듯 예루살렘은 예수님 이후로 2천 년 동안 20여 차례나 주인이 바뀌었고, 10여 차례나 완전히 파괴되는 등 비운의 역사를 갖고 있다.

피로 되찾은 예루살렘

예루살렘은 과연 누구의 땅일까? 다윗이 정복하기 전에 살고 있었던 여부스 민족의 땅일까? 아니면 이스라엘의 두 번째 왕 다윗이 성을 세웠기에 이스라엘의 땅일까? 이렇게 말한다면 그 후로 예루살렘을 정복했던 바빌론의 땅이 될 수도 있고, 로마의 땅일 수도 있고, 오스만 터키의 땅일 수도 있다. 하지만 현재는 이스라엘의 땅이 되었다. 그것은 1967년에 있었던 6일 전쟁 이후에 이뤄진 일이다.

이스라엘 민족은 A.D. 70년에 로마에 의해서 멸망한 이후 그로부터 2천 년 동안 디아스포라(Diaspora) 생활을 해오면서 나라 없는 설움을 아주 톡톡히 당해야만 했다. 그런 후 1948년 8월 15일, 텔아비브에 이스라엘을 건국하였지만, 그때까지만 해도 예루살렘을 자기들의 영토로 삼지 못하고 있었다.

1967년 6월 5일 새벽, 마침내 이스라엘은 예루살렘 탈환작전을 펼치게 된다. 그에 앞서 이스라엘이 공격한 곳은 이스라엘의 남쪽 접경국가 이집트였다. 텔아비브의 공군기지에서 발진한 전투기들이 아무런 전쟁준비를 하지 않고 있던 이집트의 시나이반도의 하늘을 누비며 폭탄을 쏟아 부었다.

그런데 이집트의 방송은 그 같은 사실을 감춘 채 이스라엘이 시나이반도를 침공했지만 곧바로 이집트의 용맹한 전차 부대들이 이스라엘 군대를 상대로 용감하게 싸워 퇴각시켰다는 거짓된 내용을 내보냈다.

이런 잘못된 방송은 시나이반도 구석구석에 있었던 이집트의 군사들에게 잘못된 판단을 하게 했다. 안심하고 있던 이집트 군인들은 느닷없이 밀고 들어오는 이스라엘 전차로 인해 도주의 기회를 놓쳐 일부는 죽음으로, 일부는 포로로 끌려갔다.

어떤 벙커는 이미 이집트의 군인들이 모두 도망쳐서 본국에서 애타게 부르는 무전기 소리만이 찍찍거리고 있었고, 그 무전기를 집어든 이스라엘 군인들은 히브리어로 조롱까지 해 댔다. 시나이반도는 순식간에 거대한 묘지로 바뀌어버렸다.

또한 잘못된 방송은 이집트와 동맹 국가였던 시리아와 요르단에게도 잘못된 판단을 하게 했다. 이 두 나라는 늘 이집트와 요르단과 시리아 사이에 끼어들어 불편하게 했던 이스라엘을 이번 기회에 이집트와 합세하여 반드시 팔레스타인 땅에서 내쫓아버리겠다는 일념으로 먼저 요르단이 공격을 시작했다.

그때가 이스라엘이 이집트 공격을 시작한 뒤 6시간 만이었다. 단 하루 만에 그 넓은 시나이반도를 접수한 이스라엘 군대는 이번에는 예루살렘의 올드시티에서 공격해 오는 요르단 군대를 향해 총구를 돌렸다. 그 당시만 해도 올드시티는 요르단의 영토였지만 이스라엘로서는 그 옛날 솔로몬의 성전이 있던 자리며 통곡의 벽 등을 반드시 빼앗아야만 했기에 요르단의 공격으로 인해 그 빌미를 잡은 것이다.

하지만 예루살렘의 올드시티는 시나이반도와는 물리적으로 분명히 다른 상황이었다. 수백 년 전에 지어진 성벽과 미로처럼 구불구불하고 언덕으로 이뤄진 올드시티에는 시나이반도에서처럼 전투기로 공격을 할 수도 없었고, 골목이 너무 좁아 전차도 밀고 들어갈 수 없었다.

더군다나 이집트의 지리멸렬한 군인들과는 달리 미국제 무기와 잘 훈련된 요르단의 군인들이 골목 구석구석에서 숨어 기총사격으로 저지하는 바람에 이스라엘 군인들의 공격은 말처럼 쉬운 일이 아니었지만 이스라엘 군인들은 장갑차와 탱크에서 뛰어내려 시가전을 벌이며 조금씩 조금씩 예루살렘의 올드시티 안으로 들어가 마침내 30시간 만에 올드시티를 점령하게 된다.

결국 이스라엘의 공격이 시작된 이후 4일 만에 이집트는 UN의 중재안을 받아들이며 시나이반도를 이스라엘에 내주는 조건으로 휴전에 합의했다. 한마디로 이집트는 순식간에 군사력 80%를 상실한 채 백기를 들고만 셈이다.

나중에 이스라엘은 그 넓은 시나이반도를 영토로 확보한 것은 물론이거니와 시나이반도에서 노획한 소련제 탱크들을 외국으로 수출하여 돈까지 벌게 되는 일거양득의 소득을 얻게 되었다.

요르단과의 예루살렘 전투는 이스라엘로서도 죽음의 전투였다. 얼마나 많은 이스라엘 병사들이 죽어갔는지 경사진 골목마다 검붉은 피가 빗물처럼 흘러내렸으며 몇날 며칠 동안 피비린내가 가시지 않을 정도였다고 한다. 그러나 반드시 통곡의 벽을 차지하겠다고 맘먹은 이스라엘 군인들이 마침내 통곡의 벽 앞에 섰을 때 그들은 철모를 벗고 "하나님, 이제야 우리가 성전 벽 앞에 섰습니다"라고 통곡을 하였다.

예루살렘을 점령한 이스라엘 군대는 이번에는 방향을 바꿔 요르단의 영토였던 나블루스와 베들레헴, 그리고 헤브론까지 진격해 들어갔다. 이곳에서의 전투는 예루살렘만큼 치열하지는 않았고 개전 50시간 만에 이스라엘 군대가 점령할 수 있었다.

6월 5일 시작된 전쟁은 결국 10일 저녁, 개전 후 6일 만에 모든 것이 끝났다. 현대사에서 두 번 다시는 일어날 것 같지 않은 이 기적 같은 전쟁으로 이스라엘은 본토 면적의 여섯 배에 달하는 4만 7천 평방마일의 새로운 영토를 획득하였고 시나이반도, 골란고원, 예루살렘 올드시티를 비롯한 웨스트뱅크에 정착민촌을 만들었다. 그러나 무엇보다도 이스라엘에게 있어서 가장 중요한 획득은 민족의 성지, 예루살렘을 다시 되찾았다는 것이다. 그때부터 예루살렘은 현재 이스라엘의 영토가 되었다.

파이처럼 4등분이 되어 있는 예루살렘

앞에서 설명했듯이 예루살렘은 크게 뉴시티와 올드시티 두 도시로 나뉜다. 뉴시티는 그야말로 1940년대 이스라엘 건국 이후로 세워진 신시가지이고, 올드시티는 1600년대 오스만 터키에 의해 세워진 가로 세로 1km 둘레 약 6km의 성안에 이뤄진 도시를 말한다.

올드시티에는 성경에 등장하는 여러 가지 주요 사건의 배경이 되었던 오래된 건물과 유적지가 많은 곳이다. 그런데 특이하게도 현재 올드시티에는 눈으로 확연히 들어나는 서로 다른 분위기의 세상이 공존하고 있다. 팔레스타인 사람들이 모여 사는 아랍 구역(Alab Quarter)과 크리스천들이 모여 사는 크리스천 구역(Christian Quarter), 그리고 아르메니안 사람들이 모여 사는 아르메니안 구역(Armenian Quarter)과 유대인들이 모여 사는 유대인 구역(Jewish Quarter)으로 나뉘어져 있다.

물론 이 구역들 간에는 특별한 경계선이나 담장 같은 것은 없다. 그저 작은 골목 하나 사이로 이렇게 서로 다른 사람들이 모여 살면서 각기 다른 문화를 이뤄가기 때문에 눈으로 보는 것만으로도 서로 다른 모습을 볼 수 있다. 이들 지역은 오랜 세월동안 각자의 동족과 문화를 이룬 사람들이 모여 살면서 나름대로의 독특한 분위기가 형성되어 있는데 이곳을 여행하는 관광객들은 아무런 제재 없이 자유롭게 드나들 수 있지만, 이곳에 사는 사람들은 서로의 구역을 찾지 않는다.

아랍 구역에 가면 개발되지 않아 타임머신을 타고 수백 년 전으로 날아간 듯한 역사 속의 도시를 거니는 느낌이 든다. 이곳은 복잡한 재래시장이 있고, 곳곳에 남루한 옷을 입은 팔레스타인 어린아이들이 뛰어다니며 놀기

△아랍 구역   △아랍 구역의 여인

도 한다. 여기저기 할일 없이 배회하는 팔레스타인 청년들, 그리고 떼를 지어 몰려다니는 성지순례자들을 향해서 물건을 사라고 호객을 하는 팔레스타인 상인들의 왁자지껄한 목소리가 정신없게 만든다.

아랍시장에는 가죽이 벗겨진 채 늘어져 있는 양고기를 볼 수 있고, 아랍사람들이 좋아하는 젤리와 과자들, 그리고 얼핏 보기에도 촌스러운 옷가지들과 중국제품인 듯한 카세트와 전기청소기 등을 파는 가전제품 가게도 있다. 마치 1970년 서울 외곽지역의 재개발 대상인 산동네를 다니는 듯한 착각이 들기도 한다.

하지만 골목 하나를 지나 유대인 구역에 가면 얘기는 달라진다. 유대인 구역의 건물들은 아랍 구역의 건물들과는 다르게 예쁘게 건축된 건물들이 있고 거리도 잘 정돈되어 있어 깨끗하다. 마치 서울의 부촌 골목을 다니는 듯한 느낌이 들 정도이다. 이곳에는 아랍 구역에서는 보기 힘든 현대화된 슈퍼마켓도 있고, 젖은 손을 말릴 수 있는 기계가 설치된 자동수세식공중화장실과 은행, 우체국, 보석가게, 피자가게, 햄버거가게 등 패스트푸드 음식점도 있다. 국제전화를 걸 수 있는 공중전화 박스도 있고, 유럽의 노천카페 거리와 같은 야외 파라솔이 즐비한 곳에서 한가롭게 콜라와 커피를 마시고 있는 유대인들도 만날 수 있다.

그런가 하면 크리스천 구역은 예수님께서 십자가에 매달린 골고다 언덕과 시신을 묻었다는 무덤이 있는 곳이라 전 세계에서 찾아온 성지순례자들의 발걸음이 끊이지 않아 늘 북적거리고, 그 순례자들을 대상으로 기념품을 파는 가게들이 즐비한 곳이다. 이곳은 한마디로 관광객을 위한 구역이라고 해도 틀린 말은 아닐 것 같다.

아르메니안 구역은 찾는 사람이 그다지 많지 않아 늘 한적하여 마치 동

아르메니안 구역

구유럽을 방문한 듯한 독특한 분위기가 나는 곳이다.

그래서 나는 예루살렘에 가면 올드시티로 가서 아랍 구역에 있는 숙소에 여장을 풀곤 한다. 예루살렘의 뉴시티에 있는 호텔에 가면 시설이야 좋을지 모르지만 그 가격이 만만치 않기 때문에 올드시티에 있는 유스호스텔로 찾아간다. 그곳은 일단 우리나라 돈으로 3천 원에서 5천 원밖에 하지 않는 숙박비만 지불하면 되기 때문이다.

물론 뉴시티에 있는 호텔에 비하면 그다지 시설이 좋지 않지만, 여행에서 오는 피곤을 푸는 데는 부족하지 않다. 그곳에도 샤워장과 수세식 화장실이 있으며, 텔레비전을 볼 수 있는 다이닝 룸과 방안에 2층 침대가 대여섯 개씩 있어 여행자들끼리 주고받는 정보도 무시할 수 없기 때문이다.

특히 내가 아랍 구역에서 자주 머무는 숙소는 여관을 시작한지가 천 년이 흐른 건물로 유서가 깊은 곳이다. 천 년의 세월동안 수많은 여행자들과 낙타에 갖가지 물건을 싣고 실크로드를 따라 이곳까지 찾아온 대상들이 머물렀을 여관에서 나도 하룻밤을 잔다는 것이 얼마나 기분이 묘한지 모른다. 여관 문을 열고나서면 코앞이 바로 아랍시장으로 수많은 사람들이 물건을 사고파는 삶의 현장을 만날 수 있다는 감격은 경험해보지 않은 사람은 느낄 수 없는 감흥으로 다가온다.

혹 햄버거와 패스트푸드를 먹고 싶다거나 은행에 볼일이 있고 우편엽

서라도 보낼라치면 걸어서 몇 분 거리의 유대인 구역을 찾으면 된다. 그리고 예수님께서 겪으신 십자가의 피 흘림을 생각하며 묵상을 하고 싶다면 또 다시 걸어서 몇 분 거리의 크리스천 구역을 찾으면 된다. 혼자 조용히 오래된 도시의 골목길을 산책하며 세월의 저 건너편을 걷고 싶다면 아르메니안 구역을 찾아가면 되니 올드시티는 참으로 다양한 문화와 세상이 공존하는 곳이다.

현대 유대인의 사는 모습

올드시티 안에서 살고 있는 유대인들은 단순한 시민이라고 보기보다는 모든 사람들이 종교인이라고 해도 틀리진 않을 것 같다. 남자들은 한결같이 머리엔 키파라고 하는 모자를 쓰고 있고 항상 검은색 코트를 입고 있다.

물론 유대교 안에서도 약간씩의 종파적 차이가 있고 그것이 복장에서 차이가 나기도 한다. 그래서 어떤 사람은 한낮의 더위가 30도를 웃도는 한여름에도 보기만 해도 가슴이 턱턱 막힐 것 같은 두꺼운 털코트에 무게도 꽤 나갈 것 같은 맷돌만한 검은색 모자를 쓰고 다니기도 한다. 그런 복장을 하고 땀을 뻘뻘 흘리며 어디론가 걸어가는 유대인들을 보면 안쓰러울 정도지만 그들이 갖고 있는 신앙의 힘이 얼마나 대단한가 하는 생각을 하게 된다.

반면 유대인 여자의 복장은 항상 머리에 모자를 쓴다. 이건 아이나 어른이나 마찬가지인데, 유대인 남자들이 머리에 키파를 쓰는 것과 똑같이 여자들도 머리카락을 감춘다. 그리고 역시 검은색 원피스나 투피스를 입는다. 유대인 남자들과 여자들이 모두 머리에 모자를 쓰고 머리카락을 감추는 이

유는 내 머리 위에 바로 하나님이 계시기 때문에 자신의 머리를 노출시킬 수 없어서 그 사이를 가리는 것이다.

그리고 유대인들의 집 입구에는 문틀에 작은 나무막대기 같은 것이 붙어있다. 이것은 메주자(Mezuzah)라는 것인데, 옛날 이스라엘 백성들이 이집트에서 노예생활을 하다가 모세에 의해 출애굽을 시도할 때 하나님께서 이집트에 있는 모든 장자를 죽이는 재앙을 내렸다. 그때 그 재앙을 피하기 위해서 이스라엘 백성의 집에는 문설주에 양의 피를 발라 표시를 했던 것을 기념하기 위해 지금도 유대인의 집 입구에는 반드시 메주자를 붙여 놓는다.

이 메주자에는 하나님에 대한 의무를 잊지 않으려고 성경구절(신 6:4~9, 11:13~21)이 새겨져 있는데, 가정집뿐만 아니라 사무실, 공공기관, 백화점, 슈퍼마켓 등 유대인이 운영하는 모든 상점의 입구에는 반드시 메주자가 붙어 있다.

그래서 그 메주자만 봐도 '아! 이집은 유대인의 집이구나' 하는 것을

△회당에서 기도하고 있는 유대인　　　　△전통 의상을 입은 유대인

금방 알 수 있다. 그리고 유대인들은 집이나, 상점이나, 사무실에 드나들 때에는 반드시 메주자에 손을 갖다 대고 기도를 하며 지나간다.

안식일 이야기

이스라엘에 가게 되면 가장 유의해야 할 것이 바로 요일 개념이다. 예루살렘의 올드시티 안에는 유대인과 아랍인인 팔레스타인 사람들, 그리고 크리스천인과 아르메니안 사람이 한꺼번에 살고 있기 때문에 이들이 사용하고 있는 휴일이 모두 제각각이다.

일단 아랍인들은 금요일이 휴일이고, 유대인들은 토요일이, 그리고 크리스천인들은 일요일이 휴일이다. 즉, 예루살렘은 금요일, 토요일, 일요일이 휴일이 되는 셈이다. 물론 그들이 모여 살고 있는 지역에 따라서 휴일이 적용되는 것이긴 하지만 조금이라도 요일 개념을 잊고 있으면 낭패를 보기가 쉽다.

그중에서도 이스라엘 전체를 움직이는 유대인들의 안식일인 토요일은 모든 것이 올 스톱 된다고 보면 된다. 일단 공항이 문을 열지 않는다. 요즘같이 국제화 시대에 토요일이나 일요일을 가리지 않고 비행기가 뜨고 내려야 하지 않을까 하는 생각이 들지만 이스라엘에서는 안식일인 토요일에는 절대로 비행기가 뜨거나 내리지를 않는다.

일단 공항의 관제탑에 사람이 출근을 하지 않으니 비행기가 뜨고 내릴 수도 없고, 공항문 자체를 잠가 버리니까 사람들이 공항에 들어갈 수도 없다. 국제공항도 이 정도인데 다른 곳은 오죽할까? 버스도 기차도 전혀 운행을 하지 않는다. 심지어는 안식일에 적이 공격을 해 와도 전혀 반격을 하지 않는 것이 바로 이스라엘의 군대이다. 정말 지독하다 싶을 정도로 철저하게 안식일을 지키는 것이 바로 이스라엘 사람들이다.

언젠가 안식일에 예루살렘 골목길을 걸은 적이 있었다. 그때 한 유대인 할아버지가 나를 불러 세웠다. 그리고는 그 할아버지의 집안으로 나를 데리고 들어가서 냉장고의 전기 코드가 콘센트에서 빠졌으니 나보고 대신 꽂아달라고 부탁을 하였다. 자기는 유대인이니까 안식일에는 일을 할 수 없다는 것이었다.

이렇게 유대인들은 안식일에는 절대로 일을 하지 않는다. 그렇다면 그들이 이야기하는 일이란 무엇일까? 내가 어떤 행동을 함으로써 상황이 변화되는 것을 말한다고 한다. 그래서 그들은 안식일에는 엘리베이터의 버튼을 누르지도 않고, 전화를 걸거나 걸려오는 전화도 받지 않는다. 책은 읽을 수는 있지만 글은 쓸 수는 없다. 나무와 화분에 물을 주어서도 안 된다. 꽃의 향기를 맡을 수는 있지만 과일의 향기는 맡을 수 없다. 과일향기를 맡게 되면 먹고 싶은 충동이 생기기 때문이다. 집으로 오는 우편물을 뜯어보아서도 안되고, 휘파람은 불어도 되지만 악기를 연주해서는 안 된다.

한마디로 뭐는 해도 되고 뭐는 해서는 안 되고… 이런 기준이 꽤나 복잡하고 까다로운 것이 바로 예루살렘의 유대인들이 살아가는 방식이다.

예루살렘의 까다로운 검문검색

예루살렘의 거리를 걷다보면 자주 만나게 되는 것이 이스라엘의 군인들이다. 그들은 경계 태세로 실탄이 장전되어 있는 총을 옆구리에 차고 지나가는 사람들을 감시하는 군인도 있고, 또 각자의 근무지로 출퇴근하는 군인들도 많이 볼 수 있다. 물론 이렇게 출퇴근하는 군인들도 실탄이 장전된 총을 소지하고 있다.

그런가 하면 곳곳에서 검문검색을 하는 군인들도 많이 볼 수 있다. 검문검색은 특정인만 하는 것은 아니다. 어느 누구나 다 예외 없이 똑같이 검문검색을 받게 된다. 그래서 예루살렘을 처음 방문하는 여행자들의 경우 이런 검문검색이 조금은 짜증스러울 수 있다.

하지만 그곳에 살고 있는 유대인들은 이 정도의 검문검색쯤은 아무렇지 않게 당연하게 받아들이고 있다. 검문검색은 말 그대로 안전을 위해서 하기에 그 정도의 불편은 감수해서라도 안전을 보장 받고 싶다는 것이다.

그러면 예루살렘의 검문검색이 어느 정도로 까다롭고 복잡할까? 일단 백화점에 가면 백화점 입구에서 한차례의 검문검색을 받아야 한다. 검문하는 사람이 입장객의 가방을 열어서 그 안에 뭐가 들어 있는지 일일이 다 확인을 한 후 검문 받은 사람은 주머니 속에 있는 소지품들을 모두 꺼내서 보여주고 검색대를 지나야 한다. 그렇게 백화점 안에 들어간 다음 또 다시 각 매장에 들어갈 때마다 또 다른 검색대를 지나야 한다.

카페에 들어가서 차 한 잔 마시려고 해도 카페 입구에서 검문검색을 받아야 한다. 그런데 조금 의아스러운 것은 커피를 마시고 계산을 할 때 손님에게 검색비를 따로 청구해서 받는 것이다. 검문으로 인해 손님들을 귀찮게 했으니 커피 값을 깎아줘야 하는 것이 아닐까? 그러나 카페에서 안심하며 커피를 마실 수 있도록 모든 손님들을 철저히 검문검색 했으니 그 검색비를 청구하는 것을 당연하게 여긴다.

모든 카페가 이렇게 검문검색을 하는 것은 아니지만, 놀랍게도 검색비를 내는 카페에 손님들이 더 많다는 것이다. 그만큼 예루살렘 사람들은 폭탄테러의 공포가 심하다는 말이다.

요즘은 그러지 않는다고는 하는데 예전에는 유대인들이 타는 시내버스에 팔레스타인 사람을 꼭 한명씩 태우고 다녔다고 한다. 이 버스에는 유대인뿐만 아니라 팔레스타인 사람도 타고 있으니까 폭탄테러를 하지 말라는 무언의 메시지라는 의미이다.

잊을 만하면 폭탄테러가 발생하는 곳 예루살렘… 그만큼 폭탄테러가 많이 생기고, 그래서 그곳은 어쩔 수 없이 검문검색이 심해질 수밖에 없는 곳이다. 긴장과 공포, 그리고 순례자의 찬양과 기도 이런 것들이 한데 어우러져 있는 곳이 예루살렘의 현재의 모습이다.

예루살렘의 팔레스타인 사람들

예루살렘에는 예수님께서 십자가를 지고 가신 비아 돌로로사가 있다. 예수님께서 빌라도에게 사형선고를 받고 무거운 십자가를 지고 골고다 언덕까지 가셨던 그 길이 예루살렘의 올드시티 안에 있는 팔레스타인 구역에 있다. 그래서 예루살렘에 가서 십자가의 길을 따라가다 보면 좁고 경사진 골목길로 이어지는데, 이곳에는 지금도 수많은 팔레스타인 사람들이 재래식 시장 형태로 상점을 운영하고 있다.

팔레스타인 사람들은 이곳에서 갖가지 부식재료와 옷가지, 그리고 생활필수품들을 사기 위해 몰려든다. 옷이나 생필품의 질은 많이 떨어지고 어떤 물건들은 조잡하기 이를 데 없다. 나도 그곳에서 카메라 건전지 같은 것을 많이 구입해 봤는데 한 시간을 넘기지 못하는 경우가 많았다. 물론 값싼 중국산 물건도 많다.

하지만 한 가지 정말 좋은 것은 팔레스타인 상인들이 파는 과일값이 무척 싸다는 것이다. 토마토나 오렌지, 포도, 무화과 같은 과일들을 우리나라 돈으로 약 천 원이면 한 봉지를 살 수 있다. 또한 야채도 무척 싸고 신선하다. 그리고 이곳은 사람이 많고 복잡하여 10m를 지나려면 5분정도 시간이 걸릴 정도이지만 팔레스타인들이 살아가는 모습을 볼 수 있어서 참 재밌는 곳이라 생각이 든다.

해가 지고 저녁 6시쯤 되면 그 복잡하던 예루살렘의 골목들이 깨끗하게 정리가 된다. 마치 언제 복잡했었느냐는 듯이 모든 상점들이 문을 닫는데 특이한 것은 상점의 문이 하나같이 철문으로 되어 있으며 모든 철문들이 똑같이 생겼다는 것이다. 그리고 그 철문은 아무리 총을 쏴도 뚫리지 않을 것처럼 아주 튼튼해 보인다. 그래서 밤에 예루살렘의 골목에 잘못 들어서면 어디가 어딘지 전혀 구분할 수 없을 정도이다. 나도 처음에는 몇 번이나 골목에서 길을 잃어 헤맨 적이 있었다.

그러면 그들은 어디서 사는 걸까? 예루살렘의 뒷골목에는 사람이 살 것 같은 가정집이 보이질 않는다. 모두 높은 돌담으로 되어져 있고 가정집 창문 같은 것도 보이지 않는다. 그런데 놀랍게도 그 철문들을 통해서 안으로 들어가면 예루살렘은 또 다른 세상을 보여 준다. 그 안에 팔레스타인 사람들의 집이 나오는 것이다. 겉으로 보기엔 전혀 가정집이 있을 것 같지 않은 분위기였지만 그 안으로 들어가면 작은 정원도 있고, 거실도 있고, 주방도 있고, 아이들 방도 있다.

그들은 자기들의 공간을 외부에서 볼 수 없도록 담을 높이 쌓아 올린다. 그리고 작은 철문만 안에서 굳게 닫으면 절대로 외부인이 들어올 수 없게 나름대로 폐쇄적인 생활을 하고 있다. 왜 그렇게 사는 것일까? 그들은 예전에는 그렇게 살지 않았을 것이다.

그러나 6일 전쟁 이후, 이스라엘이 예루살렘을 점령한 이후에 시도 때도 없이 들이닥치는 이스라엘 군인들을 막기 위해서 이렇게 주택 구조가 변한 것이 아닌가 생각이 든다.

1,3〉팔레스타인 사람들   2〉팔레스타인 아이들

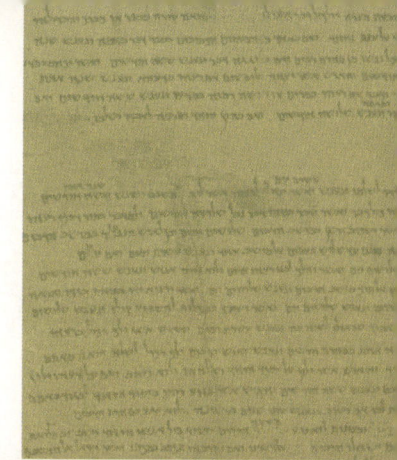

예루살렘의 랜드마크
황.금.사.원.

렘인이 꼭 한번 방문하고 싶어 하는 이슬람의 성지인 동시에 또 유대인들이 이 황금사원이 사라져 버리고 그곳에 성
ㅣ 세워지기만을 바라는 곳인 황금사원은 유대인과 모슬렘인 사이에 서로 양보할 수 없는 곳이다.

예루살렘의 랜드마크
황금사원 DOME OF ROCK

작은 언덕 모리아산

예루살렘을 한눈으로 바라보기 위해서 방문자들이 꼭 들리는 곳이 바로 감람산이다. 해질 무렵 감람산 꼭대기에 올라가서 한눈에 들어오는 예루살렘을 바라보면 그 모습이 얼마나 아름다운지 모두들 감탄사를 연발하지 않을 수 없게 된다.

오밀조밀 밀집되어 있는 예루살렘 안의 작은 건물들, 그리고 그 건물들을 모두 품안에 감싸듯 빙 둘러 서 있는 예루살렘 성벽과 왼쪽으로 멀리 보이는 시온산, 그 중에서도 예루살렘의 한가운데에 버티고 서 있는 황금색의 둥그런 돔(dome) 형태의 지붕은 예루살렘 전경의 정점을 찍는다. 이 황금색 지붕의 건물이 바로 예루살렘의 상징, 랜드마크라고 할 수 있다. 이 황금색 지붕은 특히 이른 새벽이나 해질 무렵에는 비스듬히 떠 있는 햇빛을 받아 아름답기 그지없는데 이 지붕은 실제로 500kg의 황금을 사용했다고 한다.

성경의 주요무대가 되고 있는 예루살렘에 그것도 한가운데 왜 이런 이슬람 사원이 당당하게 자리를 잡고 있으며, 왜 예루살렘의 상징이 되어 있을까?

황금사원이 있는 그 자리는 역사적으로 많은 사연을 갖고 있는 곳이다. 우선 그 자리가 바로 아브라함이 하나님의 명령에 따라 자기의 아들 이삭을 제물로 바치기 위해서 헤브론에서 이곳까지 올라왔던 모리아산의 꼭대기이다.

그런데 모리아산은 산이라고 하기보다는 작은 언덕에 불과하다. 우리는 보통 산이라고 하면 나무가 무성한 높은 봉우리를 생각하게 되는데 이곳은 그런 곳과는 거리가 멀다. 이스라엘은 지형상 우리나라처럼 높은 산이 없기 때문에 산이라고 표현한 것 같다.

이런 식의 개념의 차이는 산뿐만 아니라 강이나 호수에서도 나타난다.

이스라엘을 방문해서 요단강을 찾은 사람들은 그 강의 크기에 많은 실망을 한다. 요단강은 그저 작은 개울(rivulet)에 불과한데도 그들은 강(river)이라고 표현하기 때문이다. 그리고 갈릴리도 성경에서는 갈릴리 바다라고도 표현하기도 한다. 그러나 갈릴리는 분명히 바다가 아니라 담수되어 있는 둘레 57km의 호수에 불과하다. 그것 또한 이스라엘 지역에 워낙 물이 귀하기 때문에 작은 개울도 강이라고 표현을 하고 호수도 바다라고 표현하는 것이다.

아브라함이 이삭을 바치기 위해 헤브론에서 이삭과 이런 저런 이야기를 나누며 찾아왔을 모리아 언덕 위에 이스라엘의 세 번째 왕 솔로몬은 아버지 다윗 왕이 설계했던 성전을 건축하게 된다. 솔로몬은 외국에서 수입해 온 나무와 구리와 금으로 화려하기 이를 데 없는 성전을 짓는다. 그것은 지금으로부터 3천 년 전의 일이다. 이때까지만 해도 이곳 모리아산은 이스라엘 백성들의 신성한 장소였고 자랑이었다. 그런데 그로부터 4백여 년 뒤 이곳 모리아산의 영화는 큰 시련을 맞게 된다.

아브라함의 산에서 모슬렘의 산으로

B.C. 587년, 지금으로부터 약 2500년 전 이스라엘의 이웃 국가였던 바빌론의 느부갓네살 왕은 이스라엘을 침공해서 화려했던 성전을 모두 파괴하고 이스라엘 백성들을 바빌론의 노예로 끌고 갔다.

그 뒤 50년 후 그들은 자유의 몸이 되었고 곧바로 예루살렘으로 귀환하지만, 솔로몬이 세웠던 자랑스러운 성전은 허물어져 흔적도 찾아볼 수 없는 상태가 되어 있었다. 그러나 스룹바벨의 주도하에 이스라엘 백성들은 예전

만큼의 크고 화려한 규모는 아니지만 성전을 다시 재건축하게 된다.

그리고 다시 400년이 지나 이스라엘을 지배하게 된 로마는 유대인 민족이 아닌 에돔(현재의 요르단 남부도시) 민족의 출신인 헤롯을 이스라엘의 분봉 왕으로 앉히게 되는데, 그는 이스라엘 백성들로부터 환심을 사기 위해 스룹바벨에 의해 세워진 성전을 다시 크게 재건축하게 된다.

B.C. 20년에 시작되어 A.D. 63년에야 공사가 끝날 정도로 수만 명의 인부들이 동원된 작업 끝에 성전 내부의 길은 두 배나 넓어졌고 솔로몬 성전의 장엄하고 아름다운 모습을 되찾을 수 있게 되었다. 이 성전은 예수님의 생애 마지막 장면의 배경이 되기도 했다.

누가복음 19장 45~46절에 기록되어 있는 것처럼 예수님은 예루살렘에 입성하자마자 이 성전에 와서 장사하는 자들을 내쫓으며 화를 내셨고, 요한복음 2장 19절에 기록되어 있는 것처럼 예수님은 유대인들에게 성전을 허물면 사흘 만에 다시 일으켜 세우겠다고 하셨다. 그리고 예수님이 돌 하나도 돌 위에 남지 않고 다 무너지게 될 것이라고 예언하셨던 것처럼 A.D. 70년에 로마의 디도(Titus) 장군으로 인하여 예루살렘 성전은 벽돌 하나 남기지 않고 무너지게 된다.

그때 당시 로마 군인들은 성전의 성벽 일부분을 남겨 놓았는데 그것이 바로 현재의 통곡의 벽이다. 그 후 2세기경 로마의 하드리아누스 황제는 하나님을 모독하기 위해 이 자리에 쥬피터 신전을 세우게 된다. 그리고 다시 비잔틴 시대에는 그 건물이 기독교에 의해 사용되었다가 614년경에 페르시아에 의해 파괴된 후 한동안 이곳은 돌무더기 산으로 방치되어 있게 된다.

그런 후 A.D. 622년 이곳에서는 또다시 대 사건이 일어나게 된다. 이슬람을 창시한 마호멧이 천사장 가브리엘의 인도를 받으며 희귀한 말을 타고 이곳 모리아산 꼭대기까지 날아와 하늘로 올라간 것이다.

물론 이 사건은 이슬람 종교인들의 주장이지만 이슬람 역사 중에 가장 중요한 사건이 일어난 이곳은 현재 이슬람의 중요한 성지가 되었으며 691년에 그들은 이곳에 황금사원을 짓게 되었다.

한때는 아브라함이 하나님의 음성을 직접 들었던 장소에 솔로몬의 성전이 세워지고, 예수님의 마지막 사역 장소였던 헤롯의 성전이 있던 자리가 지금은 이슬람의 가장 중요한 성지로 바뀌어 버린 것이다.

아름다운 황금사원

멀리 감람산에서 바라보는 황금사원도 아름답지만, 황금사원 안으로 들어가서 가까이 관찰하는 것은 더욱 흥미로운 경험이 된다.

황금사원 안으로 들어가기 위해서는 시간을 잘 맞춰야 한다. 매일 오전 9시에 특별한 문을 통해서만 입장이 가능하지만, 모슬렘의 안식일인 금요일에는 외부인의 입장이 절대로 불가능하고 또 그날그날의 상황에 따라서 입장 여부가 달라진다.

그래서 필자도 예루살렘을 방문할 때마다 어떤 날은 그 안으로 들어가기도 하고 또 어떤 날은 이스라엘 군인이 출입을 막고 있어서 들어가지 못할 때도 있었다. 그러나 황금사원의 입구를 통해 안으로 들어가면 그 안에는 예루살렘의 다른 곳에서는 전혀 찾아볼 수 없을 만큼의 넓은 마당을 볼 수 있다.

이곳에는 몇 그루의 커다란 나무들이 있고 그 밑에는 파란 잔디가 잘

〉황금사원 들어가는 길   2〉황금사원 내부   3〉황금사원 앞의 아랍여인들
〉황금사원에서 청소하는 모슬렘   5〉황금사원의 수도꼭지   6〉황금사원의 타일장식   7〉황금사원 전경

관리되어 있어 커다란 공원 같은 느낌이 든다. 그리고 그 넓은 마당의 이곳 저곳에는 대리석 벽에 작은 수도꼭지들이 여러 개 부착되어 있는 수돗가를 볼 수 있는데, 이것은 모슬렘인들이 이곳에서 기도할 때 발을 씻기 위해 만들어 놓은 것이다.

그리고 그 마당의 중앙에 우뚝 버티고 서 있는 황금사원을 눈으로 직접 확인하는 순간 황금사원 건축물이 갖고 있는 아름다움에 입을 벌리지 않을 수 없게 된다. 황금사원의 건물은 비잔틴 양식으로 설계되어 있지만 장식은 동양적이다. 외형은 팔각형으로 되어 있는데 각 벽의 길이는 20m, 즉 전체 둘레를 계산해보면 180m가 되고 그 직경은 약 55m에 높이는 54m가 되는 아주 커다란 건물이다.

외벽의 모양은 지상으로부터는 약 5.4m까지는 대리석 판이고 그 윗부분의 벽에는 적당한 곡선이 연속적으로 교차되거나 배열되어 있는 아라베스크 모양의 타일로 장식되어 있다. 이슬람 율법에 벽이나 어떠한 곳에도 생명이 있는 동물의 모양은 절대로 그리지 못하게 되어 있어서 이런 식의 아라베스크 문양이 발달해 있는데 짙은 푸른색의 선으로 이어지는 아라베스크 문양의 타일은 가까이 가서 볼 때 그 화려함이 더해진다.

황금사원 안에는 모슬렘인이 아니면 절대로 들어갈 수 없어서 방문자들은 그저 문밖에서 슬쩍슬쩍 안을 들여다 볼 수 있는 것이 전부이다. 그 안에는 길이가 약 13.5m 폭이 약 0.8m, 그리고 높이는 약 1.8m 크기의 바위가 있다. 이것은 아브라함이 이삭을 바치기 위해 사용했다는 바위이지만, 모슬렘인들은 이곳에서 아브라함이 바친 아들이 이삭이 아니라 이스마엘이었으며 마호멧 또한 이 바위에서 승천했다고 믿고 있다.

맨발로 걷는 유대인

로마에 의해서 나라가 멸망하고 세계의 각지로 흩어져 살다가 2천 년 만에 자기의 땅으로 돌아온 이스라엘 사람들이 마침내 예루살렘으로 돌아왔을 때 예루살렘의 한가운데 우뚝 자리를 잡고 있는 이슬람의 황금사원을 보고 얼마나 참담해 했을까?

그 옛날 자신들의 조상인 아브라함이 하나님의 음성을 직접 들었던 장소, 그리고 솔로몬이 온갖 값진 재료로 건축했던 성전은 온데간데없고 대신 그 자리에 초승달이 꼭대기에 매달려 있는 황금사원을 보고 그들은 황망해 했을 것이다. 과거의 모습으로 되돌리기에는 많은 세월이 흘러버렸고 이슬람 사원은 너무도 굳건하게 그 자리를 지키고 있다.

원래 이방인의 집에는 들어가지 않는 것이 유대인의 율법이지만, 이스라엘 사람들은 황금사원만은 예외로 하고 있다. 그곳은 황금사원이기 전에 솔로몬의 성전이 있던 자리이기 때문이다.

유대인들은 아침에 한차례씩 황금사원의 마당 안으로 들어간다. 물론 그것을 모슬렘인이 반길 리는 없다. 아마도 무장한 이스라엘 군인들이 이들을 보호하지 않은 상태에서 황금사원의 마당을 유대인들이 돌아다니는 것을 본다면 분명 돌을 던지며 소리를 지를 것이 분명하다.

그래도 유대인들은 그런 위험을 무릅쓰고도 성전 마당을 밟기 위해 황금사원 마당에 신발을 벗고 맨발로 들어간다. 마당의 어느 부분이 지성소자리였는지 정확하게 위치를 모르는 상황에서 성전 안에서 신발을 신고 돌아다닌다는 것은 그들로서는 도저히 상상할 수도 없는 일이기 때문이다. 그들은 마당을 맨발로 걸어 다니면서 하나님께 기도한다.

△맨발로 걷는 유대인

"하나님, 하나님께 제사를 드려야 하는 이곳이 지금은 이교도의 성지가 되었고 그들이 자리를 차지하고 있습니다. 어서 빨리 이곳의 이슬람 사원을 허물어 이곳에서 이교도들이 물러나게 해 주시고 다시 성전이 세워질 수 있도록 도와주소서…."

그리고 그들은 지금 또 다른 성전을 짓기 위해 솔로몬 성전과 똑같은 규모와 구조로 설계도를 완성해 놓고 있으며 재원도 마련해 놓고 있다. 다만 그 성전을 세울 장소를 모리아산으로 할 것인가, 또 다른 제 삼의 장소로 할 것인가 하는 것이 아직 정해져 있지 않고 있을 뿐이다. 필자도 그 새로운 성전의 설계도와 모형을 본 적 있는데 그들의 계획은 아주 구체적이고 현실적이라는 것을 알 수 있었다.

매주 금요일이면 하얀 옷을 입은 수천 명의 모슬렘인들이 줄 맞춰 엎드려 기도하는 이슬람 사원으로 바뀌어 버린 모리아산, 그리고 그 중앙에 우뚝 선 황금사원, 이곳은 수억 명의 모슬렘인이 꼭 한번 방문하고 싶어 하는 이슬람의 성지인 동시에 또 수많은 유대인들은 이 황금사원이 사라져 버리고 그곳에 다시 성전이 세워지기만을 소망하는 곳이다. 한마디로 황금사원은 유대인과 모슬렘인 사이에 서로 양보할 수 없는 뜨거운 감자나 다름없다.

십자가의 길,

비.아.돌.로.로.사.

어 비아 돌로로사는 '고난의 길'이라는 뜻으로서 빌라도 법정에서 골고다 언덕에 이르기까지의 십자가 수난의 길을
다. 이곳에는 예수님이 100Kg이 넘는 십자가를 지고 가시다가 전개된 중요한 사건의 지점 14곳이 있다.

십자가의 길,
비아돌로로사 via Dolorosa

비아 돌로로사

1. 예수님께서 빌라도 총독에게 재판 받은 곳
2. 십자가를 진 곳
3. 십자가를 지고 가다 첫 번째 쓰러진 곳
4. 모친 마리아를 만났던 곳
5. 구레네 사람 시몬이 대신 십자가를 진 곳
6. 베로니카가 예수께 손수건을 준 곳
7. 예수께서 두 번째로 쓰러진 곳
8. 예수께서 따르는 예루살렘 여인들을 위로 했던 곳
9. 예수께서 세 번째로 쓰러진 곳
10. 로마 병사가 예수의 옷을 벗긴 곳
11. 예수께서 십자가에 못 박혔던 곳
12. 예수를 못 박은 십자가 자리
13. 십자가에서 예수를 내려놓은 곳
14. 예수께서 묻혔던 곳

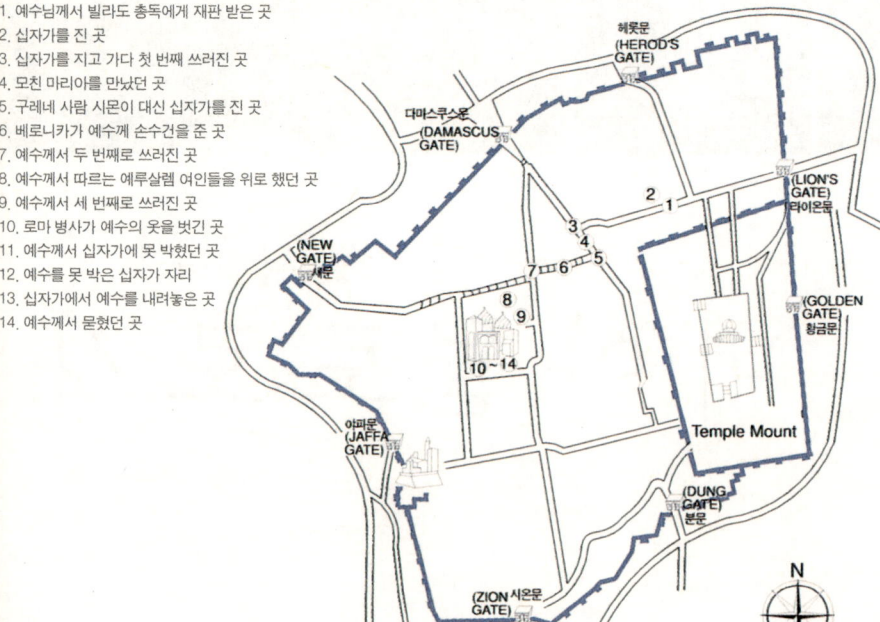

아 돌로로사 표지판
아 돌로로사의 아랍인 골목

고난의 시작

예루살렘 올드시티 안, 그 중에서도 아랍인 구역의 좁고 복잡한 재래시장 골목을 지나는 데는 북적거리는 팔레스타인 사람들로 인해 오랜시간이 걸릴 정도이다. 갖가지 야채와 과일을 파는 가게, 양고기가 갈고리에 걸려져 매달려 있는 정육점과 시끄러운 아랍 음악이 들려나오는 전자제품 가게, 그리고 화려한 색상의 아랍의상이 쌓여 있는 옷가게들이 양옆으로 줄지어 있는 골목길, 이곳에 들어오면 팔레스타인들이 현재 어떤 모습으로 살아가고 있는지를 한눈에 볼 수 있다.

이 복잡하고 시끄러운 골목길은 바로 2천 년 전 예수님께서 무거운 십자가를 지고 골고다 언덕을 향해 올라가셨던 십자가의 길, 비아 돌로로사이다. 비아 돌로로사(Via Dolorosa)는 라틴어로 고난의 길이라는 뜻이다. 그래서 이 길이 바로 십자가의 길이라고 설명을 듣게 되면 놀라지 않는 사람이 없을 정도이다.

기독교 역사에서 그리고 성경의 내용 중에서 가장 중요한 부분을 차지하는 예수님의 고난의 현장이 이렇게도 복잡하고 정신없는 시장으로 변해 있다는 사실에 모두들 의아해진다. 우리가 생각하기에는 예수님께서 십자가를 지고 걸어가신 길이라고 하면 그 현장이 깨끗하게 보존되어 있고 여기저기 그에 따른 설명서가 각국의 언어로 자세하게 설명되어 있을 거라고 생각을 할 것이다. 그러나 그곳에는 그 어디에도 그런 설명은 없다. 그저 그곳을 잘 아는 누군가가 데리고 가서 친절하게 설명을 해 주기 전에는 그 누구도 그곳이 십자가의 길이라고 상상할 수가 없다.

한마디로 전혀 보존되지 못하고 보호받지 못하고 있다. 왜냐하면 그곳은 예수님을 메시야로 전혀 인정하지 않는 이스라엘의 땅이며 특히 그 중에서도 비아 돌로로사의 현장은 팔레스타인 지역이기 때문이다.

예수님이 십자가를 지고 가신 길

예루살렘의 올드시티를 둘러싸고 있는 성에는 모두 8개의 문이 있는데 그 중에 양의 문이라는 곳이 있다. 이 문은 스테판 문이라고도 하고 사자의 문이라고 불리기도 한다. 그 문을 통해 올드시티 안으로 들어와서 약 100m 정도 걸어가다 보면 왼쪽으로 초등학교 건물이 있다. 예루살렘의 아랍 구역에 살고 있는 어린이들이 공부하는 곳인 이 건물은 예수님 시대에 일명 안토니오 요새(Antoniaus -Fortress)라고 하는 빌라도의 근무지였다.

즉, 예수님께서 십자가를 지고 골고다 언덕까지 가신 길을 비아 돌로로사라고 한다면, 그 시작점은 이 초등학교 운동장이 되는 셈이다. 이곳에서 빌라도는 가야바 제사장에게 이끌려 온 예수님을 첫 대면하게 된다. 민족의 종교를 무너뜨리려 하고 국가를 위협하는 인물이라고 데려온 사람의 행색이 너무 초라 하자 빌라도는 비아냥거리듯 예수를 보고 묻는다.

"네가 이스라엘의 왕이냐?"

그러자 예수님이 대답했다.

"내 나라는 이 땅에 속한 것이 아니라 하늘에 속한 것이오."

이 땅에 속한 나라의 왕이 아닌 하늘에 속한 나라의 왕이라는 말에 더이상 심문할 가치를 느끼지 못한 빌라도는 할 말을 잃게 된다.

이곳 초등학교의 앞마당이 바로 빌라도와 예수, 그리고 그 사이를 주의 깊게 지켜보던 가야바 제사장이 서 있던 자리가 된다.

초등학교의 정문 옆에 있는 벽에는 로마식 숫자 I가 적힌 표지판이 걸려 있다. 이것은 비아 돌로로사를 찾아오는 순례자들을 위해 약 400m 길이의 비아 돌로로사의 중요한 지점 14곳을 로마식 숫자로 적어놓은 안내판으로 이곳이 첫 번째 표지판이다.

이곳은 많은 아랍 어린이들이 공부하는 곳이라 아무리 순례자라 할지라도 아무 때나 초등학교 운동장을 맘대로 들어갈 수는 없다. 그러나 매주 금요일 오후에는 학교의 철문을 개방해서 순례자들의 입장을 허락하고 있다. 그래서 금요일 오후 3시가 되면 이곳에는 비아 돌로로사를 따라 행진하기 위해 많은 순례자들이 몰려드는데, 만약 예수님이 걸어 가신 고난의 길을 처음부터 끝까지 따라 가고 싶다면 이 시간에 찾아가면 된다.

그 초등학교를 나와서 약 30m 정도 가면 골목길의 머리 위를 가로 지르는 아치(arch)가 있다. 그리고 그 아치가 연결된 오른쪽 건물이 바로 에케호모(Ecehomo)라는 곳이다. 에케호모란 라틴어로 '이 사람을 보라' 는 뜻이다.

빌라도의 명령에 따라 로마 병사들은 예수님에게 쇳덩이가 박힌 채찍

△예수님이 사형선고를 받은 장소　　　　　　　　　　　　△초등학교 입구

으로 내리치고, 예수님의 머리에 날카로운 가시가 박힌 넝쿨을 뒤집어씌운 채 이스라엘 백성들 앞에 내세우게 된다. 그리고 빌라도는 머리에서 피가 줄줄 흐르고 온몸에는 채찍자국으로 시퍼렇게 멍든 채 서 있는 예수님을 가리키며 백성들에게 이렇게 말한다.

“이 사람을 보라… 에케호모.”

그러면서 빌라도는 유월절 기념 특사로 예수를 풀어주겠다고 말을 한다. 그러나 이스라엘 백성들의 생각은 달랐다.

“우리는 예수를 원하지 않는다. 바라바를 원한다.”

이스라엘 백성들의 요구에 빌라도는 당황하게 되고 어쩔 수 없이 예수님에게 십자가형이라는 사형을 선고한 다음 그는 돌아서서 손을 씻고 만다. 바로 그 현장이 에케호모교회이다.

그곳에서부터 예수님은 십자가를 지고 골고다 언덕을 향해 걸어가기 시작한다. 빌라도의 법정에서 시작되는 길은 아직 경사가 지지 않았다. 그러나 이미 온갖 채찍질로 지칠 만큼 지친 예수님에게 무거운 십자가는 더할 수 없는 고통이었다. 결국 예수님은 에케호모에서부터 십자가를 지고 나오다 약 50m 지점에서 쓰러지고 만다.

△에케호모

무거운 십자가

　　예수님이 지신 십자가의 무게는 약 100kg이 넘는다. 그리고 십자가는 겉 표면이 다듬어지지 않은 거친 나뭇결의 형태를 그대로 가지고 있었다. 안 그래도 채찍질로 등가죽이 다 찢어지고 살갗이 너덜너덜 해진 상태에서 그 십자가의 껍질은 말 그대로 고통일 수밖에 없다. 더군다나 예수님이 쓰러질 때 그 위로 내리 누르는 십자가의 무게는 고통을 더욱 가중시켰다.

　　하지만 예수님의 고통은 육체적인 고통만이 전부가 아니었다. 그 모습을 지켜보며 야유하던 백성들의 웃음소리와 비난의 목소리는 예수님뿐만 아니라 예수님을 사랑하던 사람들에게 더 큰 고통으로 다가왔다. 바로 그 무리들 속에서 입을 틀어막고 소리를 죽여 울고 있는 여인이 있었다. 예수님의 어머니 마리아였다.

　　비아 돌로로사의 두 번째 지점인 에케호모를 나와 골목길을 따라 가다 보면 삼거리가 나오는데 예수님은 이곳에서 십자가의 무게를 이기지 못하고 그 자리에서 쓰러진다. 이곳이 비아 돌로로사의 세 번째 지점이다.

　　로마 군인들의 발길질에 또 다시 겨우 몸을 일으킨 예수님은 삼거리에서 좌회전을 해서 약 10m 걸어가다가 야유하는 무리들 속에서 울고 있는 어머니 마리아를 만나게 되지만 두 사람의 상봉은 오래 가지 못한다. 로마 병사들이 예수님의 발걸음을 재촉했기 때문이다. 이 장소가 비아 돌로로사의 네 번째 지점이 된다.

그러나 이 네 번째 지점은 찾기가 쉽지 않다. 세 번째 지점부터 시작되는 길은 복잡한 아랍인의 재래시장 길이기 때문에 아랍상인들로 인해 네 번째 지점의 표지판이 가려져 있다. 물론 아랍상인들이 가판대를 펼치기 전인 아침 일찍이나 장사가 끝나는 저녁 무렵에는 찾기가 쉽지만 한낮에는 이곳은 장사하기 좋은 장소이기 때문에 그곳을 정확히 누군가 설명을 해 주지 않으면 그냥 지나칠 수밖에 없게 되어 있다.

네 번째 지점을 지나서 약 5m 정도 지나가면 오른쪽으로 꺾어지는 또 다른 골목이 나오는데 예수님은 이곳에서 또 다시 걸음을 멈추게 된다. 왜냐하면 이제부터 본격적인 가파른 경사로가 시작되기 때문이다. 예수님은 이곳에서 가던 길을 잠시 멈추고 거친 숨을 몰아쉬게 된다. 뒤에서 로마 병사들은 발로 걷어차고 소리를 지르고 채찍질을 해 대지만, 예수님은 더 이상 단 한발자국도 내 딛을 수 없을 만큼 기력이 소진되었다.

그러자 로마 병사가 바로 그 옆에서 이 장면을 지켜보던 한 남자를 불러내 그 남자에게 대신 십자가를 지게 하였다. 그 사람이 구레네 사람 시몬이다. 구레네 시몬이 예수님의 십자가를 대신 지기 위해 받아든 곳이 다섯 번째 지점이다.

이곳의 왼쪽 벽면엔 움푹 파인 작은 돌이 하나 붙어 있는데 이 돌이 예수님께서 지친 몸을 기대기 위해 짚었던 돌이라고 한다. 그래서 순례자들은 이 돌에 손을 갖다 대보며 예수님의 고난을 가슴속으로 느껴 보곤 한다.

이제 무거운 십자가를 벗고 조금 홀가분해 진 예수님은 무릎을 손으로 집으며 또 다시 골고다 언덕을 향해 올라간다. 그때 한 여인이 뛰어나와 예수님의 걸음을 멈추게 하고 피가 줄줄 흐르는 예수님의 손을 붙잡고 통곡을 한다. 몇 년간 혈루증으로 고생을 하다가 예수님의 기도로 치유를 받은 베로

1) 3처 2) 6처 3) 6처의 내부

니카라는 그 여인은 손에 든 작은 천으로 예수님의 눈 위로 흐르는 피를 닦아 준다. 전설에 의하면 그 피 묻은 수건에서 예수님의 형상이 묻어났다고도 한다. 이곳이 비아 돌로로사의 여섯 번째 지점이다.

　　예수님은 그곳에서 또 다시 지친 발걸음을 옮겨 골고다 언덕을 향해 약 70보정도 걸어 올라가다가 또 다시 쓰러지게 된다. 이곳이 일곱 번째 지점이 된다. 현재 이곳은 작은 사거리에 위치하고 있는데 오른쪽 모퉁이에 일곱 번째 지점이라고 표시되어 있다.

　　그 사거리에서 직진해서 조금만 걸어가면 또 다시 왼쪽 벽면에 여덟 번째 지점의 표지판이 있는데, 이곳은 슬피 울며 예수님을 따라오는 여인들을 향해 예수님께서 "여인아 나를 위하여 울지 말고 너희와 너희 자녀를 위해 울어라"고 말씀하신 곳이다.

이 길이 진짜 고난의 길일까?

비아 돌로로사의 길을 따라 예수님의 고난을 묵상하며 걷다 보면 이런 생각이 든다. 복잡하고 정신없을 정도로 시끄러운 현재의 예루살렘 골목길이 2천 년 전에 예수님께서 십자가를 지고 걸어가신 길이 맞긴 맞는 것일까? 오랜 세월을 거치면서 수십 번 파괴되고 무너졌던 예루살렘 도시에서 유독 이 비아 돌로로사 골목길만이 그 형태를 유지했다는 것일까? 2천 년 전 정말 이곳의 골목길 바닥에 예수님의 피가 흘렀을까?

물론 그렇지 않다. 예수님께서 십자가를 지고 걸어가신 길은 지금의 그 비아 돌로로사 땅바닥이 아닌 지하 2~3m 밑에 파묻혀 있다. 왜냐하면 2천 년의 세월이 흐르면서 예루살렘은 전쟁으로 파괴되고 흙에 묻히고 다시 그 위에 건물들이 세워지면서 예수님 당시의 골목길들은 모두 흙속에 묻혀 버렸기 때문이다.

그래서 지금도 예루살렘의 곳곳에 있는 예수님 당시의 유적지를 찾아가 보면 대개가 계단을 통해 아래로 내려가야 볼 수 있는 곳이 많다. 오죽하면 지금도 예루살렘 올드시티의 어느 지역이든지 땅바닥을 약 2m만 파내려 가도 예수님 당시의 유적들이 나올 수 있을 것이라는 얘기가 있을까.

그렇다. 현재 순례자들이 찾아가는 비아 돌로로사는 예수님께서 걸어가신 길은 아니다. 하지만 14군데의 중요한 지점과 길이는 수많은 고고학자들이 밝혀낸 사실에 가깝다. 그래서 예루살렘을 찾는 수많은 기독교인과 순례자들은 반드시 이 십자가의 길을 찾아 묵상하면서 예수님의 고난에 동참한다.

매주 금요일 오후 3시, 초등학교 운동장에서 시작되는 십자가의 행렬

을 따라 비아 돌로로사를 걸으며 예수님의 고난을 묵상하노라면 그 옛날 예
수님을 향해 조롱했던 로마 병사들의 거친 고함소리와 울며 따라가던 이스
라엘 백성들의 통곡 소리가 귓전에 맴돌게 된다.

　　그러나 그런 묵상도 잠시뿐, 그 시간이면 어김없이 황금사원에서 기도
를 마치고 나오는 수많은 팔레스타인 사람들과 십자가를 높이 들고 고난의
길을 찾아가는 한 무리의 순례자들이 뒤엉켜 아비규환이 된다. 그래도 그곳
에선 오늘도 예수님의 고난을 생각하며 기도하는 순례자들의 눈물이 마르
지 않고 있다.

예수님의 비명이 잠긴

성.분.묘.교.회.

). 313년, 로마의 콘스탄틴 대제의 어머니 헬레나 황후가 아르데미 여신상이 세워져 있던 예수님의 무덤을 찾아와 그
ㅣ 크고 화려하게 건축한 교회이다. 현재는 로마 가톨릭, 그리스 정교, 이집트 콥틱, 러시아 아르메니안, 기독교 등 여
개의 종파가 서로 일정한 구역을 나눠서 관리를 하고 있다.

예수님의 비명이 잠긴
성분묘교회 Church of The Holy Sepulchre

예루살렘 성안으로 들어 온 골고다 언덕

비아 돌로로사의 중요 지점 14군데 중에 아홉 번째 지점부터 열네 번째 지점까지는 예루살렘 올드시티의 크리스천 구역에 있는 성분묘교회 안에 자리 잡고 있다. 성분묘교회란 예수님이 못 박히시고 묻힌 골고다 언덕에 세워진 교회를 말한다.

그런데 예루살렘에 가면 성분묘교회가 있는 위치를 보고 좀 의아하게 생각할 수 있는 부분이 있다. 분명히 예수님은 십자가를 지고 예루살렘 성을 나가서 성 밖에 있는 골고다 언덕으로 향해 가신 것으로 알고 있다. 골고다 언덕은 예루살렘성 밖에 자리하고 있다고 신약성경(히 13:12)에 적혀 있는데, 현재 예루살렘에 있는 성분묘교회는 예루살렘성 밖에 있는 것이 아니고 성 안에 있기 때문이다.

그것은 현재 예루살렘의 올드시티를 둘러
싸고 있는 성벽이 예수님 당시에 세운 것이 아
니라 지금으로부터 약 400여 년 전 오스만 터키
에 의해 세워진 것인데, 예루살렘 성의 크기를
넓게 잡고 성벽을 쌓는 과정에서 1700년 전에
만들어진 성분묘교회가 성안으로 들어오게 된
것이다. 즉, 예수님 당시의 예루살렘 성벽은 현
재의 크기보다 훨씬 작았기 때문에 골고다 언덕
은 성 밖에 있었던 것이 분명하다.

△성분묘교회의 입구

그리고 비아 돌로로사의 지난 지점들은
모두 예루살렘 올드시티의 팔레스타인 구역에 위치하고 있지만, 성분묘교
회가 자리 잡고 있는 이곳은 크리스천 구역이다. 그래서 다른 곳과는 조금
분위기가 다르다. 지금까지 시끄럽고 복잡한 아랍 골목을 지나왔다면 이곳
성분묘교회의 앞은 마치 어느 유럽의 작은 도시처럼 중앙에 대리석으로 된
조형물이 서 있으며 작은 광장도 있다.

물론 그 주위에는 크고 작은 기념품 가게들로 즐비하다. 그 기념품 가
게를 양옆에 두고 작은 광장을 거쳐 골목길을 돌아서면 드디어 성분묘교회
의 입구가 나온다. 이 건물은 지금으로부터 약 1000년 전에 지어진 것이지만
사실은 1700년 전부터 이곳에 건물이 세워졌다가 페르시아의 침공에 의해
무너지고 다시 십자군에 의해서 세워진 건물이다.

십자가가 세워졌던 자리

성분묘교회 안으로 들어가면 바로 앞에 커다랗고 넓적한 바위가 하나 놓여 있는데, 이것은 예수님이 십자가에서 운명하셨을 때 이 바위에 시신을 올려놓고 염을 하고 세마포로 감쌌던 바위이다. 성분묘교회 안으로 들어간 순례자들은 왠지 모르는 장엄함과 엄숙함에 숨소리조차 내지 못하다가 그 바위를 보고는 조용히 다가가 그 앞에서 무릎을 꿇고 기도를 하게 되고 어떤 사람들은 그 바위에 입을 맞추기도 한다.

△예수님의 시신을 올려놓았던 바위

그 바위가 있는 곳에서 오른쪽을 보면 2층으로 올라가는 좁다란 돌계단이 나오는데, 이 돌계단으로 올라가면 그곳에 약 10평 정도의 공간이 나오고 예수님이 십자가에 매달려 있는 커다란 그림이 걸려 있다. 그 그림의 아랫부분에 투명한 유리로 보호해 놓은 바위가 있는데 이 바위가 예수님의 십자가가 세워졌던 그 자리이다.

그곳의 위치가 2층으로 올라와야 할 정도라면 예수님은 골고다 언덕 중에서 가장 높은 위치에서, 많은 사람들이 쉽게 볼 수 있는 정상에서 십자가에 매달리셨다는 것을 알 수 있다.

예수님께서 돌아가신 현장, 그곳에서 예수님께서는 로마 병사의 무거운 망치로 손바닥과 발바닥에 못을 박히셨으며, 예수님은 "엘리 엘리 라마사박다니 나의 하나님 나의 하나님 어찌하여 나를 버리셨나이까"를 외치셨다.

그리고는 "다 이루었도다"는 말씀과 함께 운명하셨다.

그러자 하늘에는 먹구름이 몰려오고 천둥번개가 쳤으며 골고다 언덕에 갑자기 쏟아진 소낙비가 무서운 속도로 흘러내리기 시작하자 구경하던 사람들은 비를 피해 어디론가 사라져버렸다. 십자가에서 숨을 거두고 고개를 떨군 예수님의 머리는 빗물로 엉켜버렸다. 그 밑에서 예수님의 어머니 마리아는 늘어진 아들의 시신을 바라보며 커다란 못이 박혀 있는 아들의 발등을 부여잡고 통곡을 했다.

순례자들은 이곳에 서면 예수님의 그 마지막 절규 소리와 마리아의 통곡 소리를 들을 수 있게 된다. 모두들 경건해지고 숙연해지지 않을 수 없는 현장, 그곳이 비아 돌로로사의 열번째 지점이다.

예수님의 무덤

그곳에서 다시 반대편에 있는 돌계단을 통해 아래쪽으로 내려오면 예수님의 시신을 염했던 바위를 다시 만나게 되고, 그곳을 지나

1) 성분묘교회 기둥
2) 예수님이 돌아가신 자리

63

1) 성분묘교회의 내부 2) 예수님의 무덤

오른쪽으로 가면 커다란 돔 형태의 높은 지붕을 볼 수 있게 된다. 그리고 그 둥그런 지붕아래 자리 잡고 있는 작은 방, 이곳이 예수님의 시신을 묻었던 아리마대 요셉의 무덤이다.

이곳은 우리가 영화에서 봐 왔던 형태의 동굴이나 지하 무덤이 아니고 예수님의 시신을 묻었던 동굴도 아니다. 단지 동굴이 있던 자리를 보호하기 위한 작은 방을 만들어 놓은 것이다. 이 방안으로 들어가면 겨우 한두 사람이 들어갈 정도의 아주 작은 공간이 있으며 그 안에는 무릎 꿇고 기도할 수 있는 자리가 마련되어 있다.

그 자리의 바로 앞에는 예수님의 무덤이었던 바위들이 유리 속에 자리 잡고 있는데, 이곳이 예수님의 무덤이다. 빌라도의 법정에서 모진 고문을 받고 천근같은 십자가를 메고 이곳 골고다 언덕까지 올라오셨다가 결국 숨을 거둔 예수님은 이렇게 좁고 답답한 무덤 속에 누우셨던 것이다. 그러나 그 좁은 무덤은 3일 후 세상을 뒤흔들 만큼의 놀라운 기적을 일으키는 현장이 된다.

대리석으로 되어 있는 이 방안은 너무 좁아 한꺼번에 여러 사람이 들어갈 수가 없다. 그래서 이 안으로 들어가기 위해 항상 많은 사람들이 줄지어

기다리고 있으며 막상 그 안에 들어갔다 하더라도 '아 이곳이 바로 예수님의 무덤이구나' 라는 생각을 할 겨를도 없이 다음 순례자를 위해서 빨리 자리를 비켜 줘야하는 안타까움이 있다. 좀 더 여유 있게 이곳에 머물고 싶다면 방문자들이 많은 한낮보다는 이른 아침에 가는 것이 훨씬 낫다.

그렇다면 이곳도 과연 진짜 예수님의 무덤일까? 예수님이 돌아가신 후 1세기 경, 초기 기독교인들이 예수님의 무덤에 찾아와 기도를 했었다는 기록이 있다. 그러나 그 당시 로마 황제는 기독교를 말살하기 위해 기독교인들이 모여 기도하는 이곳에 로마의 여신 아르데미 신상을 세우게 되는데, 그것이 오히려 훗날 예수님의 무덤이었다는 표징이 되었다.

A.D. 313년, 로마의 콘스탄틴 황제에 의해 기독교가 로마의 국교로 공인 받은 후 콘스탄틴 대제의 어머니 헬레나 황후가 아르데미 여신상이 세워져 있던 예수님의 무덤을 찾아 그곳에 크고 화려한 기념교회를 건축하게 된다. 그것이 바로 성분묘교회이다. 그러나 이 성분묘교회는 백여 년 만에 페르시아에 의해 완전히 파괴된 다음 6백년이 지난 천 년 전 십자군에 의해 다시 재건되게 된다. 즉, 지금 이 건물은 십자군에 의해서 세워진 건물이다.

현재 이곳은 어느 한 종파만 독점해서 관리할 수가 없기 때문에 로마가톨릭, 그리스 정교, 이집트 콥틱, 러시아 아르메니안, 기독교 등 여섯 개의 종파가 서로 일정한 구역을 나눠서 관리를 하고 있다. 그러나 정작 이 성분묘교회로 들어가는 문의 열쇠는 현재 아랍인이 가지고 있다.

예수님께서 운명하고 묻히고 부활의 기적을 일으켰던 성분묘교회, 그 교회로 들어가는 문의 열쇠를 다름 아닌 이방인이 손에 쥐고 있다는 것이 무척이나 아이러니한 현실이다.

올.리.브.산

행전에 따르면, 당시는 산 전체가 올리브로 덮여 있었는데, 현재는 서쪽 산기슭에 있는 겟세마네동산을 제외하고는 올리브를 볼 수 없다. 이곳은 예수님이 지상에서 마지막으로 생활했던 땅으로 만국교회, 눈물교회, 유대인의 공동묘 주기도문교회, 승천교회 등 많은 유적이 있다.

올리브산 Olive Mt.

감람산은 올리브산

예루살렘을 다녀오는 순례자들이라면 반드시 사 오게 되는 것이 예루살렘의 올드시티를 한눈에 파노라마처럼 볼 수 있는 커다란 사진이다. 이 사진을 찍는 장소는 감람산 정상이다.

원래 감람산의 높이는 해발 816m이지만 실제로 감람산에 가 보면 그다지 높지 않다. 그 이유는 예루살렘 도시 자체가 해발 740m의 높은 곳에 위치하다 보니 예루살렘보다는 약 70m 정도밖에 높지 않는 감람산도 작은 언덕처럼 느껴지기 때문이다.

감람산에는 예수님께서 기적을 일으키셨던 죽은 나사로의 집이 있는 베다니 마을이 있고, 예수님께서 예루살렘에 입성하실 때 나귀를 타고 이 산을 넘으셨으며, 십자가에 돌아가시기 전 예수님은 이곳을 찾아 제자들에게

△감람나무가 무성한 올리브산 전경

기도하는 법을 가르쳐주셨다. 뿐만 아니라 가룟 유다의 배신으로 인해 성전
병사들에게 잡히시기 전 제자들과 함께 마지막으로 하나님께 기도를 하셨
던 겟세마네 동산도 이곳 감람산에 있다.

　　감람산의 영어식 이름은 올리브산(Olive mt.)이다. 감람(橄欖)은 올리
브를 뜻하는 것이고 감람유(橄欖油)는 올리브 오일을 말하는 것인데, 실제로
이 감람산에 가면 온 산이 감람나무로 뒤 덮여 있을 정도로 감람나무가 많이
자라고 있다. 그중에는 나이가 2천 년이 넘은 오래된 나무도 있을 정도이다.

　　이스라엘 사람과 감람나무는 떼려야 뗄 수가 없는 생활에 아주 밀접한

관계를 갖고 있다. 히브리어로 자이트라고 불리는 감람나무 열매는 식용으로 많이 사용된다. 마치 우리나라의 고추나 마늘처럼 이스라엘 사람들의 모든 음식에 거의 들어가는데, 감람열매의 씨를 빼내어 저려 먹기도 하고 쪄먹기도 하고 날로 먹기도 한다.

그리고 예수님 당시 모든 가정의 등잔에 사용되었던 기름도 역시 감람유이고, 선한 사마리아 사람이 강도 만난 사람한테 응급처치로 상처 부위를 씻겨 준 것도 역시 감람유이다. 이렇듯 이스라엘 사람의 생활 구석구석에 자리 잡고 있는 감람열매, 감람산에 가면 이런 감람나무를 배가 부르도록 감상할 수 있다.

예수님의 마지막 기도장소 만국교회 Church of All Nations & Garden of Gethemane

예루살렘 성의 스데판문을 통해 밖으로 나가게 되면 바로 눈앞에 왕복 2차선의 작은 도로가 나오는데 이 도로를 가로 질러 건너가면 곧바로 작은 계곡을 만나게 된다. 이 계곡이 기드론 계곡(Kidron valley)이다.

기드론 계곡을 건너야 비로소 감람산을 올라갈 수 있게 되는데 감람산으로 가는 길의 초입부분 오른쪽에 커다랗고 화려한 모양의 건물을 만나게 된다. 이 건물은 겟세마네 동산이 있는 겟세마네교회, 공식 명칭으로는 만국교회이다. 이 교회 건물은 예루살렘에 있는 수많은 유적지들과는 달리 비교적 최근에 건축한 교회로 지금으로부터 약 90여 년 전인 1924년에 16개 나라의 가톨릭에서 재정을 후원받아 완성한 건물이라서 만국교회라는 이름이 붙여지게 되었다.

△만국교회 전경　　　　　　　△만국교회의 내부에 있는 예수님의 마지막 기도장소

　　그래서 그런지 다른 유적지의 교회에 비해서 비교적 새 건물이라는 느낌이 들기도 한다. 우선 이 교회의 건물 안으로 들어가면 특별한 조명이나 전등이 없어서 실내가 무척 어두운데 이것은 예수님께서 로마 병사들에게 붙잡히실 때의 그 순간, 그 어두운 밤을 의미하기 위해서이다. 그래서 순례자들은 이곳에 들어가는 순간, 왠지 모를 엄숙함에 저절로 고개를 숙이게 되고 발뒤꿈치를 들 수밖에 없게 된다.

　　교회 건물 앞쪽으로 조심스럽게 걸어 들어가면 맨 앞쪽에 예수님의 머리 위에 씌워졌던 가시면류관을 상징하는 울타리가 있고 그 울타리의 귀퉁이에는 성령을 의미하는 청동으로 만든 비둘기 몇 마리가 고개를 숙이고 있다. 그리고 그 울타리 안에는 작은 바위가 자리 잡고 있는데 이 바위가 예수님께서 제자들과 마지막 성찬식을 하고 이곳에 오셔서 하나님께 눈물로 기도했던 그 겟세마네 동산의 바위라고 한다.

　　순례자들은 그 바위 앞에 무릎 꿇고 앉아 조용히 묵상을 한다. 2천 년 전 이 바위에서 예수님께서는 땀방울이 핏방울이 될 정도로 하나님께 간절히 기도를 했다.

"하나님, 이 잔을 내게서 피할 수만 있다면 피할 수 있게 하여 주옵소서! 그러나 내 뜻대로 마시고 주의 뜻대로 하옵소서!"

시시각각 다가오는 죽음의 공포 앞에서 예수님은 기도를 하였지만 그 와중에도 제자들은 잠을 자고 있었다. 이곳에서 눈을 감고 묵상을 하면 그 당시 예수님께서 마지막으로 처절하게 기도하던 그 음성이 가슴에 메아리 치는 것을 느끼게 된다.

그리고 그 교회 건물을 나오면 오른쪽에 작은 정원이 있는데, 이 정원에는 둘레가 약 3m 정도 되는 크기의 오래된 감람나무 20여 그루가 자라고 있는 것을 볼 수 있다. 어떤 고고학자들은 이 감람나무의 수령이 약 2천 년 정도 되었다고 하니 아마도 이스라엘에서 가장 오래된 감람나무가 아닐까 싶다. 그렇다면 이 감람나무들은 2천 년 전 바로 이곳에서 눈물로 기도하던 예수님의 음성을 직접들은 유일한 목격자들이 되는 것일까?

그런데 한 가지 의문이 들게 된다. 이것은 분명히 동산이 아닌데 왜 우리는 겟세마네 동산이라고 하는 것일까? 성경이 번역될 때 잘못된 것일까? 이곳은 겟세마네 동산이 아니라 겟세마네 정원이라고 해야 더 옳을 듯하다.

예루살렘을 바라보며 주께서 우셨던 눈물교회 Dominus Flevit

만국교회의 정원을 지나 문밖으로 나오면 작은 골목길이 나오는데 이 골목길을 따라서 오른쪽으로 올라가면 바로 감람산 정상으로 올라 가게 된다. 그러나 감람산 정상으로 가기 전 만국교회에서 나와 약 50m쯤 가다 보면 왼쪽으로 작은 간판을 하나 보게 된다.

'도미누스 플레빗(Dominus Flevit)'

이 말은 라틴어로 우리말로 번역하면 '주께서 우셨다' 라는 뜻이다.

이곳이 눈물교회로 예수님께서 눈물을 흘리신 곳이다. 누가복음 19장 41~44절에 보면, 예수님께서 나귀를 타고 감람산을 넘어 예루살렘으로 오시다가 예루살렘 성을 바라보며 눈물을 흘리셨다는 이야기가 나오는데, 그것은 예수님께서는 지금 눈앞에 보이는 아름다운 예루살렘 성이 약 40년 뒤에 로마에 의해 파괴되고 무너지게 될 것을 미리 아시고 안타까워하시며 눈물을 흘리셨다. 그래서 이 교회를 눈물교회라고 부른다.

눈물교회

눈물교회의 외형은 눈물의 모양을 형상화 했다고 한다. 얼핏 보기엔 전혀 눈물 같아 보이지는 않지만 지붕의 네 기둥에 예수님의 눈물을 상징하는 장식을 매달아 올려서 눈물교회라고 이름을 붙였다고 한다.

이 교회 역시 비교적 최근에 세워진 교회이다. 원래는 6세기경에 초기 기독교인들이 비잔틴 양식으로 건물을 지었는데, 십자군이 퇴각한 이후 모슬렘에 의해 완전히 파괴되어 약 1400여 년 동안 폐허로 방치되어 있었다고 한다. 그러다가 1955년에 이태리 건축가에 의해 새로 지어진 교회가 바로 현재의 건물이 되었다.

　　이 교회 안으로 들어가면 예루살렘 성을 향해 난 커다란 창문이 있다. 아름다운 스테인드글라스로 장식되어 있는 이 창문을 통해 밖을 내다보면 예루살렘 성을 한눈에 바라볼 수 있다. 특히 해질 무렵 이곳에서 바라보는 예루살렘 성의 모습은 너무나 아름답다. 아마 예수님도 2천 년 전 이곳에서 예루살렘 성을 바라보며 눈물을 흘리셨을 것이다.

　　교회의 건물에서 나와 다시 출구 쪽으로 가다보면 왼쪽에 작은 동굴이 보이고 그 안에 여러 개의 석관들이 있는데, 이 석관들은 현재의 교회 건물을 지을 당시 현장에서 발굴된 석관들로 이 속에는 이름 모를 사람들의 유골이 보관되어 있다. 특이한 것은 유골이 들어있는 석관인데도 우리가 알고 있는 보통 관의 크기보다 훨씬 작다. 이것은 구약시대에는 없던 육체의 부활이라는 사상이 바리새파를 통해 유대교에 들어 온 후에 살이 다 썩고 난 시체의 뼈를 추려서 유골통에 보관하게 된 것들이라고 한다.

유대인 공동묘지

눈물교회를 나오면 맞은편에는 감람산 중턱에 하얀색의 석관들이 끝없이 줄지어 펼쳐져 있는 모습을 볼 수 있다. 이곳은 유대인들의 공동묘지이다. 이스라엘의 여러 지역에 걸쳐서 자리 잡고 있는 유대인들의 공동묘지 중에서도 이곳의 공동묘지는 그 자릿값이 가장 비싸다고 하는데, 그 이유는 유대인들은 죽어서 바로 이곳에 묻히는 것을 가장 큰 영예이자 또 가장 큰 소망이라고 여기기 때문이다. 그래서 현재도 수많은 유대인 사망자들은 이곳에 안장되기를 기다리며 대기표를 받아놓은 사람들도 있다고 한다.

그렇다면 유대인들은 왜 이곳 감람산 중턱에 묻히는 것을 가장 큰 영예로 여기는 것일까? 그 이유는 유대인들의 신앙관 때문이다. 유대인들은 아직까지도 자신들의 영혼을 하나님께로 인도해 줄 메시야가 오지 않았다고 믿고 있다. 그러나 그날이 언제일지는 모르지만 반드시 메시야는 오게 될 것이며 그때에는 자신들의 육신이 다시 살아나서 메시야를 맞이하게 될 것이라고 믿고 있다. 그때 메시야는 이곳 감람산으로 오게 될 것이고 이 기드론 계곡을 통해 예루살렘 성안으로 들어가게 될 것이라고 믿고 있다.

그때 메시야가 성안으로 들어가게 될 문은 예루살렘 성에 있는 문 중 하나인 황금문(Golden Gate)이라고 한다. 황금문은 예루살렘 성안으로 들어가는 8개의 문 중에서 현재 유일하게 사용하지 않는 붉은 벽돌로 막혀 있는 문이다. 그러나 메시야가 오게 되면 그 문이 열리게 되고 메시야가 그 문을 통해 예루살렘 성안으로 들어가게 되는데 그 황금문으로 들어가는 메시야를 가장 가까이에서 잘 볼 수 있는 곳이 바로 이곳 공동묘지의 터이다.

그래서 현재 이곳 공동묘지에는 약 3천여 개의 석관들이 안치되어 있고 유가족들은 유대인의 명절이나 기일 때가 되면 이곳에 찾아와 기도하며 석관위에 돌멩이를 올려놓는 것으로 망자에 대한 예를 갖춘다.

1993년에 개봉되어 수많은 관객들을 울렸던 영화 '쉰들러 리스트'는 제2차 세계대전 때 독일 나치에 의해 희생당했던 유대인을 소재로 한 영화이다. 그 영화에서 오스카 쉰들러라는 사람이 수천 명의 유대인을 구하게 되는데 그 영화의 마지막 장면을 보면 살아남은 수십 명의 유대인들이 실제의 오스카 쉰들러의 무덤에 찾아와 석관 위에 돌을 올려놓으며 기도하는 장면이 있다. 그 장면을 촬영한 장소가 이곳 유대인 공동묘지이며 지금도 이곳에 가면 항상 꽃이 놓여져 있는 쉰들러의 석관을 볼 수 있다.

주기도문교회 Church of The Pater Noster

70m밖에 안 되는 낮은 언덕임에도 불구하고 감람산 정상으로 올라가는 길은 숨이 턱까지 차오를 정도이다. 그렇게 헐떡거리면서 경사진 길을 걸어 올라가다 보면 어느 새 시원한 바람이 쉴 새 없이 불어오는 감람산 정상에 도착하게 된다.

그리고 정상에 마련된 전망대에서 바라보는 예루살렘의 전경은 그야말로 한 폭의 근사한 사진과도 다를 바 없다. 이곳 전망대에 앉아 있다 보면, 쉴 새 없이 관광객과 순례자들이 버스를 타고 올라와 이곳에서 내리고 그 관광객들에게 낙타를 끌고 가 기념사진을 촬영할 것을 요구하는 상인들, 예루살렘의 풍경이 담긴 엽서와 사진을 파는 어린 소년들로 잠시 북새통을 이루게 된다.

△주기도문교회 입구   △주기도문교회

전망대의 뒤쪽에 있는 건물은 Intercontinental Hotel인데 예루살렘의 젊은이들은 결혼식을 하면 이 호텔에서 하룻밤을 자는 것을 큰 기쁨으로 여긴다고 한다. 그리고 정상에서는 저 멀리 여리고와 요단계곡도 보인다. 이곳에서 잠시 땀을 식힌 뒤에 정상에서 왼쪽으로 가다보면 또 하나의 간판을 만나게 된다.

'컨벤트 오브 패터 노스터(The Convent of Pater Noster)'

라틴어로 '우리 아버지여!'라는 뜻의 이 건물은 예수님께서 제자들에게 기도하는 법을 알려주셨던 장소에 지어진 교회 건물이다. 누가복음 11장 1절에 보면, 예수님께서 감람산의 어느 한 곳에서 기도하고 계셨고 기도를 마치자 제자 중 하나가 질문하는 장면이 나온다.

"주여, 요한이 자기 제자들에게 가르쳐 준 것처럼 주께서도 저희에게 가르쳐 주십시오."

그러자 예수님께서 제자들에게 말씀하셨다.

"너희는 이렇게 기도하라. '아버지여, 주의 이름이 거룩히 여김을 받으시오며 주의 나라가 임하게 하소서. 날마다 우리에게 필요한 양식을 내려주시고 우리가 우리에게 빚진 모든 사람을 용서한 것같이 우리의 죄도 용서해주소서. 그리고 우리를 시험에 들지 않게 하소서.'"

예수님께서 제자들에게 기도하는 방법을 알려주셨던 장소가 패터노스터교회이다. 이곳은 313년 로마의 콘스탄티누스 황제가 기독교를 국교로 공인한 다음 그의 모친 헬레나 여사가 이곳 예루살렘을 방문해 이 동굴에 교회를 세웠다. 그러나 이 교회는 614년 페르시아에 의해 파괴되고 1192년 십자군에 의해 복원된다.

그리고 그 이후인 1187년 다시 회교도에 의해 파괴되어진 뒤에 오랜 세월동안 방치되다가 1874년, 프랑스 황녀인 '아울레리아'가 버려진 이 교회터를 사서 새롭게 교회와 수녀원을 건축하게 되는데 지금의 건물이 그때 지어진 건물이다.

이 교회 안에 들어가면 히브리어와 아람어로 된 주기도문과 세계 각국 언어로 된 주기도문이 타일에 적혀 벽에 붙어져 있는데 우리나라의 언어로 된 주기도문도 볼 수 있다. 그리고 예수님께서 제자들에게 주기도문을 알려주셨던 동굴도 깨끗하게 보존되어 있다.

가장 환상적인 기적의 현장 예수승천교회Dome of Ascension

주기도문교회를 나서면 그 앞에는 작은 아랍인 마을이 있다. 순례자들을 대상으로 기념품을 파는 가게가 하나 있지만 그것 말고는 여느 아랍인 마을과 마찬가지로 작은 구멍가게와 초등학교 건물이 있고 2층짜리 주택들이

승천교회 내부에 있는 예수님의 발자국
승천교회

다닥다닥 붙어 있는 것을 볼 수 있다.

　그 아랍인 마을 속에는 기독교 역사상 가장 환상적인 기적이 일어난 현장이 숨어 있다. 주기도문교회 바로 앞에 있는 길을 따라 가다 보면 그 안을 들여다 볼 수 없을 정도의 높다란 돌담 벽에 굳게 잠긴 철문을 만나게 된다. 바로 이 철문 안에 예수님께서 하늘로 승천했던 현장이 자리 잡고 있다.

　사도행전 1장 9~12절에 보면 예수께서 제자들을 이끌고 감람산 위에 가서서 축복하시고 승천하실 것을 말해주고 있다. 그 장소가 주기도문교회 맞은편에 있다.

　사도행전에 보면 제자들은 예루살렘을 떠나 안식일에 여행을 했다고 기록하고 있다. 그 당시 안식일 여행은 약 900m에 한정하는데, 이 거리가 예루살렘에서 승천장소까지의 거리이기도 한다. 현재 이곳은 아랍인 개인이 관리하고 있어서 안으로 들어가고 싶으면 입장료를 내야 한다. 하지만 그것도 아랍인 주인의 기분에 따라서 입장을 시키기도 하고 개인적인 일이 있으면 문도 열어주지 않는다.

　다행히 아랍인 주인이 문을 열어주면 넓은 마당 한가운데 자리 잡고 있는 원형의 건물을 만나게 된다. 그리고 그 안의 중앙 바닥엔 아주 작은 바위가 자리 잡고 있으며 그 바위엔 예수님이 승천하실 때 남겨놓았다는 발자국

같은 흔적이 있지만, 그 흔적이 정말 예수님의 발자국인지는 확인할 길은 없다.

이곳이 정말 예수님이 승천한 장소가 맞는 것일까? 이 원형의 건물 역시 4세기경에 만들어졌다가 다른 건물들과 마찬가지로 614년에 페르시아에 의해서 파괴되었다가 12세기에 십자군에 의해서 다시 세워진 곳이다. 이렇듯 어느 정도 역사적인 사연이 있는 곳이므로 전혀 근거가 없는 곳이라고 할 수도 없다.

일설에 의하면 원래 이 원형의 건물에는 지붕이 없었다고 한다. 왜냐하면 예수님이 하늘로 승천하신 곳이므로 지붕은 오히려 승천과는 어울리지 않았던 것이다. 그러나 십자군에 의해 건물이 세워진 이후 모슬렘에 의해 둥근 지붕이 덮어져 예수님의 승천이 무의미하게 되어버렸다. 순례자들은 이곳에 도착하게 되면 예수님이 승천하는 그 장면을 머릿속에 상상하며 '살아계신 주'를 찬양을 한다.

8미터의 견고한 벽, 분리장벽

승천교회를 나와서 감람산 뒤쪽으로 넘어가다 보면 뜻하지 않은 거대한 콘크리트 장벽을 만나게 된다. 이제까지 예루살렘 시내 곳곳에서 만났던 예루살렘 성도 아니고 아랍인들이 쌓아올린 돌 벽도 아니다. 그 어떤 대포를 쏘아도 절대 무너질 것 같지 않은 아주 단단한 콘크리트 장벽, 그것은 바로 현대 이스라엘이 아랍인들의 출입을 제한하기 위해 쌓아올린 분리장벽이다.

이스라엘은 몇 년 전부터 라말라와 베들레헴, 나블루스, 웨스트 뱅크에 높이 8m의 높다란 콘크리트 장벽을 660km나 되는 엄청난 길이로 세워놓았는데 감람산 뒤쪽에 있는 베다니 마을을 막아놓은 이 분리장벽도 그 중 하나이다.

분리장벽은 도시 전체를 빙 둘러 세워놓았기 때문에 그 안에 살고 있는 사람이 밖으로 나오려면 반드시 검문소를 거쳐야만 한다. 한마디로 아무나 쉽게 밖으로 나올 수 없게 그 안의 아랍인 주민들을 고립시켜 놓은 것이고 그 장벽은 넘을 수 없을 만큼 견고하다. 그 어떤 불도저가 와서 밀어도 절대로 쓰러지지 않을 만큼 단단하다. 이 콘크리트 덩어리를 베들레헴과 라말라와 동예루살렘 전체를 둘러쌓았으니 그 노력도 참 엄청날 뿐이다.

이 거대한 공사는, 2002년 7월부터 시작되어 총 34억 달러, 약 4조 원에 해당하는 돈이 들어갔다고 한다. 이런 식의 분리장벽은 그전에 이스라엘이 팔레스타인 자치 지역에 세워놓았던 철조망에 비하면 아주 단순한 구조지만 철조망이 세워졌던 때에 비하면 이제는 눈으로도 바깥세상을 볼 수가 없게 되었으니 정말 답답한 노릇이 아닐 수 없다.

물론 그 전의 철조망 설치도 장난이 아니었다. 우선 3m 높이의 철조망 안쪽으로는 사람 키만 한 둥근 철조망이 설치되어 있었다. 만약 검문소를 통과하지 않고 철조망을 뚫고 넘어가려면 날카로운 가시가 촘촘히 박힌 철조망 코일을 통과해야 하고, 그 다음에는 깊이 2m의 긴 도랑을 통과해야 한다. 그리고 전자 감응장치가 설치되어 있는 3m 높이의 본격적인 철조망을 통과해야 하고, 그 철조망을 통과하였다고 해도 수시로 군용 지프차와 장갑차가 오고가는 2차선 도로를 통과해야 한다. 그런 다음에도 사람의 발자국이 남을 수밖에 없는 모래밭을 또 통과해야 한다.

이스라엘은 예전의 철조망도 이렇게 철저하게 세워 놓았었다. 그런데 이제는 인간의 힘으로는 도저히 뛰어 넘을 수 없는 8m 높이의 거대한 콘크리트 장벽을 세워놓은 것이다.

팔레스타인 사람들은 이 장벽을 분리장벽이라고 부르지만 이스라엘 사람들은 보안 장벽이라고 한다. 똑같은 담벼락을 두고 이렇게 상반된 개념으로 이해하고 있는 것이다. 그러나 어쨌든 이 분리장벽으로 인해 팔레스타인 사람들은 마음대로 도시와 도시를 오가지 못하는 상황이 되어 버렸다. 감람산에서 베다니 마을로 가는 길에도 이렇게 육중하고 혐오스런 거대한 콘크리트 장벽이 가로막고 있다.

그곳에서 만난 한 주민이 이렇게 말했다.

"만약 예수님이 또 다시 이 마을을 지나 예루살렘으로 가신다 해도 이 분리장벽의 검문소를 통과해야 할 것이다."

나사로의 무덤

어렵게 분리장벽의 검문소를 통과해서 베다니 마을로 들어가면 아래쪽에 커다란 교회 종탑을 만나게 된다. 이곳은 예수님께서 예루살렘으로 가시기 직전에 죽은 나사로를 다시 살려내신 기적의 사건을 기념하기 위해 세워진 교회이다. 그리고 이 교회에서 불과 50m 떨어진 곳에 나사로의 무덤(Tomb of Nazarau)이 있다.

자동차 한 대 겨우 지나다닐 만한 골목길의 담벼락을 따라 걸어 올라가면 눈에 띄는 초록색의 작은 간판으로 인해 그곳이 나사로의 무덤인 줄 알 수 있지, 간판이라도 없었다면 아무도 그곳이 나사로의 무덤인 줄 알 수 없을 것이다. 그만큼 관리가 제대로 되어 있지 않은데, 이곳 역시 개인이 운영하고 있어서 입장료를 내야 한다.

물론 이곳이 정말 2천 년 전에 예수님께서 손을 들어 죽은 나사로를 불러내신 그 무덤인지는 확신할 수 없다. 하지만 이 안으로 들어가면 허리를 숙여야만 할 정도로 아주 낮은 동굴이 나오는데 습한 동굴의 특유한 냄새가 코를 자극하고 빛이라고는 전혀 들어오지 않는다. 전등의 불빛에 의지해서 따라 들어가면 막다른 곳에 약 2평 정도의 작은 방이 나온다. 바로 이곳이 죽은 나사로가 사흘 동안이나 누워 있었던 곳이라고 한다. 나사로는 분명 이 동굴 밖에서 예수님이 부르시는 소리를 들었을 것이다.

"나사로야, 나사로야 나오너라."

한 번 죽은 사람은 두 번 다시 살아나올 수 없었던 이 죽음의 공간에 예수님은 생명의 기운을 불어넣으셨고 나사로는 사흘 동안 온몸을 휘감고 있었던 슬픔의 옷을 벗어 던져버렸다.

무덤 입구의 맞은편에는 나사로의 남매였던 마리아 자매가 살던 곳으로 그 당시의 가옥구조를 그대로 재연해 놓았는데 집안으로 들어가면 예수님 당시의 베다니 사람들이 어떤 주방형태를 이루고 있었는지, 거실과 침실은 어떠했는지를 대충 짐작할 수 있도록 비슷하게 만들어 놓았다. 물론 이곳도 돈을 내고 입장할 수 있는 곳이다.

그런데 한 가지 의문이 든다. 베다니는 도대체 어떤 마을일까? 그리고 나사로는 무슨 병으로 죽은 것일까?

2천 년 전, 예수님 당시 예루살렘 성안에는 전염병이 자주 돌았다고 한다. 워낙 날씨가 덥고 물이 귀한 곳이라 갖가지 오염 물질이 많았고 그로 인해 장염과 설사 복통 등 내장질환과 나병 등과 같은 전염성 피부병에 걸린 환자들이 많았다. 그중에서도 전염이 빠른 병에 걸린 환자들은 발견되는 즉시 예루살렘 성에서 쫓겨났는데 그렇게 쫓겨나서 모여 산 마을이 바로 감람산 뒤편 마을인 베다니였다.

그럼 왜 하필 감람산 뒤편일까? 감람산 정상에 올라서면 예루살렘 성쪽에서 감람산을 향해 바람이 불어오는 것을 알 수 있다. 이 바람은 절대로 감람산에서 예루살렘 성쪽으로 부는 법이 없다. 이 바람은 2천 년 전에도 마

1)나사로의 무덤입구 2)나사로의 무덤 내부
3)감람산에 있는 마리아의 집 4)나사로기념교회

찬가지였을 것이다. 즉, 전염성이 강한 나병이나 피부병에 걸린 사람들을 감람산 뒤쪽에 모여 살게 하면서 혹시라도 날리게 될지 모르는 피부병 환자들의 각질이 예루살렘 성쪽으로 날아오지 못하도록 하게 한 것이다. 마치 영화 벤허에서 마지막 부분에 등장하는 나병환자들의 집단 촌락처럼 말이다.

베다니 마을이 그 당시 나병환자들의 집단 촌락이었다는 근거는 없지만 베다니라는 지역의 이름의 뜻이 그런 느낌을 갖게 한다. 베다니라는 말은 '베트 아니야(Beit ania)'에서 나온 말인데, 이 말의 뜻은 '가난한 사람들의 마을'이라는 뜻이다. 또 그 당시 베다니에는 예루살렘 성안에 들어가서 살 수 없는 가난하고 병든 자들이 모여 사는 곳이었다고 고대 역사가 요세푸스는 말한다.

그곳을 예수님께서 찾아가신 것이다. 그리고 죽은 지 사흘씩이나 된 나사로의 무덤을 찾아가 그의 이름을 부르셨던 것이다.

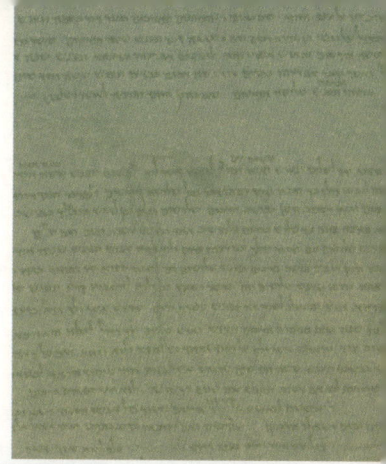

어둠의 골짜기

기.드.론

르살렘 성안에서 스테판의 문을 나와 기드론 골짜기에 이르면 인적이 드물고 건너편에는 치료될 수 없는 병에 걸려서
돼되어 살아가는 사람들이 사는 동네 베다니가 있는 곳이고, 불효자 압살롬의 무덤과 기혼샘, 히스기야 터널, 실로암
ㄱ, 다윗성, 에느로겔샘이 연계되어 있다.

어둠의 골짜기
기드론 Kidron valley

예루살렘의 방어벽

예루살렘 성에서 감람산으로 가기 위해서는 예루살렘 성의 양의 문, 또는 스테판문이라고 불리는 곳을 나와 내리막길로 걸어야 한다. 그 내리막길 끝에는 황량하기 이를 데 없는 작은 골짜기가 나오는데, 이 골짜기가 예루살렘 성 바로 옆에 있는 기드론 골짜기이다.

기드론 골짜기란 어두운 또는 혼탁한 골짜기라는 뜻이다. 대체 이 기드론 골짜기는 왜 이렇게 어둡고 암울한 이름을 갖게 된 것일까? 사람들이 북적거리고 화려하기만 하던 예루살렘 성안에서 스테판문을 나와 기드론 골짜기에 이르는 순간 인적도 드물고 푸석푸석한 골짜기를 만나게 되고, 그 골짜기 건너편에는 유대인들의 공동묘지와 치료될 수 없는 병에 걸려서 격리되어 살아가는 사람들이 사는 베다니 마을이 나오기 때문에 이 골짜기를

어둡고 음산한 골짜기라고 생각한 것 같다.

예루살렘 성의 동쪽 벽을 끼고 이어지는 기드론 골짜기를 따라 내려가다 보면 예루살렘 성안에서 시작되어 나오는 치즈 골짜기(cheez valley)와 만나게 되고, 더 내려가다 보면 예루살렘 성의 남쪽 벽을 감싸며 내려오는 힌놈 골짜기(hinnom valley)와 만나 결국 이 골짜기는 유대광야를 거쳐 사해로 들어가게 된다.

즉, 예루살렘 성은 기드론 골짜기와 힌놈 골짜기 사이에 위치해 있다. 그래서 외부의 세력들이 예루살렘 성을 공격하기 위해서는 이 골짜기들을 지나야 하는 어려움을 겪게 되었고 따라서 예루살렘은 자연이 만들어 준 천혜의 요새 역할을 할 수 있었다. 그래서 다윗이 예루살렘을 정복할 당시 예루살렘에서 살고 있던 여부스 사람들은 다윗을 향해 '소경이나 절름발이가 지켜도 다윗을 물리칠 수 있다' 라고 비아냥 거렸던 것이다.

성경에서도 기드론 골짜기는 소개가 여러 번 되고 있다. 다윗은 아들 압살롬의 반역을 피해 이 기드론 골짜기를 통해 도망갈 수밖에 없었고, 예수님은 갈릴리에서 예루살렘으로 오실 때 베다니를 거쳐 이 기드론 골짜기를 건너 예루살렘 성안으로 들어오셨으며, 며칠 뒤 다시 제자들과 함께 이 기드론 골짜기를 지나 겟세마네 동산으로 가서서 마지막 기도를 하셨다.

그리고 이 기드론 골짜기의 시작 지점에는 예수님을 증거하다가 순교한 스데반기념교회가 있고, 성모 마리아의 무덤이 있으며, 겟세마네 정원이 있다. 뿐만 아니라 그 골짜기를 따라서 걸어가다 보면 왼쪽에 압살롬의 무덤과 선지자 스가랴의 무덤, 그리고 헤실 자손들의 무덤이 있으며 또 그 밑으로 내려가다 보면 기혼샘과 실로암 연못을 만나게 된다.

이렇듯 기드론 골짜기는 구약성경과 신약성경의 중요한 역사적 사건의 배경이 되는 곳이다.

인류 최고의 불효자 압살롬의 무덤

기드론의 푸석푸석하고 먼지 날리는 골짜기를 따라 내려가다 보면 왼쪽에 이상한 모양의 거대한 석조 건축물을 만나게 된다. 지상에서부터 8m까지 네모난 형태의 구조는 이오니아식 기둥이 반각으로 조각되어 있고 그 위에는 마치 깔때기를 거꾸로 엎어놓은 듯한 형태의 이집트 건축 양식의 지붕이 있는데, 이것은 약간은 이상하고 조화롭지 않게 보이기도 한다. 이 건축물이 이스라엘 역사의 가장 비극적인 왕자 압살롬의 무덤이다.

압살롬은 이스라엘의 두 번째 왕인 다윗과 그술의 왕 달매의 공주 사이에서 태어난 아들로 사무엘하 1장 25절에 기록되어 있는 것처럼 발바닥에서부터 정수리까지 흠이 없을 정도로 완벽한 아들이었고 키도 크고 얼굴 또한 미남형이었다. 특히 그의 헤어스타일은 많은 여성들이 보고 반할 정도로 아름다웠고 아버지 다윗 왕으로부터 여러 명의 자녀들 가운데서도 사랑을 한 몸에 받고 있었다.

그러나 그런 압살롬에게도 일순간 비극은 시작되었다. 압살롬과 배다른 형제 암논이 자신의 누이인 다말을 겁탈했다는 소식을 듣고 그는 암논을 죽이고 만다. 비록 이복형제이긴 하지만 아버지 다윗 왕의 아들인 암논을 죽였다는 사실 때문에 아버지로부터 엄한 꾸지람을 듣게 될 것을 두려워 한 압살롬은 결국 헤브론으로 도망을 간다. 그리고는 그곳에서 4년간 시간을 끌며 군사를 조직하여 아버지 다윗을 죽이고 이스라엘의 왕권까지 빼앗을 음모를 꾸민 후 그것을 실행으로 옮기게 된다. 이 과정에는 그동안 다윗으로부터 미움을 받게 된 다윗의 신하 아히도벨이 압살롬을 부축여서 이 같은 역적 모의를 하게 만들었다.

그러나 압살롬의 쿠데타 시도는 결국 실패로 돌아가고 다윗 왕의 충직한 신하 요압으로부터 쫓기다가 상수리나무에 그 아름답다던 머리카락이 걸려 그 자리에서 죽게 된다. 한마디로 아버지를 향해 칼을 들이댔다가 결국 자신이 어이없게 죽게 되는 불효자가 된 셈이다.

다윗이 그렇게도 사랑하고 기대했던 아들 압살롬의 역적과 죽음… 압살롬이 죽었다는 소식을 듣게 된 다윗은 차갑게 식어버린 아들의 시신을 끌어안고 땅 위를 뒹굴며 울부짖는다. 그리고는 그 아들의 무덤을 만들어 준다. 그 무덤이 바로 기드론 계곡에 있는 압살롬의 무덤이다.

이스라엘 역사상 가장 불효막심했던 아들 압살롬, 그래서 옛날에는 이 무덤 앞에 돌들이 많이 쌓여있었다고 한다. 그 무덤 앞을 지나던 사람들이 불효자 압살롬의 행실을 생각하며 돌을 던졌는데 그 돌들이 얼마나 많이 쌓

1)압살롬의 무덤
2)기혼샘 입구 3)기혼샘 내부

였는지 작은 언덕을 이룰 정도였다고 한다.

그리고 그 당시의 사람들은 자식들이 말을 듣지 않거나 말썽을 피우게 되면 이곳 압살롬의 무덤으로 데려가 그 앞에 쌓여있는 돌 언덕을 보여주며 훈계를 했다는 이야기가 있다. 물론 지금은 그 돌들이 없다. 또한 아무도 관리하지 않아 그의 무덤은 골짜기의 한쪽 구석에 폐허처럼 방치되어 있다. 압살롬의 무덤 옆에는 헤실 자손들의 무덤과 선지자 스가랴의 무덤도 나란히 있다.

수천 년 동안 끊이지 않는 기적의 기혼샘

압살롬의 무덤에서 다시 약 100m 정도 골짜기를 따라 내려가다 보면 오른쪽에 작은 간판을 하나 만나게 된다. 영어로 Gihon Spring이라고 적혀 있는 기혼샘이다. 예전에는 기혼샘의 입구를 팔레스타인 사람들이 관리하고 입장료를 받았는데, 지금은 이스라엘 문화재 관리청에서 관리하면서 입구의 위치도 약간 바뀌고 관광객을 위해 새롭게 단장하면서 입장료도 훨씬 높게 받고 있다.

입구를 통해 들어가면 아래로 내려가는 어두운 계단이 나오고 계단을 따라 내려가면 듣기만 해도 시원한 콸콸 거리는 물소리가 동굴 속에서 들려온다. 아마도 예루살렘에서 수천 년 동안 변하지 않고 지금까지 계속 이어지고 있는 것이 두 가지 있다면, 그 중 하나는 감람산 정상에 불어오는 바람일 것이고 또 하나는 기혼샘에서 솟아나는 물줄기 소리일 것이다.

수천 년 전부터 샘솟기 시작한 물이 지금도 하루에 수만 톤의 물이 샘솟고 있다니 물이 귀한 예루살렘에서는 그야말로 기적에 가까운 일이 아닐 수 없다. 그래서 기혼이라는 말도 '넘쳐난다' 또는 '뿜어 나온다' 라는 뜻이라고 한다.

지금은 갈릴리 호수에서 끌어온 물로 예루살렘의 모든 사람들의 식수를 대신하고 있지만 예전에는 예루살렘에서 유일한 이 샘물의 물을 길어다 식수로 사용하였다. 그래서 고대 예루살렘에서 살았던 여부스 민족도 식수가 중요했기 때문에 기혼샘 바로 위에 있는 예루살렘을 중심으로 그 터전을 잡았을지도 모른다.

그래서인지 고대 예루살렘 사람들은 이곳 기혼샘을 굉장히 중요하고 성스러운 곳으로 생각하였다. 만약 기혼샘이 오염되거나 적의 손에 넘어가게 되면 예루살렘 사람들의 건강과 생명을 포기하는 것과 다름없었다. 그리고 예루살렘 사람들은 기혼샘을 식수로 사용했을 뿐만 아니라 성전 의식용으로도 사용하였다. 그래서 다윗이 자신의 아들 솔로몬에게 이스라엘의 세 번째 왕으로 기름을 붓는 의식을 행하기 위해 이곳 기혼샘으로 찾아왔었다.

다윗이 너무 늙어 왕으로서의 역할을 제대로 할 수 없게 되자 다윗의 또 다른 아들 아도니아가 제사장 아비아달의 도움을 받아 자기 스스로 왕권을 이어 받으려는 음모를 꾸미고 있었다. 아도니아는 결국 기드론 골짜기의 끝부분에 있는 에느로겔이라는 곳에서 많은 사람들을 불러 모아 자신의 세력을 규합하는 잔치를 열게 된다.

그 사실을 알게 된 다윗의 아내 밧세바는 이러다가는 자칫 자신의 아들인 솔로몬보다는 아도니아에게 왕권이 넘어갈까 다급해졌고 급기야는 다윗을 찾아간다. 다윗이 이스라엘의 세 번째 왕권은 밧세바의 아들 솔로몬에게 넘겨주기로 약속하였는데 아직까지 실행에 옮기지 않고 있으니 어서 빨리 솔로몬에게 왕권을 넘겨주라고 졸랐던 것이다. 다윗은 당장 사독이라는 제사장과 함께 솔로몬을 데리고 기혼샘으로 찾아가 그곳에서 다윗은 솔로몬에게 이스라엘의 세 번째 왕권을 넘겨주는 의식을 거행하게 된다.

지금 생각해 보면 아도니아가 기혼샘에서 세력을 규합하는 일을 하지 않고 기혼샘에서 멀리 떨어진 기드론 골짜기의 끝자락인 에느로겔에서 그런 일을 한 것이 결정적인 실수가 아니었을까 하는 생각을 하게 된다.

미스터리의 히스기야 터널

지금도 하루에 수만 톤가량 솟아나온 기혼샘의 샘물들은 어디로 흘러가는 것일까? 그 물들은 기혼샘과 연결된 좁고 기다란 터널을 향해 흘러들어간다. 그 터널이 바로 히스기야 터널이다. 히스기야 터널은 기혼샘과 실로암 연못으로 연결된 533m 길이의 결코 짧지 않은 암반 터널이다. 단순히 땅을 파 들어가는 것이 아닌 견고하고 딱딱하기 이를 데 없는 암반을 533m나 파 들어갔다는 것은 정말 대단한 공사이다. 이 기혼샘으로 들어가 실로암 연못까지 터널을 걸어서 통과하는 데는 약 3,40분 정도 소요되는데 물의 깊이는 무릎까지 오고 터널의 높이는 약 2m 정도이며 폭은 한 사람이 겨우 지나갈 수 있을 정도로 좁은 터널이다.

　　그렇다면 이렇게 어마어마한 규모의 터널은 누가 왜 파놓은 것일까? 이 터널은 유다의 히스기야 왕의 지시에 의해서 파 놓은 인공 터널이다. 기원전 7세기경 히스기야가 유다를 다스리고 있을 당시 유다는 북쪽의 앗시리아의 지배를 받고 있었으며 매년마다 앗시리아에 조공을 바치고 있어서 히스기야 왕을 비롯한 유다 백성들은 늘 앗시리아에 대해 불만을 가지고 있었다. 그러다가 앗시리아의 왕이 산헤립으로 바뀌게 되자 이 기회를 이용해 히스기야 왕은 더 이상 앗시리아에 조공을 바치지 않겠다고 통보한다. 물론 산헤립의 보복성 공격을 충분히 예상하면서 히스기야 왕은 예루살렘 성벽을 더욱 튼튼하게 건설하면서 전쟁에 대비를 하였다.

　　그러나 예루살렘 성안의 백성들이 유일하게 사용하던 식수원인 기혼샘이 문제가 되었다. 앗시리아의 군사들이 예루살렘을 포위하게 되면 예루살렘 백성들은 성 밖에 있는 샘물을 길어다 먹을 수가 없게 되고 그런 상태라면 3개월 이상을 버틸 수가 없게 되기 때문이다.

　　히스기야 왕은 아주 심각한 결정을 하게 된다. 그것은 성 밖에 있는 기혼샘의 물을 성 안에 있는 실로암 연못으로 끌어 들이는 것이었다. 기혼샘과 실로암 연못까지는 500m가 넘는 거리였고 그 사이에는 작은 틈도 없는 단단한 암반으로 가로 막혀 있었지만 공사는 시작되었다.

　　기혼샘과 실로암 연못, 양쪽에서 파고 들어가는 터널 공사는 말 그대로 죽음의 공사일 만큼 난공사였고 엄청난 노력과 땀을 흘려야만 하는 작업이었다. 언제 앗시리아의 군사들이 쳐들어올지 모르는 절대 절명의 순간, 암반을 깨는 둔탁한 소리가 들리기 시작했고 워낙 시간에 쫓기는 공사다 보니 터널의 넓이도 한사람이 겨우 통과할 정도로 좁게 파 들어갈 수밖에 없었다.

여기저기서 공사장의 인부들이 부상을 당하고 돌에 깔려 죽는 일도 발생했다. 그러다가 겨우 3규빗, 즉 약 1m 30㎝를 사이에 두고 반대쪽에서 파고 들어온 석공들의 목소리를 들을 수 있게 되었고 마침내 마지막 암반이 뚫리는 순간 기혼샘의 물이 실로암 연못 쪽으로 쏟아져 들어왔다. 드디어 533m의 터널이 완성된 것이다.

히스기야터널 평면도

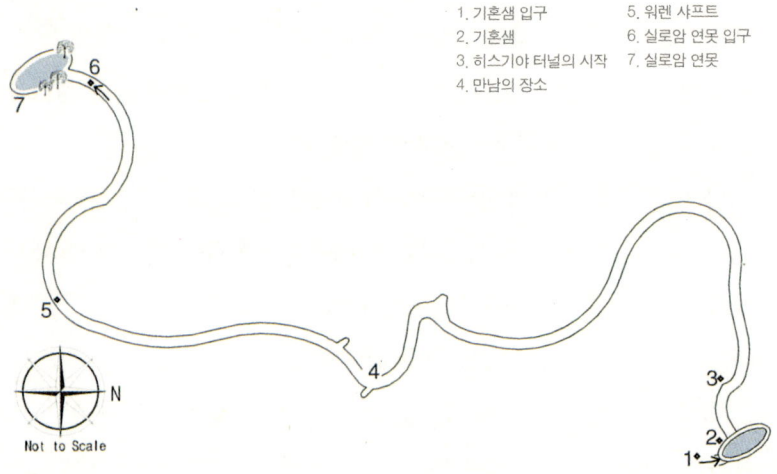

1. 기혼샘 입구
2. 기혼샘
3. 히스기야 터널의 시작
4. 만남의 장소
5. 워렌 샤프트
6. 실로암 연못 입구
7. 실로암 연못

N

Not to Scale

놀라운 것은 이런 수로 공사는 일정한 경사를 이루어야 물이 흐르는 법인데 히스기야 터널은 이 경사를 정확히 유지하고 있다. 뿐만 아니라 그 당시 나침반이나 내비게이션, 그리고 GPS도 없던 시절에 어떻게 정확하게 암반을 뚫고 상대방과 만날 수 있었을까? 그것은 아직도 비법을 알 수가 없는 미스터리로 남아있다.

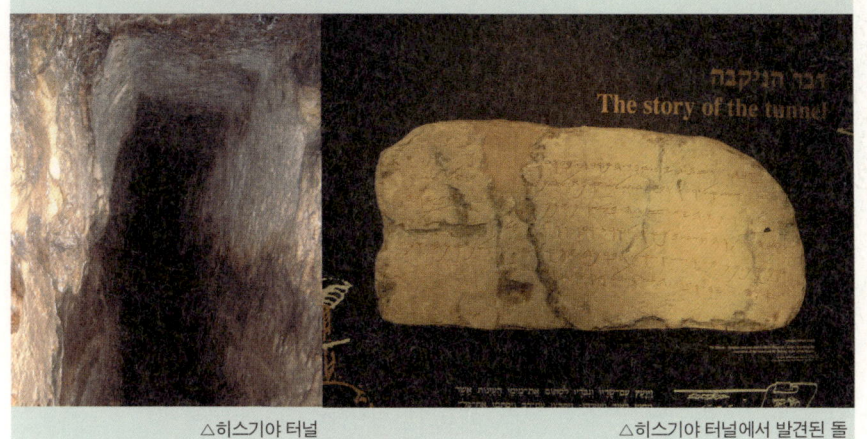

△히스기야 터널   △히스기야 터널에서 발견된 돌

다윗의 비밀통로, 워렌 샤프트^{Waren Shaft}

기혼샘에서 시작된 533m 길이의 히스기야 터널을 걷는 체험은 예루살렘 여행의 색다른 묘미를 선사하게 된다. 뜨겁고 건조한 예루살렘의 기후와 오르락내리락 걸어야 하는 예루살렘의 독특한 지형을 돌아다니다 보면 시원한 그늘이나 시원한 물을 찾을 수밖에 없게 되는데 히스기야의 터널 안으로 들어가는 순간 무릎까지 차오르는 시원한 물과 발바닥에 느껴지는 거칠한 바위바닥의 느낌, 그리고 끝이 보이지 않는 캄캄한 터널 속은 시원하면서도 왠지 모를 공포감이 몰려오게 된다.

히스기야 터널은 한사람이 겨우 지나갈 정도로 폭이 좁고 높이는 약 2m 정도 되지만 기혼샘에서 출발할 때 높이는 그다지 높지 않다가 히스기야 터널의 끝부분인 실로암 연못쯤에 가면 높이가 약 2~3m 정도 높아진다. 이것은 아마도 처음 공사할 때 높낮이를 잘못 계산해서 그런 것이 아닐까 하는 생각이 들지만, 기혼샘에서 시작된 물줄기가 실로암 연못까지 흘러가는 터널 바닥의 경사도의 정확도를 볼 때 놀랄 수밖에 없다.

뿐만 아니라 히스기야 터널은 직선으로 뚫려 있지 않다. 영어의 알파벳 S자처럼 구부러져 있는데 기혼샘에서 시작된 이 터널을 걸어 들어가서 약 100m 정도 지나면 갑자기 터널의 윗부분에 뚫린 작은 구멍을 하나 만나게 된다. 터널 속이 너무 어둡기 때문에 굳이 누가 설명을 해주지 않으면 그런 구멍이 있는지조차 모를 정도이다.

왜 히스기야 터널에 이런 구멍이 있었던 것일까? 그 구멍은 다윗이 예루살렘을 수도로 삼기 전에 이미 그곳에서 살고 있었던 여부스 사람들이 기혼샘의 물을 긷기 위해 땅위에서부터 이곳 터널까지 파놓은 구멍이었다. 그런데 이 구멍을 다윗이 예루살렘을 공격할 때 아주 적절하게 사용하였다.

다윗은 왕이 된 후 7년간 예루살렘에서 조금 떨어진 헤브론에서 이스라엘을 다스리다가 예루살렘으로 수도를 옮기고 싶어 했다. 그런데 예루살렘에는 이미 여부스 민족이 살고 있었고 그들이 쌓아올린 성 또한 난공불락이었다. 더군다나 예루살렘 성 주변은 기드론 골짜기와 힌놈 골짜기로 둘러싸여 있었기 때문에 다윗은 쉽게 예루살렘 성을 공격할 수 없었다.

바로 그때 다윗은 이런 생각을 하였다. 기혼샘에 있는 그 구멍을 이용하여 전투경험이 많고 힘이 센 특수요원 몇 명을 여부스 민족의 성안으로 들어가게 한 다음, 안에서 그들이 성문을 열면 다윗의 군사들이 성안으로 들어가 여부스 민족을 내쫓는 것이었다. 이 작전은 정확히 맞아 떨어졌고 성공하였다.

그때부터 이곳 예루살렘은 여부스 민족의 땅이 아닌 이스라엘 백성의 땅이 되었다. 역사책에만 기록되어 있는 그 구멍을 아무도 찾지 못하였지만

워렌 샤프트 입구

1867년 찰스 워렌(Char-les Waren)이라는 고고학자가 이 구멍을 발견하였고 그때부터 이 구멍을 워렌 샤프트(Waren Shaft), 워렌의 수직갱도라고 부르고 있다.

이적의 현장 실로암 연못

워렌 샤프트의 구멍을 지난 뒤 아무리 걸어도 끝이 보이지 않는 어둠의 터널, 숨소리조차도 먼 곳까지 울려 퍼지는 밀폐된 공간, 그런 터널 속을 약 40분 정도 걸쳐서 지나오면 드디어 먼 곳으로부터 밝은 빛이 비쳐온다. 드디어 히스기야 터널이 끝나는 순간이다. 그 끝에 다다르면 몇 개의 커다란 돌 기둥이 아무렇게나 쓰러져 있는 작은 연못이 나오는데 이곳이 실로암 연못

실로암 연못

이다. 기혼샘의 물을 받는 곳 실로암, 그래서 실로암이라는 뜻은 보냄을 받았다는 뜻이다.

실로암은 원래 겨울철 우기에 내리는 빗물을 담아 두는 곳이었지만 히스기야 왕이 기혼샘의 물을 성안에 있는 실로암까지 끌어들이는데 성공하면서부터 예루살렘 성안에 살던 사람들도 성문이 완벽하게 닫힌 이후에도 맘 놓고 식수를 사용할 수 있게 되었다.

실로암 연못은 성경에서 크게 두 번 정도 소개가 된다. 첫 번째로, 예수님 당시 실로암에 있던 망대가 무너져서 그 돌들에 18명이 깔려 죽는 사건이 발생하였다. 망대를 세운 돌들이라 하면 엄청난 크기와 무게의 돌들이었을 텐데 그 돌에 깔려 죽었으니 죽은 사람들의 주검은 처참하였을 것이다.

이때 죽은 사람들은 이곳 실로암 망대에서 일하던 일꾼이라고도 하고 망대에 있는 죄수들이라고도 한다. 아마도 그 당시 망대의 밑 부분에 죄수를 가두는 감옥이 있었나 보다. 어쨌든 시신을 수습하지도 못할 정도로 처참하게 죽은 18명을 두고 어떤 사람들은 그들이 죄를 많이 지어서 돌에 깔려 죽었다는 말을 하기도 했고, 또 어떤 이들은 하나님이 그들을 심판하셨다는 말도 했다. 그러나 예수님은 "그렇게 죽은 사람들이 예루살렘에 있는 모든 사람보다 죄가 더 있는 줄 아느냐? 아니다. 만일 누구든지 회개하지 않으면 다 이처럼 죽게 될 것이다"라고 하셨다.

두 번째는 예루살렘 성을 찾은 예수님께서 태어날 때부터 소경이었던 사람에게 진흙으로 눈을 비빈다음 실로암 연못에 가서 씻으라고 하신 이야기이다. 태어날 때부터 전혀 앞을 보지 못했던 소경이 비로소 눈이 뜨이고 세상을 보게 된 곳 실로암, 그래서 소경에게는 실로암이 제2의 탄생의 장소가 된 것이나 다름없었다.

현재 이곳 실로암 연못에 가면 돌기둥이 뒹구는 것을 볼 수 있는데, 이 것은 실로암 연못의 자리에 5세기경 교회가 세워졌지만 페르시아 침략 때 무너져 오늘날까지 재건되지 않고 그냥 방치되어 있는 것이다. 그리고 실로 암 연못이 있는 이 마을은 지금도 실완(silwan)이라고 부르며, 팔레스타인 사 람들이 거주하고 있다.

다윗성 City of David

기혼샘과 실로암 연못을 연결하는 히스기야 터널의 윗부분에는 과연 무엇이 있을까? 현재 그곳에 가면 기드론 계곡 중턱에 비스듬히 걸쳐 있는 다윗의 도시(City of David)가 있다. 다윗의 도시는 여부스 민족으로부터 예 루살렘을 빼앗은 뒤에 세운 다윗의 성, 즉 예루살렘 성이다. 즉, 다윗이 예루 살렘을 점령하고 제일 먼저 자리를 잡은 곳이 현재의 예루살렘 성이 아니고 성 밖에 있는 기드론 골짜기의 아랫부분이다.

다윗성은 지형적으로 아주 독특한 모습을 하고 있는데, 마치 경사가 높 은 골짜기에 세워진 듯한 형태이다. 그래서 이곳에서 바라보면 멀리 모리아 산이 보이고 또 집무실 옥상에 올라가면 다른 집의 앞마당이 내려다보인다. 아마도 이런 지형적 특색이 다윗을 찬란하게도 하고 암울하게도 한 개인의 역사가 시작된 곳이 아닐까 생각이 든다.

우선 다윗은 달려가면 5분 정도밖에 걸리지 않을 거리에 있는 모리아 산을 보면서 남의 집에 보관되어 있는 모세의 법궤를 제대로 된 장소에 모셔 야겠다는 생각을 하게 된다.

그 생각은 곧바로 성전 건축 계획으로 이어지게 되고 크고 웅장하며 화려한 성전의 모양을 구체적으로 구상하며 설계를 하게 된다. 그리고 결국에는 그의 아들 솔로몬에게 그 역할을 넘기게 된다. 이스라엘 백성이 하나님께 제사를 드리는 성전, 하나님의 영이 거하는 장소, 그곳을 다윗이 바로 모리아산을 보며 구상한 것이다. 지금도 이곳에 서면 저 멀리 보이는 모리아산, 지금은 모슬렘의 성지 황금사원의 황금색 지붕이 손에 잡힐 듯 보인다.

그리고 다윗은 눈을 반대쪽으로 돌려 저 멀리 보이는 유대광야와 사해, 요단강 건너 암몬과 에돔 땅을 바라보며 정복의 꿈을 키웠을 것이다. 그런가 하면 다윗은 이곳에 있던 자신의 집무실 옥상에 올라갔다가 저 아래쪽에 있는 남의 집 앞마당을 보게 된다.

다윗은 봐서는 안 될 장면을 목격하게 된다. 바로 남편이 있는 여인 밧세바의 목욕장면이다. 이 장면을 목격한 이후 다윗은 그의 일생일대의 큰 변화를 갖게 하는 중요한 사건을 저지르게 되고, 그 사건 이후 다윗은 나단 선지자의 경고와 예언처럼 아들간의 피비린 나는 살육과 보복이 벌어졌으며 끝내는 아들 압살롬에 의해 도망가게 되는 신세를 지게 된다.

현재 이곳에 가면 놀랍게도 다윗이 세웠던 성벽과 건축물들의 일부가 남아있는 것을 볼 수 있다. 그다지 크지 않은 돌들로 쌓여진 돌담과 기둥들은 분명 3천 년 전 다윗의 손길이 닿았을 것이다. 이 흔적들을 보건데 나중에 솔로몬이 세운 성전에 비해 다윗의 도시가 너무나 규모가 작고 검소했다는 것을 느끼게 된다. 그만큼 다윗은 자신의 성보다도 하나님의 성전을 더 크고 화려하게 짓고 싶어 했던 맘이 있었다.

또 이곳에는 기원전 586년에 바벨론에 의해 파괴되기 전까지 사용하던 화살촉과 가구, 불에 탄 흔적들이 발굴되어 전시되어 있다.

메마른 샘, 에느로겔Enrogel

기드론 골짜기에 있는 실로암 연못에서 다시 약 100m만 내려가면 예루살렘 성의 또 다른 쪽을 감싸고 있는 힌놈 골짜기와 만나게 된다. 기드론 골짜기와 힌놈 골짜기가 서로 만나는 지점, 그곳에서 또 다시 몇 미터만 내려가면 주택가 속에 있는 작은 샘을 하나 발견하게 된다.

하루에도 몇 만 톤의 맑고 시원한 물이 콸콸 거리며 쏟아지는 기혼샘과는 비교가 되지 않을 정도로 작은 샘이다. 과거엔 물이 얼마나 나왔을지는 몰라도 현재는 낡은 전기 모터 펌프가 하루에 몇 차례 돌려야 겨우 몇 양동이의 물만이 나온다고 한다.

이 샘은 바로 정탐의 샘 또는 스파이의 우물이라는 뜻의 에느로겔샘이다. 이곳에 왜 이런 이름이 붙여졌을까?

사무엘 하 17장 17절에 보면, 다윗 왕이 쿠데타를 일으킨 아들 압살롬을 피하여 요단강 쪽으로 도망갔을 때 다윗 왕의 두 정탐꾼인 요나단과 아히마아스가 에느로겔 가에 머물며 성내의 소식을 기다렸다는 기록이 나온다.

그 배경은 다윗성은 반역자 압살롬과 그의 군사들이 점령하고 있었고, 압살롬은 역적을 뒤에서 사주했던 아히도벨의 지시대로 아버지 다윗 왕의 후궁들과 동침하는 등 정권이양의 순서를 밟고 있었다. 정탐꾼은 다윗성과 비교적 가까운 이곳 에느로겔샘 근처에 잠복하고 숨어 있다가 때마침 물을 긷기 위해 성 밖으로 나온 여인으로부터 성안의 소식을 듣게 되는 장소가 이곳 에느로겔이다.

이곳 에느로겔은 또 다른 역사의 현장으로 성경에 소개된다. 솔로몬의 이복형인 아도니야는 다윗 왕의 뒤를 이어 이스라엘의 세 번째 왕이 되기를 꿈꿔왔다. 그가 그런 생각을 가질 수밖에 없었던 것은 자신의 윗 형들이었던 암논과 압살롬이 죽었기 때문에 자신이 왕권을 받을 수 있다고 생각했던 것이다.

그러나 아버지 다윗 왕은 점점 나이가 들어 기력이 약해져 가고 있는데도 자신에게 왕권을 넘겨 줄 생각을 하지 않자, 제사장 사독을 앞세워 주변 사람들을 불러 모아 자신이 이스라엘의 세 번째 왕이 될 것이라고 공표하고자 했다. 그리고 그 계획을 실행에 옮겼는데, 그 장소가 이곳 에느로겔이다.

그 옛날 다윗이 아들 압살롬을 피해갔을 때 다윗의 정탐꾼이 잠복해 있던 정탐의 샘, 그로부터 몇 년 뒤 또 다른 다윗의 아들 아도니야가 이곳에서 왕의 자리를 빼앗으려 했다가 밧세바의 정탐꾼에 의해서 그 음모가 발각되고 실패로 돌아갔던 장소 정탐의 샘, 에느로겔이라는 이름을 누가 지었는지는 모르지만 역사적 사실에 딱 맞는 이름을 갖고 있다.

현재도 이곳 에느로겔샘 옆에 보면 작은 바위가 있는데, 이 바위가 아도니야가 제사 드리던 자리라고 전해져 내려오고 있다.

통·곡·의·벽

차 세계대전 후 예루살렘이 이스라엘과 요르단으로 분할되면서 이 성벽은 요르단측에 속하였으나, 1967년 6월의 3
중동전쟁에서 이스라엘이 예루살렘 올드시티를 점령하여 이 성벽은 이스라엘로 넘어왔다. 예수님 당시의 성전벽돌이
로 유지되어 있다.

통곡의 벽 Western Wall

유대인의 성지

기드론 골짜기 끝부분에 있는 에느로겔샘에서부터 예루살렘 성쪽으로 걸어올라 가다보면 덩 게이트(Dung gate), 분뇨의 문을 하나 만나게 된다. 예루살렘 성안에서 살던 사람들이 만들어 낸 온갖 오물들이 이 성문을 통해 밖으로 나왔다고 해서 붙여진 이름이다.

이 문을 통해 예루살렘 성안으로 들어가면 이스라엘 군인들이 총을 어깨에 메고 지키고 서 있는 검문소가 있다. 이 검문소를 통과하기 위해서는 까다로운 검문 절차를 받아야 하는데 유대인이든, 외국인이든 예외 없이 금속 탐지기를 거쳐야 하고 모든 가방이나 소지품들을 일일이 검사 받아야 한다. 겨우 이 검문소를 통과해서 지나게 되면 넓은 광장을 만나게 되고, 그 광장의 오른쪽에는 크고 작은 돌로 쌓아올린 높다란 통곡의 벽이 보인다.

그러나 넓은 광장에서 통곡의 벽 쪽으로 곧바로 다가갈 수는 없다. 이 통곡의 벽으로 가까이 가려면 어른의 가슴정도 오는 담장을 지나야 한다. 이 유는 통곡의 벽 앞에서 기도를 하는 사람들과 그런 모습을 지켜보는 사람들 사이를 구분하기 위해서다. 모든 사람은 이 담장 끝에 있는 입구를 통해야만 통곡의 벽 쪽에 가까이 다가갈 수 있다. 그러나 통곡의 벽에도 남자가 들어 갈 수 있는 구역과 여자가 들어갈 수 있는 구역이 나뉘어져 있다. 그리고 남 자들이 통곡의 벽으로 들어가려면 반드시 키파(kippot)라고 하는 모자를 써 야 한다.

유대인들이야 원래 키파를 쓰고 있기 때문에 그냥 들어가지만 외국인

통곡의 벽

이 그 안으로 들어가려면 입구에서 나누어주는 종이로 된 키파를 써야 한다. 그리고 여자들은 통곡의 벽 쪽에 들어갈 때는 그냥 들어가지만 나올 때는 돌아서서 나오면 안 된다. 엉덩이가 통곡의 벽 쪽을 향하면 안 되기 때문에 나올 때는 반드시 뒷걸음질 쳐서 나와야 한다.

이렇게 해서 통곡의 벽에 가까이 가면 그곳에는 수많은 유대인들이 벽을 향해 기도를 하는 모습을 볼 수 있다. 어떤 사람들은 통곡의 벽 바로 앞에 마련해 놓은 작은 테이블에 기대서서 토라(torah)라고 하는 구약성경의 모세오경을 소리 내어 열심히 읽고, 또 어떤 사람들은 통곡의 벽에 머리를 갖다 대고 고통스러운 표정으로 기도를 하기도 한다. 그리고 통곡의 벽 돌과 돌 사이 작은 틈 속에 꾸겨 놓은 수많은 기도제목의 종이들을 볼 수 있다.

통곡의 벽이 만들어지기까지

그러면 왜 이들은 이곳에서 눈물을 흘리며 기도를 하고, 통곡의 벽이라고 붙여지게 된 것일까?

통곡의 벽의 기원은 2천 년 전부터 시작이 된다. 예수님 당시 이스라엘의 왕은 헤롯이었다. 그는 유대인이 아닌 에돔 사람이었다. 에돔이란 지금의 요르단 남부 지방을 말하는데, 그 당시 이스라엘을 지배하고 있던 로마 정부에 의해 에돔출신인 헤롯이 이스라엘의 왕으로 임명 받았다. 그래서 그는 유대인이 아닌 자신이 이스라엘의 왕으로 있다는 사실에 늘 불안해하였다. 언제 어디서 어떻게 유대인들이 폭동을 일으킬지 몰랐던 것이다.

그래서 헤롯은 유대인들에게 큰 환심을 불러일으킬 만한 일을 하게 된다. 그것은 그 옛날 솔로몬 성전이 있던 자리에 다시 크고 화려한 성전을 60년 동안이나 긴 세월에 걸쳐 건축하였다.

성전 벽의 둘레는 모두 합쳐서 485m로 그 당시의 건축물 치고는 어마어마한 규모라고 할 수 있었다. 헤롯은 이렇게 큰 건물이 돌로 만들어졌을 때 다소 딱딱하고 경직 된 느낌을 가질 수 있다라는 것도 예상하여 성전 벽들을 이루는 돌들의 크기를 일정하게 하지 않았다. 돌의 크기 면에서 높이는 1m에서 1.1m 정도의 높이로 일정하게 맞췄지만 양옆으로의 길이를 2.5m에서 10m나 되도록 다양하게 다듬어서 쌓도록 한 것이다.

그래서 어떤 돌의 무게는 평균 2톤에서 5톤까지 다양했는데 심지어는 돌 하나에 400톤짜리를 사용하기도 하여서 성전이 완성되었을 때 유대인들의 감동과 감탄은 컸다. 너무나 견고하고 튼튼하고 아름다웠기 때문에 그 어떤 재난이 와도 더 이상 성전은 무너지지 않을 것만 같았다. 이 성전은 예수님께서 예루살렘에 입성하시고 나서 곧바로 찾아가 장사꾼을 내쫓으셨던 바로 그 성전이다.

그러나 A.D. 67년, 마침내 예루살렘을 포함한 이스라엘 전 지역에서 로마에 항거하는 폭동이 발생했고 다급해진 로마 정부는 강력한 군대를 이스라엘로 파견해 예루살렘을 포함한 이스라엘 전 지역을 멸망시키는 작전에 들어간다. 이 작전은 3년이라는 긴 세월이 걸렸다. 그리고 마침내 이스라엘 전 지역이 로마 군인에 의해 유린되며 폭동은 진정되었지만 그때까지만 해도 예루살렘은 완전하게 장악되었던 것은 아니다.

A.D. 70년, 마침내 예루살렘도 로마 군인에 의해서 완전히 파괴됐는데 이때 헤롯이 건축했던 그 크고 아름답고 견고했던 예루살렘 성전도 완전히 파괴되고 말았다. 40여 년 전 예수님께서 감람산에서 예루살렘 성을 바라보

면서 돌 위에 돌 하나 남지 않을 정도로 파괴될 것이라고 예언하셨던 말씀이 현실로 일어났던 것이다.

모든 이스라엘 백성들의 정신적 중심지였던 예루살렘 성전은 지구상에서 사라졌다. 하나님께 제사를 드릴 장소와 하나님께 바칠 희생양을 잡을 장소가 사라져 버렸다. 모든 이스라엘 백성들은 절망에 빠지고 희망을 잃게 되었으며 삶의 의욕도 목적도 상실해 버리게 된다. 그런데 다행스럽게도 그 당시 로마 군인들은 헤롯이 건축했던 성전을 파괴하였지만 성전의 서쪽 부분의 석축을 남겨놓게 된다. 그래서 이곳을 서쪽의 벽(Western Wall)이라고도 부르게 된 것이다.

이렇게 성벽의 일부를 남겨놓은 이유는 로마 군인이 크고 웅장했던 성전 건물을 파괴했다는 것을 증거로 남겨놓기 위해서였다. 성전이 무너져 버리고 그 흔적이 겨우 남은 성전의 서쪽 벽, 이스라엘 백성들은 이 서쪽 벽으로 달려가 무너진 성전을 애통해 하면서 눈물로 하나님께 기도할 수밖에 없었다. 그러나 로마는 그것마저도 허락하지 않았다. 예루살렘에 살고 있던 모든 유대인들을 예루살렘에서 쫓아내고 그 당시 유대인들이 가장 싫어하던 블레셋(Philistines) 사람들의 이름을 따서 이 지역을 팔레스타인(Palestine)이라 부르게 된다.

그 뒤에 예루살렘은 쓰레기와 먼지만 날리는 폐허로 방치된다. 그 대신 그 주변을 맴돌면서 방랑자처럼 살던 아랍의 유목민들이 슬금슬금 모여 살게 되었는데, 다행스럽게도 이스라엘 백성들에게 일 년에 단 하루만 성전의 서쪽의 벽에 접근할 수 있도록 허락하게 된다. 일 년에 단 하루, 예루살렘에서 쫓겨난 이스라엘 백성들은 이곳 서쪽의 벽에 가까이 가서 성벽의 일부분을 보면서 통곡을 하게 된다.

'하나님, 성전이 무너져 이렇게 벽의 일부만 남아있습니다. 어서 빨리 우리가 힘을 갖춰서 이 벽을 바탕으로 성전을 다시 건축할 수 있게 하소서.'

그때부터 이 벽은 통곡의 벽이 된 것이다.

통곡의 벽을 되찾아라

1967년 이전까지만 해도 통곡의 벽은 일 년에 단 하루만 유대인의 접근이 허락되는 금지된 장소였다. 그때까지 이곳은 요르단 국가의 땅이었기 때문이다.

1948년 팔레스타인 땅에 유대인들이 이스라엘 국가를 건설했지만 그 지역은 현재의 텔아비브를 비롯한 서쪽 지역에 국한되어 있었고 예루살렘은 요르단 국가의 영토였다.

그래서 이곳 통곡의 벽을 포함한 예루살렘의 올드시티와 그 주변을 트랜스 요르단 또는 서안지구라고 하는 이유도 요르단 국가의 서쪽 지역이기 때문에 그렇게 불렀던 것이 지금까지 국제적으로 통용해서 부르고 있는 것이다.

그런데 1967년, 드디어 이스라엘은 6일 전쟁을 통해 이곳 예루살렘을 요르단 국가로부터 빼앗았다. 6일 전쟁이 시작한 이후로 이스라엘 군인들의 최대 목표는 예루살렘의 올드시티 안에 있는 통곡의 벽을 확보하는 것이었다. 그 전투는 참으로 치열했다.

6일 전쟁이 발발했던 시나이반도와 같은 넓은 사막 지역에서는 이스라엘 군인들이 전투기와 장갑차를 앞세워 이집트 군대를 섬멸했고, 북쪽의 골란고원에서도 시리아 군인들과 싸워 손쉽게 땅을 차지할 수가 있었지만 예루살렘의 올드시티는 그곳과는 상황이 달랐다.

왜냐하면 올드시티 안은 좁고 복잡한 골목길로 이루어져 있고 계단으로 된 경사가 많았기 때문에 장갑차가 쉽게 드나들 수도 없었기 때문이었다. 게다가 좁은 골목길의 구석구석에서 대항하는 요르단 군인들의 산발적인 공격은 이스라엘 군인들의 희생을 많이 내기에 충분했다.

그러나 이스라엘 군인들의 투철한 목적의식은 그 좁은 예루살렘의 스테판 성문과 시온문으로 장갑차를 강제적으로 진입시키기에 이른다. 그래서 현재도 이 두 성문에 가면 그때 긁혔던 흔적과 총탄 자국이 깊게 패여 있는 것을 발견할 수가 있다. 그 당시 예루살렘의 경사진 골목길에는 검붉은 피가 냇물처럼 흘렀으며 며칠 동안 피비린내가 진동했다는 기록을 통해 전투가 얼마나 치열했었는지를 알 수 있게 된다.

드디어 이스라엘 군인들은 요르단 군인들의 강력한 대응을 물리치고 통곡의 벽에 이르렀다. 군인들의 눈앞에 통곡의 벽이 들어오는 순간, 머리에 썼던 무거운 전투모를 벗고 총을 땅에 내려놓은 채 통곡의 벽에 기댔다. 그리고는 눈물의 기도를 하였다.

'하나님, 이제야 이 벽 앞에 섰습니다. 로마로부터 강제로 빼앗긴 이 땅을 2천 년 만에 우리 손으로 되찾았습니다. 그런데 이게 웬일입니까? 하나님의 성전이 자랑스럽게 서 있던 그 자리에는 지금 이교도의 사원이 들어서고 말았습니다.'

2천 년이 지난 지금, 성전이 있던 자리에는 성전의 서쪽 벽 일부만 남았을 뿐 찬란했던 성전은 어디론가 사라지고 그 안에는 이슬람의 황금사원이 자리를 잡고 있다.

통곡의 벽 구조

현재 유대인들이 머리를 기대고 기도하고 있는 그 통곡의 벽은 예수님 당시의 성전벽돌이며 참으로 오랜 세월을 지내오면서 그 흔적을 유지하고 있는 유적이다.

그런데 현재 통곡의 벽을 자세히 들여다 보면 특이한 점을 발견할 수 있다. 분명히 헤롯이 만든 성전 벽돌의 크기는 높이가 1m에서 1.1m의 높이라고 했는데, 맨 아랫부분부터 7단까지는 벽돌의 높이가 일정하다가 어느 순간부터는 그 크기가 작아지고 맨 윗부분의 크기는 현재 우리가 사용하는 벽돌의 크기보다 조금 더 큰 정도로 아주 작아졌다라는 점이다.

그것은 바닥에서부터 7단까지만 헤롯시대의 성전 벽돌이고, 그 위부터

4단까지는 로마가 그 위에 다시 쌓아올린 벽돌이며, 그 위의 제일 작은 벽돌은 오스만 터키 시대에 덧붙여서 쌓아올린 벽돌이라고 보면 된다.

더 놀라운 것은 지금 현재 사람들이 발을 딛고 서 있는 땅의 밑으로 헤롯 성전의 벽돌이 17개 단이 더 묻혀 있다는 사실이다. 이것은 앞에서 설명했던 것처럼 예루살렘이 파괴되면서 흙으로 메우는 작업들을 했는데, 지난 2천 년 동안 수많은 전쟁과 전투 속에서 예루살렘의 지표면은 점점 높아졌고 그 과정에서 예루살렘의 성전 벽도 흙에 묻혀버렸기 때문이다.

통곡의 벽 왼쪽에 보면 약 2,3m 높이의 아치를 볼 수 있는데, 이 안으로 들어가면 현재 지표면 아래로 묻혀 있는 성전의 밑 부분을 볼 수 있도록 땅을 파놓았기 때문에 그 당시 성전의 규모가 얼마나 크고 대단했었는지를 알 수가 있다. 이 아치를 윌슨 아치라고 부르는데 이 아치 역시 그 당시 성전 안으로 들어가는 다리의 일부분이다.

△통곡의 벽: 윌슨 아치 내부 모습
◁통곡의 벽: 자세히 보면 돌의 크기가 위로 올라갈수록 작아지는 것을 알 수 있다.

현재 예루살렘은 통곡의 벽을 기준으로 해서 벽 바깥쪽은 유대인의 거룩한 성지이고 성벽 안쪽으로는 이슬람의 최대 사원인 황금사원이 자리 잡고 있기 때문에 벽 하나를 사이에 두고 유대인과 이슬람의 거룩한 성지가 공존하고 있는 셈이다. 성벽에는 유대인의 기도 소리가 들리고 성안의 사원에서는 모슬렘인의 기도 소리가 동시에 울려 퍼지는 역사의 아이러니가 이곳에선 일어나고 있다.

유대인의 거룩한 성지, 통곡의 벽, 전 세계 모든 유대인이 반드시 찾아가서 기도하고 싶은 거룩한 장소, 그래서 이곳은 이스라엘 군인이 최대한으로 보안과 안전에 신경 쓰고 있는 중요한 장소이며 이곳으로 들어가기 위해서는 엄격하고 까다로운 검문검색을 거쳐야 한다.

거룩한 산, 시·온·산

산은 예루살렘 남서쪽 해발 764m의 언덕에 자리 잡고 있다. 이곳에는 예수님께서 열두 제자와 함께 유월절 식사를
던 마가의 다락방, 그리고 예수님 당시 예루살렘의 제사장이었던 가야바의 집과 헤롯 왕의 거처, 베드로통곡교회가

거룩한산, 시온산 Zion Mt.

하나님이 거하시는 산

시온산은 예루살렘 남서쪽 해발 764m의 언덕에 자리 잡고 있는 산으로 예루살렘을 사이에 두고 감람산과 마주 보고 있는 산이다. 예루살렘을 둘러싸고 있는 예루살렘 성의 시온문을 통해 밖으로 나오면 이곳이 시온산 지역이 된다. 이곳에는 예수님께서 열두 제자와 함께 유월절 식사를 하셨던 마가의 다락방, 그리고 예수님 당시 예루살렘의 제사장이었던 가야바의 집이 있고, 예수님 당시의 왕이었던 헤롯 왕의 거처도 있다.

시온 지역은 2천 년 전 당시 예루살렘의 위쪽 지역으로 권력과 재산이 있는 사람들이 모여 살던 일종의 고급주택 지역이었다. 가야바 역시 그 당시 최고의 종교적 권력자였고 헤롯은 정치적 권력자였다. 놀라운 것은 예수님의 제자였던 마가도 역시 이 동네에서 살았다고 하는데, 아마 마가는 그 당시 꽤나 부자였던 것 같다.

그런데 시온산에 가면 한 가지 좀 의아스러운 것을 발견하게 된다. 왜 시온산이 예루살렘 성 밖에 자리 잡고 있을까? 그 당시 분명히 가야바 제사장의 집이나 헤롯 왕의 거처 역시 성안에 있었을 텐데 말이다. 물론 예수님 당시에는 시온산 역시 예루살렘 성안에 포함되어 있었다. 그러나 A.D. 70년에 로마에 의해서 예루살렘이 모두 파괴되면서 예루살렘을 둘러싸고 있던 성벽도 모두 허물어졌고 한동안 예루살렘은 폐허가 되고 말았다.

그 뒤에 15세기 중엽 이 땅을 지배하고 있던 오스만 터키 제국의 슐레이만 황제는 이곳에 다시 성벽을 쌓는 것을 명령했고 공사는 이뤄졌다. 그런데 그 당시 성벽 공사는 공교롭게도 시온성을 밖으로 빼고 그 안쪽으로 성을 쌓아서 현재는 시온산이 예루살렘 성 밖으로 내밀려 있는 형태가 되어 버렸다. 물론 그건 의도적으로 그런 것은 아니었다. 성벽을 설계한 담당자의 아주 단순한 실수에 의한 것이었으며, 이 같은 사실을 안 슐레이만 황제는 몹시 분노했고 그 설계자를 참수형에 처했다는 얘기가 전해져 온다.

그러나 어쨌든 시온산은 단순한 언덕이 아니다. 그리고 단순한 지명이 아니다. 이스라엘 백성들이 바빌론으로 노예로 끌려갔을 때 그들은 바빌론의 강가에 앉아 자신들의 고향인 이스라엘, 즉 시온을 생각하며 눈물을 흘렸다고 했다.

성경에서도 "시온의 딸들아"(아가 3:11) "내 성산 시온에 거하시는 하나님"(요엘 3:17)이라고 표현한 것처럼 시온은 이스라엘을 상징하는 것이었고, 나라를 잃은 이스라엘 백성들이 고향을 지칭할 때 시온을 이야기 했다. 그래서 이스라엘 건국 초기에 세계 곳곳에 뿔뿔이 흩어져 있는 유대인들을 이스라엘로 한데 모으는 운동을 시오니즘(Zionism)이라고 표현하기도 했다.

그러므로 시온산은 더 의미가 있는 곳이며, 아마 예루살렘에서 가장 아름다운 언덕이 아닐까 생각한다.

다윗의 무덤

자동차가 드나드는 시온문을 나오면 작은 주차장을 만나게 되고 그 주차장 옆으로 나있는 골목길로 가면 오른쪽에 작은 문을 만나게 된다. 그리고 그 문에는 파란색 타일에 적혀져 있는 작은 문패를 볼 수 있다.

'Tomb of David', 이곳이 바로 이스라엘의 두 번째 왕, 다윗 왕의 무덤이다. 그런데 놀라운 것은 이스라엘 최고의 왕 다윗이 묻힌 곳이라고 하기에는 입구에서부터 너무나 좁고 볼품이 없다. 물론 그 안으로 들어가도 역시 그런 느낌은 변함이 없다. 이집트의 쿠푸(Khufu) 왕의 무덤인 피라미드나 우리나라의 조선시대 왕들의 무덤의 규모가 어마어마하다는 것을 생각한다면 정말 다윗 왕의 무덤은 초라하기 짝이 없다.

우선 안으로 들어가면 실내는 어두컴컴하다. 벽은 검게 그을었고 한쪽 구석엔 책들로 벽면을 채우고 있다. 벽은 왜 그을었을까? 이곳 역시 그동안 역사의 풍상을 많이 겪은 곳이다. 페르시아 침공 때 이곳에 불을 질러 건물 내부가 검게 그을었는데 무슨 이유인지는 모르지만 아직도 그 검게 그을린 벽에 색칠을 하지 않고 있어서 내부는 더욱 음산하기까지 하다.

이곳은 현재 유대인이 관리하고 있어서 안에서는 반드시 키파를 써야 한다. 여자들은 어깨가 드러난 옷을 입거나 짧은 치마를 입고 들어갈 수 없다. 그만큼 거룩한 곳이라는 얘기다. 안으로 들어가면 좁은 공간 안에 많은 유대인들이 서로 뒤엉켜 율법책을 읽기도 하고 또 기도하는 모습을 볼 수 있다. 그들 틈을 비집고 더 들어가면 거대한 크기의 다윗 왕의 관이 눈앞에 나타난다. 다윗 왕의 관은 어떻게 생겼을까? 관은 검은 천으로 덥혀져 있기 때문에 실제 관의 모습은 볼 수 없다. 그 대신 관을 덮은 검은 천에는 다윗의 별이 중앙에 황금색 자수로 새겨져 있으며 양 옆에는 '이스라엘의 왕 다윗'이라는 글이 히브리어로 적혀져 있다.

그렇다면 그 관은 정말 다윗의 시신을 보관했던 관일까? 그리고 이 장소도 진짜 다윗 왕의 무덤일까? 물론 아니다. 다윗 왕의 무덤은 아직까지도 정확한 위치를 발견하지 못했다. 실제로 이스라엘의 역사에 나오는 41명의 왕들 가운데 지금까지 그 무덤이 발견되거나 확인된 왕은 단 한사람도 없다. 왜 그랬을까? 이스라엘의 역사에서는 아무리 위대한 왕이라 할지라도 죽은 후에 무덤을 거대하게 만들어 영웅시 하는 전통이 없기 때문이다. 그래서 왕의 무덤이라는 표시가 제대로 되어 있지 않기 때문에 쉽게 발굴되지도 않는 것이다.

그러나 다윗이 시온산에 묻혔다는 성경의 기록에 의해 12세기부터 이곳을 다윗의 무덤이라고 가정을 하고 기념관을 만들어 놓은 것이다. 그로부터 수많은 세월동안 수많은 순례자들이 아쉬운 데로 이곳 다윗기념무덤을

△다윗의 무덤 입구   △다윗의 무덤 내부

찾아와 기도를 하고 다윗 왕을 생각하게 된 것이다.

성령의 역사가 일어난 마가의 다락방

다윗의 기념 무덤에서 나와 옆에 있는 계단을 이용해 2층으로 올라가면 가로 15.3m, 세로 9.4m의 넓은 공간이 나온다. 이곳이 예수님께서 제자들과 함께 마지막 성찬을 하셨던 마가의 다락방이다. 이곳은 레오나르도 다빈치가 그린 최후의 만찬의 그림에서 본 모습과는 좀 다른 분위기다. 그림에서는 그 장소가 무척이나 넓어보였고 식탁 역시 양옆으로 길게 늘어진 형식으로 되어 있지만 아마 예수님 당시에 식탁은 그다지 크지 않았을지도 모른다.

어쨌든 지금 이곳의 내부는 우리가 머릿속에 그리고 있는 다락방의 모습이나 또는 레오나르도 다빈치의 그림에서 봐왔던 그런 공간과는 다소 거리가 있다. 그 이유는 이 장소가 14세기 천주교에 의해서 세워진 건물이기 때문이다. 물론 예수님이 마지막으로 제자들과 성찬을 하셨던 그 자리에 로마의 콘스탄틴 황제 어머니인 헬레나 여사가 기념교회를 세웠지만, A.D. 614년 페르시아에 의해서 파괴되어진 후 다시 세워진 건물이 현재의 건물이다. 그래서 건물 내부는 고딕식 양식을 갖추고 있지만 놀랍게도 그 안에는 이슬람 사원에서만 볼 수 있는 제단이 자리 잡고 있는데, 그것은 이 건물이 한때는 모슬렘의 사원으로 사용되었다는 증거이기도 하다.

이 자리에서 예수님은 제자들과 함께 마지막 유월절 성찬식을 하셨다. 갈릴리에서 사역하시던 예수님은 제자들을 이끌고 이곳 예루살렘에 올라오셨고, 마지막 금요일 저녁 이곳에 제자들과 함께 앉으셨다. 그때 예수님은 손에 작은 떡을 하나 들고는 드디어 입을 여신다.

"이 떡을 받아먹으라. 이것이 내 몸이니라."

제자들이 그 떡을 돌려가며 한 조각씩 떼어 입에 넣었다.

이번에는 포도주 잔을 주시며 말씀하신다.

"이것을 마시라. 이것은 죄사함을 얻게 하려고 많은 사람을 위하여 흘리는 나의 피, 곧 언약의 피니라."

그리고는 예수님께서 놀라운 말씀을 하신다.

"이 중에 나를 팔자가 있느니라…"

그 말에 유다는 슬금슬금 자리를 피했고 성찬을 마치신 예수님은 제자들과 함께 겟세마네 동산으로 자리를 옮기셨다.

이렇게 제자들과 함께 마지막 성찬식을 하셨던 장소가 바로 이곳이다. 그리고 이 자리는 그 후에 놀라운 역사가 일어나는 현장이 된다. 십자가에서 돌아가신 예수님께서 사흘 만에 부활하시고 40일 뒤에 승천하신 다음 제자들이 이 자리에 다시 모여서 기도하고 있었을 때 성령의 불길이 이곳에 임한 것이다.

그래서 이곳은 세계 기독교 역사에서 가장 길이 남을 위대한 성령의 역사가 일어난 곳, 교회의 시초가 되었던 역사적인 현장이 되었다.

△마가의 다락방

125

베드로통곡교회 Church of St. Peter in Gallicantu

다윗의 무덤과 마가의 다락방이 있는 시온산 위쪽에 서서 남쪽으로 내려다보면 파란색으로 칠해진 둥근 지붕으로 된 교회를 하나 볼 수 있게 된다. 이곳이 예수님 당시의 제사장이었던 가야바 제사장의 집터에 세워진 교회, 영어로는 Church of St. Peter in Gallicantu라고 한다.

'갈리칸투' 라는 말은 '닭이 운다' 라는 뜻인데 직역하면 닭이 울었던 장소에 세워진 성 베드로교회이다. 그런데 우리나라에선 이 교회를 보통 '베드로통곡교회' 라 부르고 있다.

예수님께서 제자들과 함께 마가의 다락방에서 마지막 성찬을 하시고 겟세마네 동산으로 가셔서 기도를 하다가 가룟 유다가 앞장서서 데려온 성전 병사들에 의해 붙잡혀 이곳 가야바 제사장의 집으로 끌려온다.

그때 이 상황이 걱정이 되었던 베드로가 이곳까지 따라오게 되고 사람들 속에 파묻혀서 이를 지켜보던 베드로를 알아본 여자 아이가 아는 척을 하자, 베드로는 예수를 모르는 사람이라고 세 번씩이나 부인을 하게 된다. 바로 그 순간 예수님께서 마가의 다락방에서 예언하셨던 것처럼 어디선가 닭이 우는 소리가 들려오고 그제서야 자신의 잘못을 깨달은 베드로는 통곡을 하게 된다. 그래서 이 교회의 파란지붕 꼭대기엔 닭이 한 마리 조각되어 올려져 있다.

현재 예루살렘엔 가야바 제사장의 집터라고 추정하는 곳이 두 군데가 있다. 베드로통곡교회라고 하는 이곳과 또 한군데는 시온문 바로 앞에 있는 유적지를 발굴하면서 예수님 당시의 유물들이 발굴되어 이곳이 진짜 가야바 제사장의 집이 아닌가 하는 추측을 하고 있다.

실제로 이스라엘 정부에서 발행한 각종 유인물이나 관광 지도책에 보면 베드로통곡교회보다는 시온문 바로 앞에서 발굴된 유적지를 가야바 제사장의 집이라고 표시해 놓은 것을 볼 수 있다.

그러나 아직까지는 유적지를 발굴하는 중이라 시온문 앞의 가야바 제사장 집터는 일반인들이 들어갈 수는 없다. 그런데 현재 베드로통곡교회를 진짜 가야바 제사장의 집터라고 주장하는 이유는 또 뭘까? 이곳에선 2천 년 전에 사용되었을 것 같은 돌계단이 발견되었다. 그렇다면 예수님께서는 겟세마네 동산에서 붙잡히신 다음 이 계단을 따라 걸어 올라가서 가야바 제사장 앞에 섰을 지도 모른다.

그리고 이 교회의 지하실에서 감옥이 함께 발굴되었다. 베드로통곡교회 안으로 들어간 다음 지하실로 내려가면 여러 개의 감옥이 있는데, 이곳에서는 죄수를 밧줄로 묶었던 구멍 뚫린 돌기둥을 볼 수 있다. 그 중에서도 가장 큰 감옥은 그 깊이가 5m나 되는데 천장에서 죄수를 내려놓고 끌어올려야 하는 구조로 되어 있다. 이곳은 아무리 힘이 센 죄수라 해도 혼자 힘으로는 도저히 올라올 수가 없는 곳이다. 아마도 예수님께서는 가야바 제사장에게 온갖 모욕적인 심문을 받고 이 감옥에 갇히셨을 지도 모른다.

A.D. 457년에 이곳에 교회를 세웠으며 파괴되었다가 다시 십자군 시대에 세워진 후 1931년 다시 이곳에 세워진 이 교회에 서 있으면, 그 당시 베드로가 예수님을 부인했다가 닭의 울음소리와 함께 통곡했던 그 거친 울음소리와 예수님이 밤새 지하 감옥에 갇혀서 신음하셨던 그 소리가 귓가에 맴돌 것이다.

유.대.인.지.구.

지역은 다른 지역과 마찬가지로 좁은 골목에 돌로 된 건물이 다닥다닥 붙어있는 것은 다를 바 없다. 그러나 아랍인의 지
는 달리 여느 대도시의 쇼핑센터 못지않게 고급스런 쇼핑가도 형성되어 있어 관광객들의 발길이 끊이질 않는 곳이다.

유대인 지구 Jewish Quarter

예루살렘의 부촌

대체적으로 예루살렘의 올드시티는 수백 년 동안 개발되지 않은 오래 전의 모습을 그대로 간직하고 있다. 그래서 골목길은 정리되어 있지 않고 건물 또한 오래 되어 지저분한 곳도 많다. 그런데 그 올드시티 안에서도 유난히 깨끗하고 정돈이 잘된 지역이 있는데, 그곳이 유대인 지역이다. 유대인 지역은 통곡의 벽 광장 앞에서부터 시온산까지 있는 부분으로 올드시티 안에서도 비교적 높은 지역에 자리 잡고 있다.

이곳도 다른 지역과 마찬가지로 좁은 골목에 돌로 된 건물이 다닥다닥 붙어있다. 그런데 이곳에서는 다른 지역에서 볼 수 없는 몇 가지들을 볼 수 있다. 패스트푸드점이 있는가 하면 은행과 우체국도 있다. 그리고 넓은 광장에는 파라솔과 벤치가 있어서 유럽의 어느 뒷골목처럼 여유롭고 한가로운

모습들을 볼 수 있다.

약간은 지저분하고 전혀 꾸며지지 않은 아랍인 지역의 건물들에 비해서 유대인 지역의 건물들은 부촌처럼 고급스런 자재로 지어져 있다. 예쁘게 치장된 창가에 꽃들이 진열되어 있거나, 이스라엘 국기가 자랑스럽게 꽂혀 있는 집들도 있다. 그런가하면 여느 대도시의 쇼핑센터 못지않게 고급스로운 쇼핑가도 형성되어 있어 관광객들의 발길이 끊이질 않는다.

유대인 구역의 좁은 골목길의 바닥도 다른 지역과는 다르다. 다른 지역의 골목 바닥은 그저 블록 크기만 한 돌들을 깔아놓았지만 이곳에는 돌들을 골목길의 중앙 쪽으로 기울어지게 깔아놓고 그 가운데에는 물이 흘러갈 수 있도록 배수시설도 해놓았다. 이 작은 차이에서 다른 지역의 사람들과는 다른 유대인들만의 치밀하고 깔끔한 성격들을 읽을 수 있다.

이 지역에서는 예루살렘 올드시티에서 절대 볼 수 없는 것을 발견할 수 있다. 그것은 바로 유대인들이 거주하거나 일을 하는 건물의 입구에 반드시 달려 있는 작은 나무토막 같은 메주자(mezuzha)이다.

메주자는 그 옛날 이스라엘 백성들이 이집트에서 노예생활을 하다가 모세에 의해서 가나안 땅으로 나오기 직전 이집트 전역에 내려진 장자의 죽음이라는 재앙을 피하기 위해서 이스라엘 백성의 집 문설주에 양의 피를 발랐던 것을 상징하는 것이다. 그래서 지금도 유대인들은 집이나 일하는 건물에 들어가고 나올 때 꼭 한 번씩 손을 갖다 대곤 한다. 만약 이스라엘에 가서 건물의 입구에 메주자가 붙어있는 것을 보게 되면 그 건물은 유대인의 건물이라고 생각하면 된다.

그렇다면 왜 유대인 지역은 예루살렘의 올드시티 안에서도 가장 높은 지역에 자리를 잡고 있을까? 이곳은 그 옛날 예수님 당시에 형성된 예루살렘 성안에서도 그 시대의 권력자들이나 부유한 사람들이 살던 부촌이었기 때문이다. 예루살렘 성안에서 가장 부유한 동네, 그곳이 바로 유대인 지역이다.

십자군의 도로 카르도^{Cardo}

유대인 지역에 가면 유대인 지역의 한가운데를 가로 질러 가는 넓은 길이 있다. 그리고 이 길에는 양쪽으로 커다란 돌기둥들이 여러 개 서 있는 것을 볼 수 있는데 다른 지역의 유적지와 마찬가지로 지상에서 약간 아래쪽에 자리 잡고 있어서 분명히 오래된 유적들이라는 것을 알 수가 있다.

이 돌기둥은 지금으로부터 약 천 년 전의 것들이며 그 당시 카르도라는 예루살렘의 중심도로의 양 옆에 서 있었던 기둥들이다.

이 도로에 대해서 좀 더 자세히 설명을 하기 위해서는 요르단의 메데바(Medeba)라는 곳을 소개해야 한다. 이스라엘의 옆에 있는 요르단 국가의 수도 암만에서 약 30km 정도 떨어진 곳에 위치한 이 마을에 성조지(Greek Orthodox st. George)라는 작은 교회가 있는데 이 교회의 안으로 들어가면 교회의 벽면에 세계에서 가장 오래되고 가장 큰 모자이크로 된 세계지도가 장식되어 있다.

이 모자이크 세계지도는 약 6세기경에 만들어진 것으로 가로 15m 세로 5m의 크기로 엄청난 규모이다. 물론 세계지도라고는 하지만 아메리카 대륙과 오세아니아 대륙, 그리고 유럽대륙까지 그려지지는 않았다. 이스라엘의 남쪽에 있는 이집트의 델타 지역과 북쪽의 레바논, 시리아, 그리고 동쪽의 요르단 정도만이 그려져 있다. 그러나 그 당시의 지도 제작 기술로 봤을 때 이렇게 넓은 지역을 하나의 모자이크 그림 속에 담았다는 것은 대단한 일이 아닐 수 없다.

그리고 이 지도의 중심은 바로 예루살렘이고 그 예루살렘 성의 중심에 가로지르는 커다란 도로가 표시되어 있는데 이 도로가 바로 예루살렘 올드 시티 안 유대인 지역에 있는 카르도라는 것이다.

그래서 현재도 이 카르도에 가면 요르단 메데바에 있는 세계지도 모자이크의 복사본이 그대로 바닥에 전시되어 있는 것을 볼 수 있다. 지금으로부터 약 1400년 전에 만들어진 세계지도의 중심이 된 도로가 바로 이곳 카르도라는 것이다.

그렇다면 예루살렘의 중심 도로 카르도는 누가 만든 것일까? 예루살렘의 본격적인 대형 석조 건축물들은 비잔틴 시대, 즉 십자군 시대에 만들어진 것이다. 예루살렘을 찾아온 십자군들은 예루살렘에 자리 잡고 있는 모슬렘인들을 몰아내고 새로운 도시를 건설하게 되는데 그들은 현재의 예루살렘 성에 있는 다마스커스 문에서부터 성안으로 유입되는 폭 23m의 대형 도로

△카르도의 돌기둥　　　　　　　　　　　　△카르도에 있는 대형 메노라

를 건설하였다. 현재 유대인 지역에 있는 이 유적지가 바로 비잔틴 시대 때 만들어진 로마식 도로의 일부분이다.

　일부분만이 남아있는 카르도에 가서 아직도 버티고 서 있는 돌기둥과 그 규모를 보면 십자군 시대 때 이곳 예루살렘이 얼마나 대형 도시로 번성했었는지를 가늠해 볼 수 있다. 뿐만 아니라 지금은 세월의 때를 잔뜩 입고 있는 그 돌기둥들을 보면 성지를 이교도로부터 빼앗고 그곳에 새로운 도시를 건설하려 했던 십자군들의 노력이 얼마나 대단했었는지도 알 수 있다.

　이 카르도의 한쪽엔 고급 쇼핑 상가들이 줄지어 있는데 이스라엘의 유명한 화가들이 그린 그림과 수백 가지의 모양으로 디자인 된 메노라(menorah), 그리고 양의 뿔로 만든 나팔과 유대인들이 머리에 쓰는 키파 등을 팔고 있다. 가격은 다른 지역에 비해서 무척 비싼 편이지만 품질은 최상급이라고 할 수 있다.

　이곳은 예수님 당시나 십자군 시대나 지금이나 예루살렘 안에서 가장 부촌이자 번화한 곳으로 그 명성을 이어오고 있다.

2천 년 전의 집, 번트 하우스Burnt house

　예루살렘 올드시티의 유대인 지역에 가면 반드시 들려야 할 곳이 있다. 이곳은 일반 성지순례 여행사에서 패키지로 방문하는 여행객들은 찾지 못하는 곳이다. 그 어떤 성지순례 여행사에서 만든 패키지 일정에 포함되지 않기 때문이다. 그러나 나는 이 책을 읽는 독자들이 만약 예루살렘을 방문하게 된다면 이곳을 꼭 한번 들리라고 권하고 싶다. 그곳은 유대인 지역 안에 있는 번트 하우스라는 곳으로 불에 탄 집이라는 뜻을 갖고 있다.

　예루살렘은 예수님이 돌아가신 이후 약 40년 뒤에 로마에 의해서 완전히 파괴가 된다. 그 전부터 유대인들은 로마에 항거하는 대규모의 봉기를 일으켰고 그에 따른 대가로 로마는 예루살렘을 포함한 이스라엘 전역을 약 3년간에 걸쳐 서서히 파괴시키게 되고 A.D. 70년에는 헤롯이 세운 성전을 포함해서 돌 위에 돌 하나 남지 않을 정도로 흔적조차 없이 사라져버렸다. 그때 예루살렘 성 안의 모든 건물들은 불바다가 되고 이스라엘 백성들은 죽거나 로마에 노예로 끌려가는 대 혼란을 겪게 된다.

　이 번트 하우스는 그 당시 불에 탔던 예루살렘의 어느 성직자의 가정집이 최근에 발굴된 곳으로 2천 년 전, 예수님 당시 예루살렘의 가정집의 구조가 어떠했는지를 조금이나마 엿볼 수 있는 곳이다. 현재 이곳에 가면 그 당시 성직자의 가옥 구조, 특히 거실과 주방, 그리고 식기 등

△번트 하우스 입구

이 불에 타서 검게 그을린 흔적과 함께 보존되어 전시되고 있으며 그 당시 예루살렘의 최후가 얼마나 비참하고 끔찍했었는지도 알 수 있다.

그래서 이곳에 가면 마치 타임머신을 타고 2천 년 전 예루살렘으로 날아간 듯한 착각에 빠지기도 한다. 이곳에 전시되어 있는 발굴당시의 사진을 보면 주방에서 일을 하다가 불에 타 죽은 유대인의 유골이 흙속에서 발견되었다는 것도 알 수 있다.

그 끔찍하고 혼란스러웠던 A.D. 70년의 예루살렘의 현장, 여기저기서 비명소리가 들리고 시뻘건 불길이 성안 전체를 휘감았던 그 순간, 한마디로 아비규환의 그 현장이 아직도 그곳에 그대로 남아있으며, 특히 주방에서 음식을 만들다가 불길에 휩싸여 죽었을지도 모르는 그 유대인의 유골사진까지 보게 되면 어느덧 숙연한 마음이 든다.

이곳은 현재 유대인이 관리하고 있는데, 현대식 건물로 되어 있는 입구를 통해 들어가면 건물의 중앙에 유적지가 자리를 잡고 그 주변으로 관람객들이 앉아서 설명을 들을 수 있는 계단식 의자가 있다. 이 의자에 앉으면 실내의 조명이 꺼지고 그때부터 약 20분간에 걸쳐서 영어로 된 안내방송이 나오고 그 설명에 맞춰서 중요한 곳을 조명으로 비춰주는 일종의 전시 이벤트도 벌어진다. 작은 유적지를 발굴하고 그 유적지를 전 세계에서 찾아온 관광객들에게 자세하게 설명해 주려는 유대인들의 그 노력에 또 한 번 감탄하게 되는 순간이다.

△불에 탄 집 내부

예루살렘 올드시티의 유대인 지역을 여행하면서 반드시 들려야 할 한 곳이 하나 더 있다. 번트 하우스 못지않게 중요한 곳으로 그곳은 월 고고학 박물관이다. 번트 하우스의 맞은편에 자리 잡고 있는 이곳은 우리가 생각하는 큰 규모의 박물관은 아니지만 A.D. 70년에 로마에 의해서 예루살렘이 불에 타고 파괴될 당시 함께 파괴되었던 헤롯 대왕의 신전 터가 있던 자리이다. 헤롯은 우리가 알다시피 그 당시 이스라엘을 통치하던 에돔 출신의 왕으로 에돔 땅에서 자신이 섬기던 신의 신전을 이곳 유대인 지역에 세웠다.

헤롯은 예루살렘에 유대인들의 환심을 사기 위해 솔로몬의 성전이 있던 자리에 엄청난 크기의 성전을 또 다시 건축하는 일도 하였지만 그에 못지않게 예루살렘 성안에 자신의 신을 모시는 신전도 건축하였던 것이다.

그 당시 최고의 정치적 권력자인 헤롯이 건축한 신전이라면 그 규모나 화려함은 군이 설명을 하지 않아도 될 것이다. 그러나 이 신전 역시 로마에 의해 철저히 파괴되고 불에 타버렸다. 그리고 2천 년의 세월동안 그 흔적은 흙속에 파묻혀 빛을 보지 못하였지만 1967년에 있었던 6일 전쟁 당시, 고고학자들에 의해 그 유적지가 발굴되기 시작하였고 서서히 그 흔적이 햇빛에 드러나기 시작하였다. 2천 년 동안 딱딱하게 굳어져 버렸던 땅을 거둬내고 흙을 파헤치자 화려했던 신전과 그 신전에 살았던 관리자들의 웅장한 거처와 작은 역사의 파편들인 여러 가지 식기와 생활용품들이 고스란히 모습을 드러냈다.

우선 이 박물관의 내부로 들어가면 다른 유적지와 마찬가지로 계단을 통해서 아래로 내려가게 된다. 그리고 그곳에는 조명 빛에 웅장하게 자리 잡고 있는 건물의 잔해들이 나타난다. 바닥은 아름답고 섬세하게 만들어져 있는 모자이크로 되어 있어 그 당시 건물의 로비가 얼마나 화려했었는지를 알 수 있다. 그리고 방마다 하나씩 딸려 있는 작은 욕실이 있는 것으로 보아 물이 귀한 그 지역에서 그 당시의 사람들이 얼마나 호사스럽게 살았는지를 알 수 있다.

어떤 건물의 지하실에는 그 당시 포도주를 담아두었던 항아리가 깨지지 않고 보존되어 있는 것을 볼 수 있고, 벽면에 그려져 있는 프레스코 화도 수많은 세월이 흘렀음에도 불구하고 그 선명도가 뛰어나 그 당시의 색채감각과 그림 솜씨들을 알 수 있다.

그리고 곳곳에 전시되어 있는 그 당시의 도자기와 보석들, 그리고 화장품들을 보면 번트 하우스에서 느꼈던 것처럼 타임머신을 타고 시간 여행을 한 듯한 감동을 느낄 수가 있다. 이곳 역시 입장료를 내야하는데 번트 하우스와 연계해서 한꺼번에 관람을 한다면 싼 가격에 입장할 수 있다.

△고고학 박물관 입구　　　　　　　　　　　　　△고고학 박물관 내부

예·루·살·렘의 성·

루살렘 성에는 모두 8개의 문이 있고 이 문을 통해야만 안으로 들어갈 수 있다. 그러나 그 8개의 문중에서 황금문은
를 꽉 막혀 있고, 그 나머지 7개의 문은 지금도 사람들이 왕래하고 있으며 특히 자파문, 시온문, 분문, 스테판문으로는
도 드나들 수 있는 규모이다.

예루살렘의 성

성의 구조

현재 예루살렘의 올드시티는 가로 1km 세로 1km의 크기이고, 그 둘레를 둘러싸고 있는 성의 길이는 약 6km 정도, 그리고 높이는 평균적으로 12m 정도 되는데, 지금의 예루살렘의 성은 약 4백 년 전인 1537년에서부터 1542년 사이 오스만 터키의 슐레이만 대제에 의해서 건축되어 진 것으로서 예루살렘의 오래된 역사에 비해 그다지 오래 된 것은 아니다.

그러나 예루살렘 성의 역사는 다윗 왕 때부터 시작된다. 헤브론에서 이스라엘의 왕이 된 다윗은 그 당시 여부스 민족이 살던 예루살렘을 정복하고 그곳에 다윗성을 쌓게 된다. 그 성은 현재 예루살렘 성의 위치와는 전혀 다른 곳이었다. 현재 기드론 골짜기가 있는 예루살렘의 분문(Dung GAte)의 아래쪽, 예루살렘 성 밖의 남쪽에 자리 잡았었다. 그리고 그 크기도 현재의 예루살렘 성에 비해선 훨씬 작은 규모였지만 솔로몬이 왕이 된 후 성의 크기는 현재의 황금사원이 자리 잡고 있는 모리아산까지 포함하게 되고 성안에 하나님의 성전을 건축하게 된다. 그리고 다윗 왕 시대에 예루살렘 성안에는 약 2천 명 정도가 거주하고 있었지만 솔로몬 왕 시대에는 약 5천 명 정도가 거주하게 되는 제법 큰 규모의 도시를 이루게 된다.

히스기야 왕 때 성의 크기는 조금 더 커지고 헤롯 왕 시대, 즉 예수님 당시에는 그 규모가 훨씬 더 넓어졌을 뿐 아니라 인구도 약 4만 명 정도로 많아진다. 헤롯 왕의 다음 왕인 아그립바 왕이 다스리던 A.D. 41년경에는 현재의 예루살렘 성보다도 훨씬 더 큰 규모로 발전하게 되지만 비잔틴 시대인 A.D. 324년경에는 현재의 예루살렘 성 정도의 규모로 다시 줄어들게 되며, 인구는 약 6만 명 정도로 늘어나게 된다.

이때부터 예루살렘 성은 완벽한 하나의 도시로 자리를 잡게 되다가 마

침내 15세기에 오스만 터키에 의해서 현재의 모습으로 갖추어지게 된다. B.C. 1000년 전부터 지금에 이르기까지 약 3천 년 동안 수많은 전쟁과 파괴로 무너지고 다시 세워지면서 예루살렘 성은 위치와 크기, 그리고 규모가 조금씩 변해 온 것이다.

그 옛날에는 적의 공격으로부터 방어하기 위해 세워진 성이지만, 지금은 예루살렘의 신도시와 구 도시를 구분하는 하나의 경계역할을 하고 그 성 안에 들어서는 모든 순례자들에게는 수백 년 전으로 돌아가는 착각을 일으키게 만든다.

오스만 터키의 슐레이만 대제에 의해서 세워진 예루살렘 성은 고색창연한 돌로 쌓아올려져 있는데, 특히 새벽 미명 햇빛을 받아 빛나는 모습과 해질 무렵 석양을 받아 황금빛으로 변하는 모습은 너무나 아름다워서 보는 이로 하여금 감탄과 감동을 자아내게 하기에 충분하다. 특히 한밤중에 조명을 받는 예루살렘 성은 환상 그 자체로 아름답기 그지없다.

예루살렘 성에는 모두 8개의 문이 있고 이 문을 통해야만 안으로 들어갈 수 있다. 그러나 그 8개의 문중에서 단 하나의 문, 황금문은 돌로 꽉 막혀 있어 전혀 사람이 왕래할 수가 없게 되어 있다. 그러나 나머지 7개의 문은 지금도 사람들이 왕래하고 있으며 특히 자파문과 시온문, 그리고 분문, 스테판문은 자동차도 드나들 수 있는 규모이다.

스테판문 Stephen's Gate

예루살렘 성에서 기드론 골짜기를 지나 감람산으로 가기 위해서 통과해야 하는 스테판문은 예수님 부활 승천 이후 예수님을 증거하던 스테판이 사울과 그의 무리들로부터 비난을 받고 돌에 맞아 순교한 스테판을 기념하기 위해 만들어진 문이다. 실제로 이 문밖에 있는 작은 광장이 스테판이 돌에 맞아 순교한 현장이라는 이야기도 있다. 그리고 이 문밖으로 나가 조금만 밑으로 내려가면 스테판기념교회도 있다.

이 스테판문은 라이언 문이라고도 하고 양의 문이라고도 불리운다. 이 문 바로 위에 두 마리의 사자가 부조로 조각이 되어 있어서 라이언 문이라고도 불린이다. 그렇다면 왜 양의 문이라고도 불리는 것일까?

이 문의 안쪽에 베데스다 연못이 있는데 예수님 당시 성전에서 사온 양들을 제사에 사용하기 전에 이곳에서 잡아 피를 빼는 작업을 하던 곳이었다. 그래서 베데스다 연못에서는 늘 양의 울음소리와 피 냄새가 진동했었을 것이고 그 현장 바로 옆에 문이 위치하고 있어서 그 문이 양의 문이라고 불려진 것이 아닌가 하는 생각이 든다.

이곳 스테판문에 가서 눈여겨보면 이상한 자국들을 발견할 수 있다. 그것은 문의 안쪽 양옆이 심하게 긁힌 자국이다. 이것은 지난 1967년 6일 전쟁 당시 이스라엘 군인의 장갑차가 예루살렘 성안으로 진입할 때 문의 넓이가 좁아 장갑차가 들어가면서 긁힌 자국이다. 벌써 40년 전의 일이지만 그 당시의 치열하고 긴박했던 전투의 흔적들을 그대로 볼 수 있다.

그러나 2천 년 전에는 베다니 마을에서 죽은 나사로를 살린 이후 벳바게와 기드론 골짜기를 거쳐 예수님이 이곳을 통해 예루살렘 성안으로 들어오셨을 것이다.

스데판문

다메섹문 Damascus Gate

　　다메섹문은 예루살렘 성문 중에서 가장 아름다운 외양을 가진 문으로 예루살렘에서 다메섹으로 가기 위해서는 이 문에서부터 시작해야 했기 때문에 다메섹문이라고 불리어지게 되었다.

　　이곳에는 수많은 아랍인들이 야채와 과일, 값싼 중국산 전자제품 등 갖가지 생활 물건을 늘어놓고 장사하고 있으며 물건을 사기 위해 몰려드는 사람들과 예루살렘 성안의 아랍인 지역으로 들어가기 위해 왕래하는 사람들로 인산인해를 이루고 있다. 아마도 예루살렘 성의 문중에서 가장 복잡하고 생활의 활력을 느낄 수 있는 곳이라고 할 수 있다.

　　이곳을 자세히 보면 성문의 양옆에 있는 작은 문을 보게 되는데 이것은 성경에 등장하는 바늘귀이다. 이 작은 문은 밤늦은 시간에 성문이 굳게 닫혀

다메섹문

있을 때 동물이 아닌 사람만 드나들 수 있도록 만들어놓은 일종의 쪽문이라고 할 수 있다. 그래서 성경에서는 부자가 천국에 가는 것은 낙타가 바늘귀를 통과하는 것보다 힘들다고 표현한 것이다. 그러나 지금은 이 문을 통해 사람이 다니지 않고 있다.

헤롯문 Herot Gate

스테판문과 다메섹문 사이에는 또 하나의 문이 있다. 다른 문에 비해서 크지도 않고 모양도 소박한 이 문은 헤롯문이라고 한다. 예수님 당시 이 문을 통해서 들어가면 헤롯 왕의 거처가 바로 있었기 때문에 헤롯문이라고 하며 이 문의 윗부분에 꽃모양의 조각이 있다고 해서 꽃문이라고도 불리운다.

예루살렘의 아랍인 지역으로 들어가는 문은 스테판문과 헤롯문, 그리고 다메섹문 이렇게 세 개가 있다. 이 중 헤롯문을 통해서 안으로 들어가면 아랍인이 운영하는 규모가 작은 문방구에서부터 양고기를 파는 집, 야채를 파는 집, 그리고 작은 구멍가게도 있다. 그리고 우리나라의 옛날 다방과 같은 곳에서 아랍 남자들이 모여서 시샤(Sheesha)라고 하는 물담배를 하나씩 입에 물고 앉아서 한가롭게 이야기를 나누는 모습도 볼 수 있다.

나는 예루살렘에 가면 이 헤롯문을 통해 예루살렘 성안으로 들어가곤 한다. 그리고 그 문과 연결된 골목길을 따라 약 100m 정도 걸어 들어가면 아랍인이 운영하는 유스호스텔이 있는데, 여행객들은 이곳에서 짐을 풀고 잠을 자곤 한다. 비용도 그다지 비싸지 않다. 하룻밤에 우리나라 돈으로 약 4천

헤롯문

자파문

원에서 5천 원 정도로 형편없는 시설도 아니다. 단지 방 하나에 대 여섯 개의 침대가 있기 때문에 다른 여행자들과 함께 방을 사용하는 것이 호텔과 다른 점이다. 그러나 다른 나라에서 온 여행자들과 함께 이야기를 나누고 여행에 관한 정보를 주고받고 또 맘씨 좋은 주인이 타주는 커피 한 잔이 예루살렘을 찾는 나의 마음을 아주 편안하고 푸근하게 해 준다.

자파문 Jaffa Gate

다메섹문에서 나오면 왼쪽으로 성을 끼고 성을 따라서 올라갈 수 있는 길이 나온다. 이 길목에는 족히 10m는 더 커 보이는 종려나무가 아름드리 수십 그루가 서 있다. 예루살렘 성의 아름다운 모습을 잘 감상할 수 있는 길이기도 하다. 이 길을 따라서 약 500m쯤 걸어 올라가다 보면 자동차가 드나들 수 있는 커다란 문이 나온다. 이 문이 바로 자파문이다.

예루살렘 성안에서 이 문을 통해서 밖으로 나오면 자파길(Jatta RD.)이라는 곳으로 연결되기 때문에 자파문이라고 부르기도 하고, 이 문을 통해서 이스라엘의 서쪽 해안 지방에 있는 욥바라는 도시로 갈 수 있어서 붙여진 이름이기도 한다. 욥바와 자파는 같은 말이다.

그 옛날 오스만 터키의 슐레이만 대제가 이 성을 만들게 하고 완성된 직후 이 문을 통해 예루살렘 성안으로 들어왔다는 이야기가 전해지기도 한다. 이 문을 통해서 예루살렘 성안으로 들어오면 큰 광장이 나오는데, 광장의 왼쪽은 크리스천 지역이 되고 오른쪽으로 가면 아르메니안 지역이 된다.

그리고 정면에 있는 좁은 골목길로 들어가면 아랍 상인들이 파는 기념품 가게들이 줄지어져 있다. 예루살렘 성문 중에서 다메섹문 다음으로 사람들이 많이 왕래하는 곳이 아닐까 생각이 되는데, 다메섹문은 사람만 드나들수 있지만 이곳은 자동차와 사람이 함께 드나들기 때문에 더 복잡하게 느껴진다.

옛날 예루살렘 성 사람들이 베들레헴이나 헤브론에 가려면 이 문을 통해서 갈 수 있었지만 지금은 이곳보다는 다메섹문 앞의 시외버스터미널에서 버스를 타야 한다.

새문 New gate

새문

다메섹문에서 자파문으로 가기 전에 또 하나의 작은 문이 있는데, 이 문을 새문이라고 한다. 이 문은 오스만 터키가 예루살렘 성을 쌓을 때 만든 문이 아니라 1887년에 막혀 있던 곳을 새로 뚫어 문을 만들었다고 해서 영어로 뉴

게이트(New Gate), 새로운 문이라고 이름이 붙여진 것이다. 이 문을 통해서 안으로 들어가면 예루살렘의 크리스천 지역으로 통하게 되어 있다.

시온문

시온문^{Zion Gate}

시온산은 앞서 설명했듯이 원래는 예루살렘 성 안에 있었던 것을 오스만 터키가 예루살렘 성을 새롭게 쌓을 때 설계자의 실수로 시온산을 밖으로 내밀고 그 안쪽으로 성벽을 쌓아올렸다.

그래서 지금은 시온산이 예루살렘 성 밖에 위치하고 있는데 예루살렘 성에서 시온산으로 가려면 이 시온문을 통해서 나가야 한다. 이 시온문을 통해서 나가면 마가의 다락방, 마리아 영면교회, 다윗 기념 무덤, 가야바 제사장의 집, 베드로통곡교회로 갈 수 있다.

이 시온문에도 가슴 아픈 사연이 많다. 시온문의 주변에는 수많은 구멍자국이 있는데 마치 누군가 일부러 정으로 쪼아서 파놓은 것 같기도 하고 멀리서 보면 심하게 수두를 앓아서 흉터가 남은 사람의 얼굴처럼 되어 있는데 이 수많은 구멍들은 총알 세례를 받아 생긴 자국들이다.

1948년 이스라엘이 독립전쟁을 벌이면서 이곳에서 살고 있던 아랍인들과 전투를 벌이는 과정에서 시온성 안으로 진입하려는 이스라엘 군인과 이곳을 지키려는 아랍인들 사이에 쉴 새 없는 총격전이 벌어졌고 그 결과로 이렇게 시온문에는 지금도 선명한 수많은 총알자국이 남아 있다. 지난 수백 년을 잘 버텨 오던 튼튼한 예루살렘 성문이 영토 싸움을 하는 현대인들에 의해서 이렇게 보기 흉하게 변해버린 것이다.

분문 Dung Gate

시온문을 따라서 또 내려가다 보면 작은 문을 만나게 된다. 이문은 유대인 지역의 통곡의 벽 광장과 실로암 연못, 다윗성으로 연결되는 분문이라고 한다.

분문은 예루살렘 성안에 살고 있던 사람들이 만들어낸 여러 가지 오물들을 이 문을 통해서 예루살렘 성 밖으로 갖고 나갔다고 해서 생긴 이름이다. 즉, 분문이라는 것은 사람의 배설물인 분뇨를 가리킨다.

그러나 현재는 수많은 유대인들이 통곡의 벽으로 들어가기 위해서 지나가는 문이며, 이 문의 안쪽에는 무장을 한 군인들과 모든 통과객들의 몸과 짐을 검색하는 검색대가 자리 잡고 있다.

분문

황금문 Golden Gate

예루살렘 성의 7개 문중에 하나인 황금문은 사

람이 드나들 수 없게 벽돌로 막혀 있다. 왜 이 문은 벽돌로 막혀 있는 것일까? 여러 가지 학설이 있지만 그 중에 하나는 바로 에스겔서 44장 1~2절 말씀에 따른 것으로 보고 있다.

"그가 나를 데리고 성소 동향한 바깥문에 돌아오시니 그 문이 닫히었더라 여호와께서 내게 이르시되 이 문은 닫고 다시 열지 못할지니 아무 사람도 그리로 들어오지 못할 것은 이스라엘 하나님 나 여호와가 그리로 들어왔음이라 그러므로 닫아 둘지니라."

이 기록으로, 유대인들은 이 문이 닫힌 것으로 믿고 있고 언젠가 오게 될 메시야가 이 문으로 입성할 것이라고 믿고 이 문 건너편의 무덤에서 수많은 유대인들이 기다리고 있다.

그리고 또 하나의 학설은 모슬렘의 입장에서 나온 이야기이다. 회교성전이 건립된 이후 이 성문이 성전 건물과 너무 가까운 거리에 있기에 이 문을 통해 사람들이 들어오면 곧바로 성전 마당이 되기 때문에 막았다고 한다.

황금문

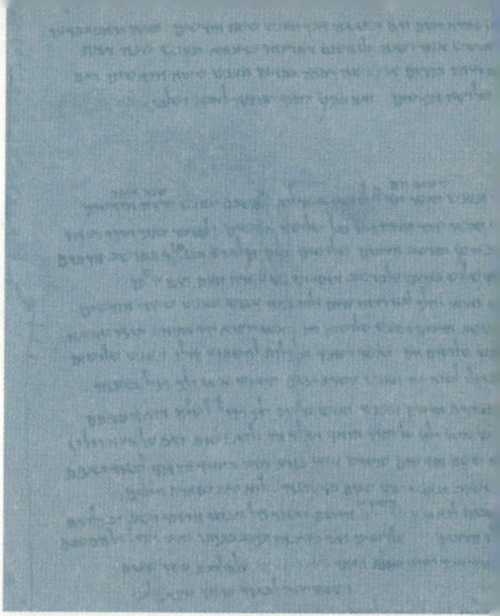

예루살렘 외.곽.지역

루살렘 외곽 지역에는 그 옛날 성전을 건축하기 위해 돌을 캐내던 솔로몬의 채석장과 성분묘교회와 함께 예수님의 무
라고 불리워지는 정원무덤이 있다. 또 예루살렘을 방어 할 목적으로 세워진 다윗의 망대라는 요새와 예루살렘 신도
 세워진 정통 유대인 마을 메어세어림이 있다.

예루살렘 외곽지역

솔로몬의 채석장 Solomon's Quarries

예루살렘의 성문 중에 하나인 다메섹문을 나와 오른쪽 길을 따라 걸어가다 보면 쇠창살문으로 굳게 잠긴 동굴을 하나 만나게 된다. 전에는 이곳에 관리인이 있어서 돈을 받고 입장을 시켜주었는데 언제부터인지 관리인도 없어졌고 문도 굳게 잠겨 있어서 순례자들이 그 안으로 들어갈 수가 없게 되었다. 그러나 쇠창살 틈으로 안을 들여다 보면 어마어마한 규모의 커다란 동굴이 있다. 이곳은 그 옛날 솔로몬이 예루살렘의 모리아산 정상에 아버지 다윗으로부터 명령 받은 성전을 건축하기 위해 돌을 캐내던 일명 솔로몬의 채석장이라는 곳이다.

예루살렘은 어마어마한 크기의 커다란 바위 위에 세워진 도시라고 볼 수 있다. 그래서 예루살렘 성벽의 일부분은 단단하고 거대한 암반 위에 돌들이 쌓여져 있다. 실제로 예루살렘에는 돌들이 많다. 아니 더 정확히 말하면 바위가 많다. 그래서 도로의 바닥과 예루살렘의 모든 건축물의 외장은 전부 돌로 되어 있다. 그것은 예루살렘의 건축법상 건물을 신축하려면 무조건 외장을 돌로 마감 해야 하기 때문이다. 그렇기 때문에 예루살렘은 돌의 도시라고 해도 틀린 말은 아닐 것이다.

이스라엘의 세 번째 왕이었던 솔로몬의 가장 위대한 일은 아버지 다윗의 명대로 성전을 건축한 일이었다. 다윗은 솔로몬이 어렸을 때부터 성전 건축을 위한 준비를 착실하게 하였다. 금 백만 달란트와 은 백만 달란트를 준비하였으며, 성전 건축에 필요한 삼나무와 상수리나무 같은 것은 두로에서 뗏목을 이용해 실어왔다.

1) 솔로몬의 채석장 입구
2) 솔로몬의 채석장 내부 3) 암반 위의 예루살렘성

두로는 그 당시 공업이 발달했고 특히 조개에서 채취한 염색약을 많이 개발해서 수출하는 등 무역이 활발한 곳이었다. 두로는 현재의 이

스라엘의 바로 위쪽에 있는 레바논의 한 항구도시이다.

다윗은 성전을 건축할 기술자나 자재와 같은 것은 외국에서 수입을 하였지만 성전 건축에 가장 많이 필요한 돌 만큼은 수입하지 않았다. 하나님의 성전의 돌은 예루살렘의 바위로 만들자는 것이 그의 생각이었다.

그러나 뗏목으로 실어올 수 있는 나무와는 달리 돌은 그렇게 쉽게 옮길 수 있는 것이 아니다. 현재 통곡의 벽에 쌓여져 있는 헤롯 성전에 사용된 돌의 크기를 보면 가로 길이가 무려 15m나 되는 어마어마한 규모의 돌도 있기에 아무리 좋은 돌이라 해도 멀리서 가지고 오는 것은 쉬운 일이 아니었을 것이다.

그래서 다윗이 생각하고 솔로몬이 파 낸 돌이 이곳 다메섹문 옆에 있는 솔로몬의 채석장에서였다. 현재는 그 안으로 들어갈 수는 없지만 필자가 몇 년 전 그 안에 들어갔을 때는 그 크기에 입을 다물지 못할 정도였다. 입구는 크지 않았지만 그 안은 웬만한 축구경기장 정도의 넓이였고 높이도 족히 10m는 높아 보였다. 그리고 그 돌들을 파내다가 남겨놓은 돌들도 볼 수 있었다. 지금은 채석장 밖에서 쇠창살 문틈을 이용해 어느 정도 그 안을 볼 수 있다.

그런데 여기서 또 한 가지의 의문이 든다. 나는 그동안 세계 문명 발상지를 포함해서 수많은 고고학 유적지를 다녀왔는데 그 고대 유적지의 건축물에 사용된 돌들을 채석하기 위한 채석장은 한결같이 건축물에서 멀리 떨어진 곳에 있었다. 돌산을 깎거나 바위를 잘라서 운반하여 성벽을 쌓고 건축물을 만들기도 하였다. 그런데 솔로몬의 채석장은 산의 중턱을 파고 들어간 것이 아니라 도시의 밑을 파고 들어갔다.

왜 그랬을까? 성전과 가장 가까운 곳에서 돌을 채석하는 것이 좋기도

하였지만 더 중요한 것은 소음과 먼지를 최대한 없애기 위해서였다. 하나님의 성전을 건축하는 것은 짧지 않은 시간이 걸리는 대공사인데 성전을 건축한다고 소음이 나거나 먼지가 나는 것은 성전 건축과는 어울리지 않는다고 솔로몬은 생각하였던 것이다. 그만큼 솔로몬의 성전 건축은 큰 의미와 엄청난 노력과 정성이 들어간 대 업적이었다.

이 솔로몬의 채석장은 1852년 영국에서 온 바클레이라는 사람이 개와 함께 이곳을 산책하다가 개가 동굴로 떨어져 사람들에게 알려지게 되었다.

만약 예루살렘을 방문하게 된다면 이곳을 반드시 들려 보라고 권하고 싶다. 당신이 그곳에 갔을 때는 그동안 굳게 닫혔던 쇠창살문이 활짝 열려있었으면 하는 바람이다.

또 다른 예수님의 무덤, 정원무덤 Gorden Tomb

다메섹문을 나오면 차들이 다니는 넓은 도로가 나온다. 이 도로를 건너서 맞은편에 있는 골목길을 들어가면 시외버스터미널을 만나게 된다. 이곳에는 예루살렘에서 베들레헴, 헤브론, 여리고, 세겜, 기브온 등으로 가는 팔레스타인 사람들의 모습을 볼 수 있다.

그동안 성경 속에서만 읽어왔던 지명, 그리고 설교시간이나 성경공부 시간에만 들어왔던 성경 속의 지명들이 버스 유리창에 써 붙여 있고 입간판에 쓰여 있는 것을 보면 참으로 기분이 묘하다는 생각이 들게 된다. 그리고 여유롭지는 않지만 목적을 갖고 열심히 살아가려는 팔레스타인 사람들의 살아가는 모습을 잠시 볼 수 있는 곳이기도 하다.

이 버스터미널 바로 맞은편에는 영어로 'Goden Tomb' 이라는 간판이 있다. 번역하면 정원무덤이라는 뜻이다. 이곳은 예수님의 무덤이 있는 곳이다. 예루살렘에는 현재 예수님의 무덤이 두 군데가 있다. 예루살렘 성안의 크리스천 지역에 있는 성분묘교회와 이곳 정원무덤이다.

성분묘교회는 로마의 콘스탄틴 대제의 어머니인 헬레나 황후가 예수님의 무덤 자리를 수소문해서 찾아 그곳에 교회를 건축한 역사가 깊은 곳이며 나름대로 학술적 근거도 있는 곳이다.

그런데 이곳은 왜 예수님의 무덤이라고 알려졌으며 누가 발견한 것일까? 1883년 영국의 고든이라는 사람이 이곳을 찾아왔다가 우연히 특이한 장소를 발견하게 된다. 그것은 정원무덤 바로 옆의 시외버스터미널 한쪽에 야트막한 산이 있는데 그 산중턱에 마치 해골의 두 눈처럼 생긴 작은 동굴을 발견한 것이다. 그 산중턱은 누가 뭐래도 해골의 모양과 흡사하다. 모두가 알다시피 골고다라는 말은 해골이라는 뜻이다. 그래서 그때부터 고든은 이곳을 집중적으로 조사하기 시작하였고 놀랍게도 이곳에서 2천 년 전에 사용하였을 것 같은 무덤이 발견되었다.

그 무덤의 모습은 성분묘교회의 무덤과는 확실히 다르다. 정말 동굴로 만든 무덤이고 어른 한 사람이 누우면 꽉 찰만한 공간이고 머리를 받칠 수 있는 약간의 턱같은 모양도 있다. 그것만이 아니라 이곳은 성경에 기록되어 있는 예수님의 무덤과 일치하는 부분이 많이 발견되었다.

우선 성경에서 예수님이 돌아가신 골고다 언덕과 무덤은 아주 가깝다고 되어 있다. 이곳이 바로 그렇다. 그리고 예수님의 무덤은 정원 안에 있고 바위를 깎아서 만든 부자의 무덤이었으며 돌을 굴려서 입구를 막았다고 하였다. 이곳 이름이 정원무덤이다시피 나무가 우거져서 숲을 이루고 있으며

△정원무덤에서 바라본 해골모양의 절벽　　　　　△정원무덤 입구

바위를 깎아서 만든 동굴무덤이고 그 곁에서 동그란 돌문도 발견되었다.

　　또 특이한 것은 예수님이 무덤 안으로 들어가셨을 때 제자들이 무덤 안을 들여다 볼 수 있었다고 하였는데 놀랍게도 이 무덤에는 작은 창문이 하나 있다. 그래서 돌문이 닫혀 있다고 해도 그 안을 들여다 볼 수 있는 구조로 되어 있다.

　　그 외에도 이곳이 예수님의 진짜 무덤이라고 주장하는 몇 가지 근거들이 있지만 아직도 많은 성서 고고학자들은 이곳보다는 헬레나 황후가 찾아내고 교회를 세운 성분묘교회를 예수님의 진짜 무덤이라고 생각하고 있다.

　　현재 이곳 정원무덤은 영국의 성공회에서 관리하고 있으며 입장료는 없다. 그렇지만 예루살렘의 그 어떤 유적지와는 달리 영국 관리인들의 친절하고 따뜻한 안내와 밝은 미소를 만날 수 있어 편안함을 느낄 수 있는 곳이다. 또 항상 많은 사람들로 북적거려 예수님의 죽음에 대해서 깊은 묵상을 할 여유가 없는 성분묘교회와는 달리 조용하게 예수님의 죽음에 대해서 묵상할 수 있다.

이곳이 과연 진짜 예수님의 무덤인지 아닌지 그것은 별로 의미가 없는 것 같다. 왜냐하면 그곳의 무덤 문에 "He is not here, he is risen, 예수님은 이곳에 없습니다. 하늘로 올라갔습니다"라고 적혀 있는 문장 때문이기도 하다.

다윗의 망대 Tower of David

예루살렘 성의 자파문 안쪽으로 들어오면 바로 오른쪽에 커다란 성채가 보이는데, 이곳을 다윗의 탑 또는 Citadel이라고 한다. 다윗의 탑은 400년 전에 오스만 터키가 예루살렘 성을 건축하면서 함께 세운 요새라고 보면 된다.

예수님 당시에도 헤롯은 예루살렘을 방어할 목적으로 이곳에 요새를 건설하였다. 그 요새는 A.D. 70년 로마에 의해서 예루살렘이 파괴될 때도 무너지지 않았고 그 후에 십자군이 예루살렘을 공격할 때는 작전본부로 사용하기도 하였다고 한다.

그리고 그 후 오스만 터키의 슐레이만 대제에 의해서 지금의 모습으로 보수되고 증축된 것이다. 현재 이곳은 예루살렘의 과거와 현재를 한눈에 볼 수 있는 박물관으로 사용되고 있다. 다소 입장료가 비싼 것이 흠이지만 예루살렘에 가서 이곳을 방문하지 않는다는 것은 안타까운 일이라고 할 수 있다.

여부스 민족으로부터 다윗이 예루살렘을 빼앗을 때의 상황, 솔로몬이 성전을 건축하는 과정, 그 뒤에 로마에 의해서 파괴되어 가는 모습, 모슬렘에 의해서 예루살렘이 이교도의 도시가 되는 과정, 다시 십자군 시대의 상황

다윗의 망대

과 6일 전쟁을 통해서 다시 예루살렘을 이스라엘이 점령하기까지의 과정들을 여러 가지 형식의 전시물로 자세하게 설명해 주고 있다.

　　이곳에서는 늘 새로운 전시와 이벤트가 열리고 있다. 특히 4월부터 10월까지는 밤마다 특별 이벤트가 펼쳐진다. 탑 안에 있는 광장에서 예루살렘의 역사를 소재로 하여 최첨단 음향과 레이저를 이용하여 쇼가 펼쳐지는데 정말 볼만하다. 하지만 밤에 이루어지기 때문에 옷을 따뜻하게 입고 가는 것이 좋다.

정통 유대인 마을 메어셰어림^{Mea She'arim}

메어셰어림은 예루살렘의 신도시에 있는 유대 정교회의 본거지 마을 이름이다. 1875년에 세워진 이 마을은 우리가 TV나 사진에서 보았던 검은 모자에 검은 롱코트를 입고 걸어 다니는 정통 유대인들이 모여 살고 있는 곳이다. 이들은 한여름에도 두꺼운 털모자와 검은 옷을 길게 늘여 뜨려 입고 다니며 자신들만의 생활방식을 고집하고 있다.

이 마을 사람들은 안식일에는 율법을 지키느라 자동차를 전혀 운전하지도 않고 외부 사람들이 자동차를 몰고 자신의 동네에 들어오는 것조차도 싫어한다. 가끔은 자동차가 다니는 것을 보면 돌을 던지기도 하며 안식일 날 이곳에 다른 차들이 통과하지 못하게 해 달라고 시위를 하기도 한다. 그 정도로 이들은 율법을 생명처럼 여기며 살아가고 있다.

이곳 유대인들에게는 영어가 잘 통하지 않는다. 내 경험담을 잠깐 소개를 하자면, 한번은 늦은 밤에 메어셰어림을 돌아보다가 길을 잃어버린 적이 있다. 이 골목이 그 골목 같기도 해서 그 자리를 몇 바퀴나 돌정도로 헤매게 되었다. 떼를 지어 지나가고 있는 한 무리의 정통 유대인들을 발견하고 그들에게 '올드시티'를 연거푸 이야기하며 길을 물었지만 그 쉬운 영어 단어인 올드시티도 알아듣지 못하였다. 결국 또 다른 무리의 유대인들에게 똑같이 물어 보았지만 그들 역시 알아듣지 못하였다. 나중에 들어서 안 사실이지만 그곳에 사는 정통 유대인들은 히브리어 말고는 다른 언어는 사용하지 않기 때문에 영어를 잘 알아듣지 못한다고 한다. 더군다나 똑같은 복장에 똑같은 모자를 쓰고 몰려오는 그들을 보면 도대체 누가 누구인지 전혀 분간하기가 쉽지 않을 정도이다.

정통 유대인들이 어떻게 살아가는지 알고 싶다면 메어셰어림을 방문해 보라고 권하고 싶다. 그러나 안식일에 방문하거나 그들에게 말을 걸거나 그들을 향해서 카메라를 들이대는 일은 그들에 대한 예의가 아니니 피하는 것이 좋다.

에.인.케.렘.

케렘은 예루살렘의 서쪽 약 7km 떨어진 곳으로 침엽수림이 울창한 유럽의 어느 깊은 산골 마을을 보는 것처럼 아름
곳이다. 이곳에는 세례 요한 탄생기념교회, 마리아의 샘물, 마리아방문교회, 유대인의 슬픔이 깃든 야드바셈(Yad
hem)을 볼 수 있다.

에인케렘 Ein Kerem

세례 요한 탄생기념교회 Church of St. John

신약성경 누가복음 1장 35절을 보면 이런 이야기가 나온다. 하나님의 천사 가브리엘이 결혼하지 않아 남자와 동침한 적이 없는 동정녀 마리아에게 찾아와 "당신은 성령으로 잉태되었고 그 아이의 이름을 예수라 하라"고 말한다. 그러자 마리아는 자신의 귀를 의심하며 묻는다.

"그게 어떻게 가능할 수 있습니까?"

그러자 기브리엘 천사는 "너의 친척 엘리사벳도 나이가 들어서 모두가 아기를 가질 수 없다고 했지만 그녀도 역시 잉태하여 벌써 6개월이나 되었다"라고 대답한다.

그 아이는 예수님보다 6개월 먼저 태어난 스가랴와 엘리사벳의 아들, 선지자 세례 요한이다.

그 이야기를 들은 마리아는 그 엘리사벳을 만나기 위해 나사렛에서 예루살렘의 산골마을까지 찾아간다. 그곳이 에인케렘이다.

에인케렘이란 포도원의 샘이라는 뜻이다. 그래서 이곳은 예루살렘에서는 볼 수 없을 만큼의 우거진 숲으로 이루어진 마을이다. 이 마을의 전경은 침엽수림이 울창한 유럽의 어느 깊은 산골 마을을 보는 것처럼 아름답다.

에인케렘은 예루살렘에서 서쪽으로 약 7km 떨어진 곳으로 예루살렘에서 베들레헴과 거의 같은 거리에 있다. 지금은 이곳이 예루살렘으로 되어 있지만 예수님 당시에는 예루살렘이 아니었던 것 같다.

예루살렘의 다마스커스 게이트 앞에 있는 버스정류장에서 17번 버스를 타고 약 30분 정도 가면 이곳에 도착하는데, 버스에서 내리자마자 오른쪽으로 높은 시계탑이 있는 교회를 볼 수 있다. 이 교회가 바로 세례 요한이 탄생한 동굴에 지어진 세례요한탄생기념교회이다. 지금으로부터 약 1500년 전인 5세기경에 세워진 교회 위에 1674년에 다시 세워진 교회이다. 약 350년이나 된 교회임에도 불구하고 교회의 건물은 아주 아름답고 깨끗하다.

이 교회 안으로 들어가면 바닥에 5세기경에 만들어놓은 모자이크를 볼 수 있고, 교회 내부에는 예수님께서 세례 요한에게 세례를 받는 장면을 그린 그림이 그려져 있다. 교회 내부의 맨 앞쪽에 제단이 있고 제단의 뒤쪽에 아래로 내려가는 계단이 있다. 이 계단의 입구에는 대리석으로 된 작은 아치가 하나 세워져 있는데, 이 아치엔 "주 이스라엘의 하나님이여 그 백성을 돌아보사 속량하시며" 라는 누가복음 1장 68절의 말씀이 라틴어로 적혀있다. 그 아치를 지나 아래로 내려가면 세례 요한이 태어난 동굴이 나온다.

이런 식의 건물형태는 베들레헴에 있는 예수탄생기념교회와 비슷하다. 그 교회 역시 교회 내부 중앙 제단의 옆 부분에 아래 동굴로 내려가는 계단이 있는데, 이 동굴이 예수님께서 태어나신 마구간이다.

세례 요한이 태어난 이 동굴에는 정면에 조그마한 제단이 있고 그 옆의 작은 대리석 판에 누가복음 1장 17절의 말씀 "여기에 구주보다 앞서 온 자가 태어났다"라고 라틴어로 적혀 있다. 예수님보다 6개월 먼저 태어나고 나중에 오실 메시야를 소개하며 예수님께 세례를 베풀었던 요한의 탄생지가 있는 곳, 이곳이 에인케렘이다.

에인케렘

세례요한탄생기념교회

마리아의 샘물

세례요한탄생기념교회를 나오면 에인케렘을 가로 지르는 왕복 2차선의 도로가 나오는데 이 도로에는 이곳을 방문하는 순례객들을 대상으로 물과 차와 음식을 파는 몇 개의 아름다운 음식점이 있다. 그 길을 건너 맞은편으로 나있는 작은 길을 따라서 조금만 걸어가면 바로 왼쪽에 대리석으로 만든 샘물을 하나 만나게 된다. 샘물이라면 우리는 흔히 깊은 산속에 있는 옹달샘을 떠올릴 수 있겠지만 이곳의 샘물은 옹달샘과는 조금 다르다.

이 샘물은 마리아의 샘물로 대리석을 쌓아서 만든 가로 4m 높이 3m의 크기로 벽 아랫부분의 작은 구멍을 통해서 물이 끊임없이 나오고 있다. 그래서 이곳을 찾는 순례객이나 여행자들도 얼마든지 그 물을 떠서 마실 수가 있다.

나사렛에서 살고 있던 마리아는 천사 가브리엘의 이야기를 듣고 엘리사벳을 만나기 위해 나사렛을 출발하여 이곳 에인케렘까지 한걸음에 달려온다. 그러나 교통편이 발달하지 않았던 그 당시, 나사렛에서 이곳 에인케렘까지 오는 길은 쉽지 않았다. 나사렛에서 이곳 에인케렘까지는 약 200km나 되는 먼 거리이기 때문이다.

이스라엘의 지형은 평야가 별로 없다. 나사렛이라는 동네도 언덕과 계곡이 많은 지역이고, 나사렛에서 이곳 에인케렘까지 오려면 그늘 한 점 없는 요르단 계곡의 들판을 거쳐야 한다. 마리아가 나사렛을 출발할 당시가 초여름이었기 때문에 이스라엘의 들판과 언덕을 내리쬐는 태양은 뜨겁게 달아올라 연약한 여자의 몸으로 먼 거리를 이동하기에는 최악의 상황이었을 것이다. 그러나 마리아는 엘리사벳을 만나겠다는 일념 하나로 나사렛에서 이

△마리아의 샘

곳 에인케렘까지 먼 거리를 달려오게 된다.

드디어 엘리사벳이 살고 있는 에인케렘에 도착했을 때 엘리사벳의 집은 산 중턱에 있다는 사실을 알게 된다. 엘리사벳을 만나겠다는 일념으로 단걸음에 이곳까지 달려오긴 했지만 정작 에인케렘에 도착하자 또 다시 산을 올라가야 한다는 사실을 알게 되었을 때 마리아는 그 자리에 주저앉고 싶었을 것이다. 바로 그때 그 자리에 샘물이 있었다. 마리아는 그 샘물에 가서 마지막으로 목을 축였고 잠시 휴식을 취한 다음 엘리사벳이 살고 있는 산 중턱을 향해 걸어 올라갔다. 그 이후부터 이곳은 마리아의 샘물이라고 불리게 되었다.

현재 이곳을 찾는 순례자들은 마리아의 샘물에서 누가 시키지 않아도 자연스럽게 그 샘물의 물을 마시게 된다. 지금도 콸콸 흐르고 있는 이 샘물의 물을 마셔야만 마리아처럼 엘리사벳의 집을 향해 힘차게 올라갈 수 있기 때문이다. 나는 아직도 이곳 마리아의 샘에서 마셨던 그 시원한 샘물 맛을 잊을 수가 없다.

마리아방문교회Church of The Visitation

마리아의 샘물은 산 바로 밑에 있다. 마리아의 샘물에서 물을 마신 다음 그 앞에 나있는 언덕길을 따라서 약 15분 정도 올라가다 보면 한 눈에 보기에도 아름답게 장식된 철문을 만나게 된다.

이 철문 안이 그 옛날 제사장 스가랴와 엘리사벳이 거주하던 집이다. 엄밀히 말하자면 집이라고 하기보다는 일종의 여름 별장과도 같은 곳으로 제사장 스가랴와 엘리사벳이 일 년 내내 살던 집은 아니다.

마리아가 이곳을 방문할 당시 엘리사벳은 이곳에 머물고 있었고 마리아가 온다는 소식을 듣고 마중 나온 엘리사벳과 마리아는 드디어 손을 잡고 반가워한다. 이때 엘리사벳이 마리아에게 이런 이야기를 한다.

"당신은 여자들 중에서 복 받은 자이다. 당신의 뱃속에 있는 아기도 축복받은 분이십니다. 주님의 어머니께서 내게 오시다니 이게 어찐 된 일입니까? 마리아께서 제 손을 잡고 인사를 하는 순간 제 뱃속의 아기가 얼마나 기뻐서 노는지요."

나이가 들도록 임신이 되지 않아 거의 포기하고 있을 때 기적처럼 아기를 갖게 된 엘리사벳, 그녀 역시 이 놀라운 기적을 베푸신 분이 하나님이시고 그 하나님께서 이번에는 결혼하지도 않은 처녀 마리아에게 성령으로 아기를 잉태하게 하셨다는 것을 마리아에게 확신시켜 준다.

마리아 역시 임신 6개월 된 온 엘리사벳의 배를 보고 다시 한 번 하나님의 기적과 그 기적의 주인공이 자신이 되었다는 것을 확인하게 된다. 그리고 마리아는 이곳에서 약 3개월을 머물다가 다시 나사렛으로 돌아가게 된다.

이 건물의 마당에는 누가복음 1장 46~55절까지 적혀 있는 마리아의 노래가 세계의 여러 나라 언어로 적혀서 벽에 붙여져 있는데 한쪽 구석에 우리나라의 글로 된 성경구절도 있다.

교회의 입구에는 지름이 약 80cm 정도 되는 작은 돌이 하나 전시되어 있다. 이 돌은 예수님이 태어날 당시 헤롯 왕이 2살 이하의 유대인 남자 아이

△마리아방문교회　　　　　△마리아방문교회 돌　　　　　△마리아방문교회 벽화

를 모두 죽이라고 했을 때 이곳에서 태어난 어린 요한이 병사들의 칼을 피해 숨어있던 동굴을 막은 돌이라고 한다. 그 돌이 진짜 요한을 살려낸 돌인지는 확인할 길은 없지만 현재 이곳에 전시되어 있다.

그리고 건물 안으로 들어가면 벽과 천정에 아름다운 벽화가 그려져 있는데, 이 그림들은 세례 요한의 아버지인 제사장 스가랴가 하나님께 제사를 드리는 모습과 마리아와 엘리사벳이 서로 손을 잡고 반갑게 인사하는 장면, 그리고 로마 병사들이 손에 칼을 들고 어린아이들을 찾아다닐 때 어린 요한이 숨어있는 모습도 형상화한 그림이 그려져 있다.

이 건물은 2층으로 되어 있다. 2층으로 올라가면 제단이 있고 예배를 드릴 수 있는 공간이 있어서 조용히 묵상도 할 수 있다.

유대인의 슬픔이 깃든 야드바셈 Yad Vashem

마리아방문교회를 둘러보고 에인케렘으로 나와 다시 예루살렘 성으로 돌아오기 위해 차를 타고 약 5분 정도 나오다 보면 야드바셈이라는 표지판

을 만나게 된다. 이 표지판을 따라 왼쪽 길로 들어가면 아름드리 높은 가로
수가 양옆에 도열해 있는 길을 만나게 되고, 그 한적한 길을 따라 들어가면
조각품이 전시되어 있는 조각공원과 야트막한 건물이 몇 개 있는 것을 만나
게 된다. 이곳은 야드바셈으로 '이름을 기념한다' 는 뜻이다.

　　이곳은 제2차 세계대전 당시 유럽에서 독일 나치에 의해 희생된 60만
유대인의 영혼을 기리는 곳이다. 그래서인지 늘 유대인의 발길이 끊이지 않
으며 분위기 또한 엄숙하다.

　　제2차 세계대전 당시 유럽에서 살고 있었던 많은 유대인들은 그곳의
민족들과 독일 나치에 의해 말도 못하는 핍박과 설움을 당하게 된다. 특히
히틀러의 유대인 말살 정책에 의해 수많은 유대인들은 강제노역과 학살을
당하게 된다. 이런 상황은 유대인 출신의 영화감독 스티븐 스필버그가 만든
'쉰들러 리스트' 라는 영화에 자세하게 묘사되고 있다.

　　지금이야 이스라엘이라는 독립 국가를 형성하긴 했지만 오늘날 이스
라엘이 있기까지 힘없이 희생당해야만 했던 과거 조상들의 그 처절하고 끔
찍했던 역사적 사건들을 이스라엘 국민들은 잊지 못할 것이다. 이곳에 가면
그 당시 유대인들이 얼마나 핍박과 고통을 당했는지 온몸으로 느낄 수 있게
된다.

　　이 건물 안으로 들어가면 벽면과 천정, 그리고 바닥까지도 모두 검은색
으로 되어 있으며 나치에 의해서 죽어갔던 유대인들의 유골이 전시되어 있
고, 시신에서 뽑아낸 금니들이 수북이 쌓인 것도 볼 수 있다. 작은 언덕을 이
루고 있는 금니들을 보니 얼마나 많은 유대인들이 희생당했는지 알게 된다.

　　뿐만 아니라 그 당시의 처절했던 유대인들의 생활상을 보여주는 여러
가지 사진 자료들이 전시되어 있다. 그 사진 속에는 뼈만 앙상하게 남아있는

체로 마치 닭장과도 같은 수용소에서 온갖 공포와 두려움에 떨고 있는 나이든 유대인 노인과 아직 걸음마도 떼지 못했을 것 같은 갓난아이, 두 눈에 눈물이 가득 고여 있는 어린아이들, 언제 죽게 될지 모르는 절박한 표정의 소녀들, 그리고 산더미처럼 쌓여있는 시신들과 그 옆에서 자랑스럽게 폼을 잡고 서 있는 독일 군인들의 모습까지… 그 사진들을 보는 것만으로도 전쟁의 끔찍함을 그대로 읽어낼 수 있다.

그리고 그 당시 발행된 신문과 각종 책들, 각종 서류와 신분증까지도 전시되어 있는 것으로 보아 이스라엘 국민들이 그 흔적을 찾아내기 위해 얼마나 많은 노력을 하였는지 짐작할 수 있다.

또한 이곳에는 기억의 방이라는 건물이 따로 있는데, 이곳에는 희생된 60만 명의 유대인의 이름이 하나도 빠지지 않고 빼곡히 적혀 있다. 그 이름을 다 읽을 수는 없지만 촘촘히 적혀 있는 유대인의 이름들을 보는 순간 참으로 많은 사람들이 희생된 것을 알 수 있으며 저 많은 이름들을 하나도 빠뜨리지 않고 기록해 놓은 자체가 이스라엘 국민들은 절대 그들을 잊지 않겠다는 또 하나의 의지로 보인다.

이곳은 이스라엘 현대사의 비극을 잠시나마 느낄 수 있는 아주 의미 있는 장소이다.

야드바셈

베·들·레·헴

이스라엘의 두 번째 왕, 그러면서 이스라엘의 영토를 확장하고 주변 국가들로부터 완벽한 국가로 인정받게 만든 왕, 다윗이 태어난 동네, 그리고 하나님의 독생자 예수님이 태어난 동네, 이곳이 바로 베들레헴이다. 이곳은 아픔과 상처가 있는 곳이다.

베들레헴 Bethlehem

메시야가 오신 땅

역사의 시계는 B.C.와 A.D.로 나뉜다. B.C.는 Before Christ로 예수님이 태어나기 전, 그리고 A.D.는 Anno Domini라는 라틴어로 그리스도의 해를 뜻한다. 즉, 인류의 역사는 예수님이 태어나기 전과 태어난 이후로 크게 나뉘게 된다. 그 인류의 시계를 반으로 나눈 역사적인 순간, 역사적인 사건이 발생한 장소, 그곳이 이스라엘의 베들레헴이다.

베들레헴은 예루살렘에서 남동쪽으로 약 8km 떨어진 곳에 위치하고 있는데, 표고는 해발 890m의 비교적 높은 곳에 자리 잡고 있다. 예루살렘이 해발 740m이니까 예루살렘보다도 훨씬 높은 곳이다. 특히 겨울에는 비도 많이 내려서 강수량이 높고 추운 날에는 눈도 내리기도 한다. 비가 별로 오지 않는 이스라엘 땅에서 겨울철에 비가 내리고 눈이 내린다는 것은 그만큼 땅

베들레헴 전경

이 비옥하며 나무와 숲들이 많이 우거져 있어서 농작물이 잘 자랄 수 있는 곳이라고 할 수 있다.

농작물이 많이 자랄 수 있는 환경은 양과 염소들이 먹을 수 있는 풀들이 많은 곳이라는 말이기도 하다. 그래서인지 헤브론과 마찬가지로 푸른 나무와 푸른 숲을 비교적 많이 볼 수 있다. 이런 지리적 환경 때문에 베들레헴은 기원전 3천 년경 다윗의 아버지 이새가 이곳에서 양을 키웠고 예수님 당시에도 양을 키우는 목동들이 많이 있었다.

뿐만 아니라 다윗의 고향도 이곳이라는 것은 그만큼 베들레헴이라는 도시가 오래전부터 사람이 촌락을 이루고 살만큼 살기에 좋은 곳이며, 군사적으로도 중요한 위치이기도 하다. 그래서 다윗 왕 시대에는 블레셋이 이곳을 군사적 요충지라 여기고 점령하는데 노력을 아끼지 않았던 것이다.

그러나 예루살렘이나 다른 지역에 비해서 이곳은 비교적 큰 전쟁이나 난리를 겪지 않았다. 역사적으로 볼 때 몇 건의 작은 전투가 벌어지긴 했지만 서로가 뺏고 빼앗기며 수많은 사람들이 죽어갔던 예루살렘에 비하면 평온한 도시였다. 베들레헴이라는 뜻이 빵의 집이라는 것처럼 이곳 사람들은 풀들이 자라는 들판에서 양떼를 키우고, 포도나무를 재배하며, 빵을 만들고 생활할 정도로 평온하게 살아온 평화의 마을이었다.

그래서 사무엘이 이곳 베들레헴까지 달려와 양떼를 돌보고 있었던 어린 다윗을 불러 이스라엘의 왕이 되리라고 말하며 기름을 부었는지도 모른다. 그리고 그것은 곧 인류의 역사를 크게 나누는 거대한 사건, 다시 말해서 인류를 죄악에서 구원하기 위해 오시는 메시야가 이 땅에서 태어나게 될 것이라는 것을 미리 암시했는지도 모른다.

이스라엘의 두 번째 왕, 그러면서 이스라엘의 영토를 확장하고 주변 국가들로부터 완벽한 국가로 인정받게 만든 왕, 다윗이 태어난 동네, 그리고 하나님의 독생자 예수님이 태어난 동네, 이곳이 베들레헴이다.

베들레헴으로 가는 길

예루살렘 성의 다메섹문 건너편에 가면 팔레스타인 사람들이 이용하는 시외버스 정류장이 있다. 이곳에는 베들레헴으로 가는 버스들이 많이 있다. 나는 이스라엘에 가면 주로 이곳에서 팔레스타인 사람들이 이용하는 시외버스를 타고 베들레헴이나 헤브론 등지를 찾곤 한다. 교통비도 비싸지 않고 버스 안에서 만나는 팔레스타인 사람들의 생활 모습을 구경하면서 가는 맛이 또 일품이기 때문이다.

예루살렘을 떠나서 베들레헴으로 가는 길은 그다지 멀지 않다. 예루살렘에서 8km 떨어진 곳으로 걷기 좋아하는 사람은 걸어서도 갈 수 있는 거리이다. 그런데 문제는 이 버스가 곧바로 베들레헴 안으로 들어가지 못한다는 것이다. 예루살렘을 떠난 버스는 기분 좋게 달리다가 어느 순간 멈추고 버스 안에 탔던 사람들은 모두 내린다. 왜냐하면 분리장벽이 가로 막고 있기 때문에 더 이상 버스가 가지를 못하고 이곳에서부터는 걸어가야 하기 때문이다.

버스에서 내리게 되면 높다란 담장이 쳐져 있는 검문소로 들어가게 된다. 검문소는 비교적 시설이 잘 되어 있다. 한사람씩 줄지어 서서 쇠파이프로 된 회전문을 통과해야 하는데 그것도 맘대로 통과하면 안 된다. 회전문 바로 옆에 파란불과 빨간불이 들어오는 경광등이 있는데, 사람이 통과한 다음 파란불이 들어오면 통과할 수 있다.

그리고 두꺼운 유리 너머로 이스라엘 군인이 앉아 있고 유리 밑으로 여권을 건네주면 그 군인은 여권을 이리저리 살펴보고 몇 가지 질문을 한다. "베들레헴에는 왜 가느냐? 아는 사람은 있느냐? 그곳에서 잠을 잘 거냐? 언제 다시 나올 거냐?" 이런 저런 질문을 하는데 그 군인의 기분에 따라 질문을 할 수도 있고 안 할 수도 있다. 휴대폰으로 애인과 통화하고 있을 때 사람이 통과하면 질문을 안 할 수도 있고 군인이 기분이 별로 안 좋을 때 사람이 통과하면 유난스럽게 까탈을 부리기도 한다.

여권을 돌려받은 다음 소지품은 다시 엑스레이 검색대를 통과해야 하고 사람은 금속 탐지기를 통과해야 한다. 이런 과정을 거친 다음 지그재그로 된 길을 따라서 검문소 밖을 나가게 된다.

놀라운 것은 이 모든 과정들을 머리 위에서 총을 겨눈 이스라엘 군인들이 지켜보고 있다. 처음에는 머리 위에 이스라엘 군인이 있는지조차 몰랐다. 그러나 어느 순간 무심코 고개를 들어 천정을 바라보니 무장한 이스라엘 군

△분리장벽의 안쪽 벽면   △베들레헴 검문소

인 몇 사람이 머리 위에서 검문과정을 모두 지켜보고 있다는 것을 알게 되었다. 한마디로 머리 위에서 이곳을 통과하는 모든 사람들을 감시하고 있었던 것이다.

검문소 밖으로 나가면 이번에는 높이 8m의 어마어마한 콘크리트 덩어리로 된 분리장벽을 만나게 된다. 분리장벽이란 베들레헴 안에 살고 있는 팔레스타인 사람들이 이곳을 자유롭게 벗어나지 못하도록 베들레헴 도시 전체를 감옥의 울타리처럼 쌓아 올린 것이다. 이 분리장벽의 아랫부분에 겨우 뚫려 있는 문을 통해 지나가면 바로 이곳이 다윗의 고향, 예수님의 탄생지 베들레헴의 시작이다.

분리장벽의 바깥쪽 벽면은 그야말로 콘크리트 색깔 그 자체이다. 그러나 일단 안쪽으로 들어가서 분리장벽의 벽면을 보면 그곳에 살고 있는 팔레스타인 사람들이 자유를 갈망하며 그려놓은 그림들과 애절한 글귀들이 낙서나 예술작품처럼 그려져 있다. 그 그림과 글들을 보면서 팔레스타인 사람들이 얼마나 힘들게 살고 있는지 알 수 있었다.

분리장벽의 문을 통과해서 안으로 들어가면 이곳에서부터 베들레헴 시내로 운행하는 노란택시들이 여러 대 세워져 있는 것을 볼 수 있다. 그들은 뜨거운 태양아래서 택시를 세워놓고 그 옆에 서서 기다리다가 분리장벽의 문을 통해 들어오는 사람들이 있으면 소리치며 호객을 한다.

베들레헴에 살고 있는 팔레스타인 사람들의 자유로운 이동을 가로막기 위해 이스라엘이 만들어놓은 분리장벽이 또 하나의 새로운 직업군을 만들어놓은 아주 특이한 모습이다.

피로 물들었던 2002년의 베들레헴

2002년 4월 2일, 베들레헴은 그야 말로 아비규환 그 자체였다. 약 3만 5천 명의 팔레스타인이 살고 있는 이곳 베들레헴에 이스라엘 군인들이 탱크를 앞세워 진격하면서 골목길에서 장사를 하던 노점상들의 야채더미와 닭장, 그리고 과일 더미를 산산조각 냈으며 그에 놀라 항의하는 팔레스타인 노인들을 구둣발로 걷어찼고 눈에 보이는 젊은이들은 플라스틱 끈으로 두 손을 뒤로 묶고 포로들을 끌고 가듯이 줄줄이 엮어 끌고 갔다.

그것만이 아니었다. 이스라엘 군인들은 분명 누군가를 색출하려는 듯이 이집저집 뛰어들어가 가재도구를 부수며 하늘을 향해 공포탄을 쏘아댔다. 그러다가 어디선가 총소리가 들리면 그곳을 향해 거침없이 M16 소총을 쏴댔고 그로 인해 여기저기서 유리창이 깨지는 소리와 함께 비명소리가 들려왔다. 총에 맞은 사람들이 여기저기 쓰러졌고 베들레헴 골목은 피비린내가 진동하기 시작했다.

평온했던 베들레헴이 일순간 생지옥으로 변하는 순간이었다. 도대체 이스라엘 군인들은 왜 베들레헴을 화약연기 자욱한 생지옥으로 만들었던 것일까? 그것은 나흘 전 이스라엘의 해안도시 네타니야에서 팔레스타인의 테러조직인 하마스의 소행으로 보이는 폭탄테러가 발생해 21명이나 그 자리에서 즉사했던 것이다. 이스라엘 정부는 곧바로 보복 공격을 시작했고 테러리스트의 배후 조직을 색출하기 위해 이스라엘의 팔레스타인 자치 지역인 라말라와 나불루스, 그리고 이곳 베들레헴을 공격하였던 것이다.

베들레헴은 이스라엘 국가 안에서 팔레스타인 사람들끼리만 살고 있는 자치 지역으로 이곳에 자치 경찰과 자치 조직도 있다. 또 이곳에는 드물게 예수 그리스도를 믿는 기독교인들도 많이 있다.

그런데 이곳 베들레헴을 이스라엘 군인들이 막강한 군사력을 앞세워 짓밟기 시작한 것이다. 미처 제대로 대항도 하지 못한 베들레헴의 자치 경찰과 젊은이들은 쫓기고 쫓기다 그들이 피신한 곳은 바로 예수탄생기념교회였다.

이 땅에 평화를 주기 위해 아기 예수님이 탄생한 그 자리, 그 자리에 세워진 교회 안으로 피신한 베들레헴의 젊은이들은 꼼짝없이 이스라엘 군인들에 의해 포위되었다. 그 안에 갇힌 150명의 사람들, 그중에는 팔레스타인의 과격파 젊은이들도 있었지만 관광하기 위해 그곳을 들렸던 민간인 관광객들과 그 교회를 지키고 있던 성직자들도 포함되어 있었다. 전 세계의 언론은 그곳의 소식을 전하려 하였지만 이스라엘 군인들의 철저한 차단으로 그 처참한 상황을 시시각각 전할 수 없었다.

1700년이나 오래된 세계 문화유산이자 예수님을 믿는 전 세계 크리스천들이 가장 소중하게 여기는 유적지를 방패막이로 삼을 수밖에 없었던 팔레스타인의 젊은이들, 그리고 그 밖에서 정조준을 하며 머리카락 하나라도 보이면 어김없이 방아쇠를 잡아당기려는 이스라엘 군인들의 살벌한 공격 자세, 이스라엘 군인들은 당장이라도 그 교회 안으로 들어가서 팔레스타인의 젊은이들을 향해 총을 난사하고 이 대치를 빨리 끝내고 싶어 했을 것이다. 예수님이 태어난 곳에 세워진 교회 따위는 예수를 믿지 않는 이스라엘 군인들에게는 한낱 건물에 불과하기 때문이다.

하지만 이 대치가 오래 갈 수 없을 것이라는 것을 이스라엘 군인들은 잘 알고 있었다. 그 안에 갇힌 사람들은 금방 식수가 부족하고 식량이 떨어질 것이라는 것을 알았고 이스라엘 군인들은 그것을 기대하고 있었다. 결국 그 안에 있던 팔레스타인의 젊은이들이 손을 들고 항복을 표시할 것이고 그러면 이스라엘 군인들은 그들을 체포하기만 하면 될 것이라고 생각했다.

하지만 그 안에 피신해 있었던 팔레스타인 젊은이들은 간간히 밖을 향해 총을 쐈고 그럴 때마다 그보다 몇 백배로 이스라엘 군인들은 총으로 응사했다. 오랜 역사와 의미를 간직한 예수탄생기념교회의 벽면이 총알에 의해 여기저기 구멍이 났고 조각이 떨어져 나갔다.

전 세계의 여론은 그 안에 있는 팔레스타인 젊은이들에게 먹을 것과 물을 갖다 주라고 하였지만 이스라엘 군인들은 꿈쩍도 하지 않았다. 오히려 저격수를 동원하여 교회 안에서 움직이고 있는 팔레스타인 사람을 8명이나 사살했다.

끔찍한 비극으로 끝날 것만 같았던 이 대치는 결국 사건 발생 38일 만에 유럽연합과 키프러스의 도움으로 끝이 났다. 그 속에 갇혀 있던 사람들 중에 과격파로 지목된 13명은 키프러스로 망명을 하였고, 26명의 젊은이들은 가자지구로 옮겨졌으며, 그 안에 함께 갇혀야 했던 80여명의 민간인들은 석방되는 것으로 마무리가 되었다.

지금도 베들레헴의 예수탄생기념교회에 가면 그때 생긴 총탄의 흔적이 거칠게 남아 있다.

베들레헴에 나부낀 태극기

2004년 8월 9일, 베들레헴의 예수탄생기념교회 앞에 사람들이 인산인해를 이루고 있었다. 그 사람들은 예루살렘에서부터 이곳 베들레헴의 예수탄생기념교회 앞마당까지 3시간에 걸쳐 걸어온 2천 3백 명의 한국 크리스천들이었다.

하나님이 선택하신 땅 이스라엘, 그리고 평화의 왕 예수께서 태어나신 이곳 베들레헴에 더 이상 갈등과 분노로 얼룩지지 않도록, 그리고 더 이상 화약연기와 피비린내가 진동하지 않기를 바라는 마음으로 그 뙤약볕을 3시간씩이나 걸으며 평화를 뜻하는 히브리어 '샬롬', 그리고 아랍어 '살람'을 외치면서 이곳에 도착한 것이다.

이 행사를 처음 준비할 때만 해도 이스라엘 정부는 안전을 보장할 수 없다며 행사 자체를 허락하지 않았고 우리나라 정부 역시 위험한 일이라며 끝까지 만류하였다고 한다. 하지만 평화를 원하는 이 거룩한 행진은 반드시 이뤄져야 한다는 주최 측의 강력한 의지는 결국 행사를 치룰 수 있게 만들었다.

긴장감이 감돌고 살벌한 이스라엘 군인들의 눈초리가 번득이던 베들레헴 입구의 검문소에서는 행진을 하던 무리들이 준비해간 사물놀이가 신명나게 벌어졌으며 총을 어깨에 멘 이스라엘 군인들도 신기한 듯이 쳐다보면서 입가에 웃음을 멈추지 못했고 덩달아 신이난 팔레스타인 어린이들은 춤을 추기까지 했다.

이 광경을 지켜 본 팔레스타인 노인은 눈물을 글썽이며 태극기를 흔들어 댔다. 검문소에서 예수탄생기념교회까지 가는 길은 갑자기 축제의 거리가 되었고, 그동안 총소리와 탱크소리에 짓눌려 살던 팔레스타인 사람들에게 모처럼의 밝은 웃음을 선사하게 된 것이다.

이날 행진은 수많은 사람들의 우려에도 불구하고 깜짝 놀랄만한 사람들이 함께 참여했다. 한때 미국중앙정보국(CIA)을 능가하는 정보기관으로 알려진 이스라엘의 모사드(Mossad) 전직 총수인 에스라 기드온(Ezra Gideon) 관광성 장관이 이스라엘과 베들레헴 경계 근처에서 행진 대열에 잠시 참여하기도 하였으며, 팔레스타인 측에서도 한나 나세르(Hanna Nasser) 베들레헴 시장과 팔레스타인 관광성 장관이 나란히 한국인들의 행렬을 환영해 눈길을 끌었었다. 이날 행진에서는 AP, 로이터통신과 미국 크리스천 방송 등 세계 유수의 언론 기관들이 열띤 취재 경쟁을 벌이기도 하였다.

지난 4년간 이스라엘 - 팔레스타인 간의 충돌과 연이은 폭탄 자살 테러 등으로 이스라엘이 약 천 명, 팔레스타인 측이 약 3천 명이 숨진 현실의 상황 가운데 이 평화의 행렬은 두 민족 간에 화해를 불러일으키게 하고 다시 한 번 평화가 깃들기를 바라는 하나의 사건이 되었다.

예수탄생기념교회 Church of Nativity

베들레헴에 살고 있는 사람들은 이 예수탄생기념교회 때문에 먹고 사는 사람들이 태반일 정도로 일 년에 이곳을 찾는 순례자와 관광객의 숫자는 수십만 명이 넘는다고 한다. 실제로 크리스마스 당일이 되면 베들레헴으로 들어가는 입구에서부터 차가 막힐 정도로 사람들이 많이 찾아오며 예수탄생기념교회의 넓은 광장은 발 디딜 틈도 없이 많은 사람이 빽빽하게 들어차

기도 한다. 그만큼 베들레헴은 전 세계의 크리스천들에게는 꼭 한번 가보고 싶은 곳이며 또 이스라엘에 오면 반드시 들려야 하는 곳이기도 하다.

예수님이 탄생한 곳에 세워진 예수탄생기념교회, 그곳을 감격적인 마음으로 찾아가면 우선 그 교회의 건물을 보고 놀라게 된다. 왜냐하면 우리가 알고 있었던 허름한 여관의 마굿간이 아니기 때문이다.

우선 그것을 이해하려면 예수님 당시의 가옥 구조를 알아야 한다. 베들레헴을 포함해서 이스라엘 전역에는 크고 작은 동굴이 많이 있다. 베들레헴 역시 크고 작은 천연동굴이 많은데 그 당시 이스라엘 사람들은 그런 동굴 위에 집을 짓고 살았다. 그리고 사람들은 양과 염소, 말 등의 가축을 키우면서 몇 마리 정도는 주택의 아래층인 지하 동굴에서 키우고 사람들은 그 위의 집에서 생활을 하기도 하였다.

이처럼 예수님이 태어나셨던 그 여관도 마찬가지로 지하층에 동굴이 있었고, 그 동굴에 말이나 여러 가지 가축을 키우고 있었다. 예수님의 부모였던 마리아와 요셉이 나사렛을 출발하여 예루살렘으로 가다가 이곳 베들레헴의 여관에 들렸을 때는 이미 그곳에 각 지방에서부터 올라온 수많은 사람들이 예루살렘으로 가기 전에 이곳에서 머물고 있었기 때문에 방이 없었

예수탄생기념교회

다. 하는 수 없이 마리아와 요셉은 여관 주인의 말 대로 지하층에 있는 동굴 속 마구간으로 가서 지푸라기를 침대삼아 잠을 청하였고, 결국 이곳에서 아기 예수님이 태어나서 이곳은 중요한 성지가 되었다.

이곳 지하 동굴은 예수님이 부활 승천한 이후로 초기 기독교인들의 기도처가 되었다. 그것을 못마땅하게 여겼던 로마의 하드리아누스 황제는 기독교 말살 정책의 일환으로 이곳에서 기도하던 기독교인을 모두 내쫓고 예수님이 돌아가신 골고다의 무덤처럼 로마의 신인 아도니스 신의 동상을 세웠다. 그리고 나서 A.D. 313년 로마의 콘스탄틴 황제의 기독교 공인 이후 콘스탄틴 황제의 어머니인 헬레나 황후가 319년 3월 31일, 이곳에 세워졌던 아도니스 신상을 치워버리고 동굴 위에 예수탄생기념교회를 세운 것이다. 하지만 그 교회도 오래 가지는 못하였다. 교회가 세워진지 200년 뒤 이곳에서 민란이 일어나면서 이곳은 불이 나게 되고 몇 개의 기둥과 벽만 남겨놓은 채 잿더미가 되었다.

그리고 그 뒤에 비잔틴 제국의 유스티니아누스 황제에 의해 그 자리에는 다시 아름다운 성전이 지어졌는데, 그 성전이 지금의 예수탄생기념교회이다. 그러므로 지금의 건물은 약 1500년이 된 역사 깊은 건물이다.

겸손의 문

이미 설명하였듯이 A.D. 614년에 페르시아가 이스라엘을 침략하게 된다. 그리고 수많은 기독교 관련 건축을 파괴하는 비극이 일어나지만 놀랍게도 페르시아 군인들은 예수탄생기념교회 만큼은 파괴하지를 않았다.

왜 그랬을까? 교회 안으로 들어가면 예수님이 태어날 당시의 상황을 벽화로 그려놓은 것을 볼 수 있다. 그 그림 중에는 아기 예수님을 찾아와 경배하는 동방박사 세 사람의 모습도 함께 그려져 있다. 그리고 그 동방박사가 입었던 의상은 바로 페르시아의 조상, 그중에서도 높은 신분의 사람들이 입는 그런 의상이었던 것이다.

　아마 페르시아 군인들은 이 건물에 불을 지르고 파괴하기 위해서 연장을 들고 교회 안으로 들어왔을 것이다. 그러다가 건물 내부에 그려진 벽화 속의 동방박사를 보는 순간 '우리의 조상들이 다녀가고 경배하였던 사람이 태어난 장소를 어떻게 파괴할 수가 있느냐' 하며 손에 들었던 연장과 횃불을 내려놓고 무릎을 꿇었던 것이다. 그래서 그 환난 중에도 교회 건물은 다행스럽게도 보전될 수 있었다.

　교회의 넓은 마당에서 교회 안으로 들어가는 문을 쉽게 찾을 수 없다. 대개의 유럽에서 볼 수 있는 역사 깊은 크고 웅장한 교회 건물의 문은 그 자체만으로도 하나의 예술 작품이라고 할 수 있을 만큼 화려하고 아름다운 모습이다. 그런데 역사와 의미가 깊은 이 교회 건물에는 웅장하고 화려한 문이 보이지를 않는다. 문이라고는 교회 건물의 왼쪽으로 돌아가면 폭 80cm 높이 120m의 작은 문만 하나 있을 뿐이다. 그래서 사람들이 예수님이 탄생한 장소로 가려면 반드시 허리를 굽히고 머리를 숙여서 들어가야만 한다. 이 문을 일명 겸손의 문이라고 한다. 그렇다면 처음부터 이 교회를 지을 때 문을 그렇게 작게 만든 것일까?

　그렇지는 않다. 이 문을 자세히 보면 문 양옆과 위쪽으로 원래의 아치형의 문틀

겸손의 문

이 있음을 볼 수 있다. 그 문틀의 크기는 지금의 작은 문보다는 훨씬 크게 되어 있다. 이것이 바로 원래의 문이었다. 그런데 1500년경, 그 당시 사람들 중에는 참 버릇없는 사람들이 많았던 것 같다. 말을 타고 그대로 교회 안으로 들어갔던 사람들이 있었던 것이다. 그래서 그걸 보다 못한 교회 관리인들이 말을 타고 들어가지 못하게 하고 허리를 숙이고 들어가야만 할 정도로 문을 좁게 막아버렸던 것이다.

그 문이 지금도 그대로 유지되고 있어서 교회 안으로 들어가려면 키가 작은 어린이들 말고는 모두 허리를 숙이고 들어가야 한다. 대통령이든 교황이든 재벌이든… 예수님을 만나기 위해서는 모두 허리를 굽히고 고개를 숙여야 한다.

교회 안으로 들어가면 11개의 커다란 돌기둥이 양옆으로 둘씩 모두 네 줄로 서 있다. 즉, 모두 44개가 되는 셈이다. 이 돌기둥이 바로 몇 해 전 예수님의 형상이 나타나는 기적이 일어났다고 해서 전 세계적으로 크게 화제가 되었던 그 돌기둥이다.

교회의 전면에는 화려한 장식으로 되어 있는 제단이 있는데 하루에도 몇 차례씩 프란체스카회에서 예배를 드리고 있다. 그리고 중앙 통로를 중심으로 해서 왼쪽 구역은 아르메니안에서 관리를 하고, 오른쪽 구역은 그리스 정교회에서 관리하고 있다. 예수님이 탄생한 곳에 세워진 교회이다 보니 어느 특정 종파가 소유하고 관리할 수 없기 때문이다.

또한 교회 안의 바닥을 보면 나무로 된 판자가 깔려있는 곳을 볼 수 있다. 그리고 그 나무판자는 뚜껑을 열어서 순례자들이 들여다 볼 수 있도록 하였는데, 그 밑에는 콘스탄틴 황제의 어머니 헬레나 황후가 이곳에 처음 교회를 건축할 때 만들어진 모자이크 바닥이 아직도 남아있다. 1700년 전에 만들어진 모자이크, 그 모자이크를 만들고 감동하며 예수님을 기억했을 여인 헬레나의 숨결을 잠시나마 느낄 수 있는 곳이다.

교회의 벽에는 12세기에 십자군에 의해서 그려진 여러 가지 벽화들을 볼 수 있다. 그 벽화의 내용은 그동안의 기독교 역사를 한눈에 볼 수 있도록 니케아회의, 콘스탄티노플회의, 에베서회의, 칼케돈회의 등 중요한 회의 장면을 그려놓았다. 이 그림들을 감상하면서 제단쪽으로 걸어가다 보면 제단의 오른쪽에 아래로 내려가는 작은 대리석 계단이 있다. 이 대리석 계단을 따라 내려가게 되면 예수님이 탄생하셨던 마구간 동굴이 나오게 된다.

예수님이 탄생한 장소

예수탄생기념교회 내부의 중앙 제단 옆에 있는 대리석 계단으로 내려가는 순간, 전등불이 없었다면 아마도 캄캄하고 어두워서 한치 앞도 볼 수 없을 것이라는 생각이 든다. 그만큼 그곳은 외부와는 철저하게 차단된 깊고 음침한 지하 동굴이었다.

그리고 그 당시 이곳에 말이나 가축들이 살고 있었다면 그 냄새 또한 코를 찌르고 숨조차 쉬기 힘들었을지도 모른다. 아마도 그 여관 주인 역시 이곳에 자주 들리기를 싫어하였을 것만큼 이곳은 철저하게 외면되고 소외된 장소임에는 틀림없다. 예수님은 이런 곳에서 태어나셨다.

지금은 이 지하 동굴의 크기가 폭 3.5m와 길이 13m의 비교적 넓은 공간이긴 하지만 원래는 마구간의 크기는 훨씬 작았다. 하지만 십자군 시대에 이곳에 좀 더 많은 순례자들이 들어와 예수님이 탄생한 장소에서 예배를 드리기 위해 동굴을 더 넓혔기 때문에 지금의 크기가 된 것이다.

지하 동굴로 내려가는 계단을 따라 들어가면 오른쪽에 마치 벽난로와 같이 생긴 대리석으로 만든 공간을 보게 된다. 그리고 그 안에는 14개의 날개로 된 별이 바닥에 장식되어 있다. 바로 이곳이 예수님께서 태어나신 그 장소이다.

순례자들은 이곳을 방문하게 되면 무릎을 꿇고 이 땅에 평화를 주기 위해 인간의 모습으로 내려오신 하나님의 독생자 예수 그리스도의 탄생을 축하하고 경배하기 위해 그 별을 향해 입을 맞춘다. 이곳에서는 누가 조용히 하라고 시키지 않아도 큰 소리로 얘기하는 사람이 없다. 모두들 한결같이 엄숙하고 경건한 자세로 이 역사적인 장소에 함께 한다.

예수님이 탄생한 그 자리에 있는 별은 1717년 가톨릭에서 은으로 만들었는데, 그 둘레에 라틴어로 '이곳에 동정녀 마리아에게서 예수 그리스도가 탄생했다'는 글을 새겨 넣고 바닥에 장식한 것이다. 이 별은 14개의 날개를 갖고 있는데 그것은 마태복음에 있는 14대씩 끊어지는 예수님의 족보를 따라서 14개의 날개를 만들었다고 한다. 그런데 이 별은 또 다른 사연을 갖고 있다.

1853년 이 별 때문에 전쟁이 일어 난 것이다. 그 당시 이곳을 관리하던 러시아 정교회에서 일방적으로 그 별을 떼어버렸다. 그것을 그 당시 이 지역을 점령해서 지배하던 오스만 터키가 알고는 러시아 정교회 쪽에 원상복귀를 요청했지만 러시아 정교회가 그것을 거절하자, 전쟁이 선포되었고 그 전쟁은 마침내 크리미아 전쟁으로 이어졌던 것이다.

이 땅에 평화를 주기 위해 오셨던 예수님이 탄생한 그 자리에 장식된 별로 인해 때 아닌 피비린내 나는 전쟁이 일어나게 되었다는 것은 또 하나의

1) 예수탄생 동굴 입구 2) 예수탄생 동굴 반대쪽 3) 예수탄생 동굴의 별 4) 예수탄생기념교회 내부

역사의 아이러니가 아닐 수 없다.

현재 이곳은 동방정교회와 아르메니안교회, 로마가톨릭교회가 공동으로 소유하고 있다. 그리고 이 동굴의 벽은 현재 검게 그을어져 있는 것을 볼 수 있는데, 그것은 1869년 이곳에 뜻하지 않은 화재가 발생했고 그로 인해 검게 그을어진 것을 그대로 방치해 놓았기 때문에 내부가 지금도 검게 그을어져 있다.

성 캐더린 성당 Church of St. Catherine

이 동굴로 들어온 반대쪽에는 밖으로 나가는 출구 계단이 있다. 이 계단을 통해 밖으로 나가면 크고 화려한 현대식 건물의 교회를 만나게 된다.

이 교회는 1881년에 가톨릭에서 지은 성 캐더린교회이다. 교회의 내부 전면에는 큰 파이프오르간이 있고 제단이 있으며 교회 내부 벽에는 예수님의 탄생과 죽음까지 이르는 과정을 부조로 조각해서 만들어 붙여놓은 것을 볼 수 있다.

그리고 이곳에서 매년 크리스마스 미사를 전 세계로 중계한다. 현재도 이곳을 방문하면 하루에도 몇 번씩 미사를 드리는 장면을 볼 수 있는데, 이곳 베들레헴에 살고 있는 크리스천들이 찾아와 미사를 드리고 있다.

이 교회의 오른쪽에 있는 좁은 계단으로 내려가면 또 다른 동굴이 있다. 이 동굴은 예수님이 태어날 당시 헤롯이 두 살 이하의 남자 아이들을 죽였을 때 죽은 아이들의 무덤이라고 한다. 그래서 이곳에 내려가면 어린아이들의 뼈들을 볼 수 있다.

이 교회의 정문을 통해 밖으로 나가면 작은 정원이 하나 있는데 그 정원의 중앙에는 큰 동상이 하나 버티고 서 있다. 이것은 성 제롬의 동상이다. 제롬이라는 사람은 기독교 역사에서 아주 중요한 인물 중에 한 사람으로 A.D. 386년 교황의 비서로 성지를 순례하러 이곳에 왔다가 주님의 계시를 받고 이곳에 계속 남아 예수탄생 동굴 옆에 은둔하며 살면서 히브리어로 된 성경을 라틴어로 번역하

△성 캐더린교회　　　△제롬의 동상

191

는데 평생을 바치게 된다. 그가 번역한 라틴어 성경은 라틴 세계의 복음화에 큰 기여를 하게 되는 결정적인 역할을 하게 되었다.

우유교회 Milk Gorotto

예수탄생기념교회를 나오면 다시 그 앞에는 커다란 광장이 있다. 그곳은 일명 구유 광장이라고도 하는데, 관광객과 순례객들을 대상으로 호객하고 있는 택시 기사들과 기념품 가게의 호객꾼들을 볼 수 있다. 엽서와 올리브나무로 만든 각종 조각품을 손에 들고 순례자들을 향해 하나라도 더 팔아보겠다고 달라붙는 그들의 모습을 보면 예수님이 태어난 동네 베들레헴의 목자들의 후손일지도 모른다는 생각을 하게 되어 끈질기게 달라붙는 그들이 그다지 밉지는 않다.

그 광장을 나와 예수탄생기념교회의 왼쪽으로 돌아보면 자동차 한 대가 겨우 통과할 수 있을 만한 골목길이 나온다. 그 골목길을 따라서 약 150m 정도 걸어가다 보면 오른쪽에 하얀색으로 겉모양이 치장된 작은 교회를 하나 만나게 된다. 이 교회를 우유교회라고도 하고 우유동굴(Milk Gorotto)이라고도 하는데, 이곳은 예수님이 태어나신 후 헤롯이 두 살 이하 남자 아이를 죽이라는 명령으로 요셉과 마리아가 이집트로 떠나기 직전 이 동굴에 숨어 아기 예수에게 모유를 먹였다고 알려진 동굴에 세워진 교회이다.

그래서 우유교회라고 불리우며 건물도 우웃빛으로 만든 것 같았다. 실제로 이 교회의 밑에 있는 동굴에 들어가면 특이하게도 동굴의 색깔도 하얀색이다. 전해오는 전설에 의하면 이 동굴의 색깔이 지금처럼 하얀색은 아니었다고 한다. 그런데 마리아가 예수님에게 젖을 먹일 때 모유 몇 방울이 바닥에 떨어졌고 그 이후 동굴의 바위 색깔이 하얀색으로 변하게 되었다고 한다.

이 교회는 5세기경에 처음 세워졌고, 그 후 14세기에 다시 세워졌으며, 현재의 교회는 1872년에 다시 세워진 것이다. 그래서 그런지 다른 건물에 비해서 비교적 깨끗하고 아름답게 보존되어 있는데, 교회의 입구와 곳곳에는 아기 예수님을 가슴에 안고 있는 마리아의 모습을 조각으로 장식해 놓은 것을 볼 수 있다.

이 교회의 밖으로 나와 바로 왼쪽에 있는 작은 방안에 들어가면 벽면에 붙여진 수많은 사람들의 사진과 각종 사연이 담긴 편지들을 볼 수 있다. 이 사진과 편지는 이곳에 방문하였던 많은 방문자들 중 아기를 낳지 못해 마음고생을 하고 있었던 사람들이 이곳에서 기도를 한 후 기적처럼 아기를 낳을 수 있게 되었다면서 보내온 감사의 편지와 사진들이다.

정말로 이곳에서 기도를 하면 아기를 낳지 못하였던 여인들이 기적처럼 아기를 낳게 되는지는 잘 모르겠지만 이곳 사제의 설명을 들으니 그 말이 사실이라고 한다. 하지만 이곳에서 기도를 하려면 얼마의 기부금을 내야 한다.

나는 그곳에 장식되어 있는 수많은 사진과 편지들 중에서 혹시 우리나라 사람이 보내 온 편지와 사진이 있는지 찾아보았지만 발견하지 못하였다. 우리나라 사람들은 이곳에서 기도를 하면 아기를 낳을 수 있다고 믿는 사람이 없는가 보다.

우유교회

목자의 들판 Shepherd Field

　　예수탄생기념교회에서 나오면 오른쪽으로 내리막길이 나오고 이 길을 따라서 2km 정도 걸어가다 보면 베이트 사후르(Beit Sahur)라는 마을이 나온다. 베이트 사후르는 동방박사의 집이라는 뜻으로 예수탄생기념교회의 복잡하고 번잡한 분위기와는 다르게 조용하고 한적한 들판과 숲으로 둘러싸여 있다.

　　이 마을의 소나무 숲 사이의 길을 따라 들어가면 조금은 특이하게 생긴 목자들의 들판교회를 볼 수 있는데, 이 교회는 양떼를 돌보던 목자들의 이동식 텐트의 모양을 본따 지었다고 한다.

　　성경에 보면 예수님이 태어나셨을 때 동굴에서 잠을 자던 목자들에게 천사들이 나타나 예수의 탄생을 알렸고 그 소식을 들은 목자들은 베들레헴의 한 마구간으로 찾아가 아기 예수님께 경배를 하였다.

　　그 목자들이 밤의 한기와 밤이슬을 피해 잠을 청했던 동굴이 이 교회

목자의들판교회

옆에 위치하고 있다. 이 동굴은 그다지 깊은 동굴이 아니다. 그저 바위 밑에 대여섯 사람이 들어가면 이슬을 피할 수 있을 만한 구덩이와 같은 곳이며 동굴의 내부는 보수하거나 손을 댄 흔적은 보이지 않는다. 자연 동굴 원래의 모습을 그대로 간직하고 있기 때문에 지금도 어딘가에 그 당시 목자들이 아무렇게나 벗어놓았을 겉옷들이 널브러져 있을 것 같은 착각이 들 정도이다.

　　동굴의 끝부분에는 예수님이 태어날 당시의

상황을 인형으로 재연해 놓았다. 이곳에 마련된 의자에 앉아 그 인형들을 바라보면서 그 당시 목자들이 들었을 천사의 음성을 상상하며 묵상을 하고 있으면 어디선가 크리스마스 캐럴이 잔잔하게 들려오기도 한다.

그 동굴을 나와 교회 안으로 들어가면 정갈하게 정돈되어 있다는 느낌을 받게 된다. 1953년에 세워진 이 교회는 안의 공간이 그리 크지 않지만 예수님의 탄생 소식을 전해 주었던 천사들의 음성을 귀 기울이는데 충분한 곳이다.

헤로디움 Herodium

베들레헴에 가면 꼭 들려야 할 곳이 있다. 베들레헴에서 약 8km 떨어진 곳으로 베들레헴을 벗어나 넓은 들판을 달리다 보면 758m의 높은 언덕이 보인다. 그 언덕은 헤로디움이라는 곳이다.

이곳은 기원전 20년경 이스라엘 왕이었던 헤롯이 별장 겸 요새로 만들어 놓은 곳이다. 헤롯은 에돔 출신으로 로마의 후원을 받아 이스라엘의 최고 통치자로 권력을 잡게 되지만 다른 민족 출신으로 이스라엘을 통치하고 있었기 때문에 이스라엘 백성들의 불신과 배척은 몹시 심하였다.

그래서 헤롯은 언제 어디서 어떻게 이스라엘 백성이 자신을 향해 대항할지 모른다는 불안감에 늘 시달려야 했고, 그 불안감으로 이스라엘 전역에 걸쳐서 도피처인 요새를 여러 곳에 건축하게 된다. 그 도피처는 알렉산드리움, 하르카니아, 마사다, 마케루스, 가이사랴와 여리고, 그리고 이곳 베들레헴 북쪽의 광야에 만든 헤로디움이다.

혜로디움은 원래 있던 산꼭대기에 요새를 만든 것이 아니라 허허 벌판에 흙을 쌓아올려서 약 700m의 높은 산을 만들었고, 그 산꼭대기의 밖에서는 전혀 공격해 올 수 없도록 높고 튼튼한 성벽을 쌓았으며, 그 요새에는 몇 년 동안 생활할 수 있도록 각종 시설을 갖추어 놓았다.

고대 역사가 요세푸스에 의하면 혜롯은 2백 개의 빛나는 대리석으로 정상까지 이어지는 계단을 만들어 놓았고 정상에는 화려한 궁정과 그 주변에는 왕궁을 지키는 네 개의 거대한 탑이 있었다고 한다. 또 그 안에는 로마식 목욕탕과 전경을 볼 수 있는 테라스와 산 밑에는 풀장도 있었다고 한다.

물 한 방울 샘솟지 않는 유대광야에 이런 시설을 유지하기 위해서는 멀리 베들레헴에서부터 물을 끌어 오는 수로 공사도 당연히 뒤 따랐고 수많은 인력과 돈도 필요할 정도로 대 공사였지만 혜롯은 감행하였고 완성하기에 이른다.

하지만 혜롯은 정작 살아있을 때 이곳 혜로디움을 많이 사용하지 못하였다. 그 대신 A.D. 70년 이스라엘이 로마에 의해 멸망당할 때 이스라엘 백성들은 여러 곳으로 뿔뿔이 흩어져 강렬한 저항을 하게 되는데 이곳 혜로디움도 그 장소 중에 하나이다. 이곳에는 혜롯이 비상시에 와서 살기 위해 만들어놓은 곳이기에 충분한 무기와 식량, 그리고 방어시설이 잘 되어 있었기 때문에 이스라엘 백성들이 저항하기 위한 장소로는 부족함이 없었다.

그러나 다른 곳과 마찬가지로 이곳의 이스라엘 백성들도 로마의 맹공격을 이겨내지 못하고 항복을 하거나 죽음을 맞이하게 되면서 튼튼했던 요새의 건물들도 모두 파괴된다.

현재 이곳의 정상에 올라가면 그 당시 세워졌던 탑의 일부분과 혜롯이 만들어 놓았던 목욕탕과 회반죽벽에 그려진 여러 가지 벽화들을 볼 수 있다.

헤롯의 무덤이 이곳에 있다는 기록은 있지만 아직도 찾지 못하고 있다.

라헬의 무덤 Tomb of Rachel

베들레헴에서의 모든 여행을 마치고 다시 예루살렘으로 돌아오는 길에 반드시 들려야 할 곳이 있다. 그곳은 베들레헴의 끝부분에 있는 곳으로 라헬의 무덤이다.

라헬은 이삭의 아들 야곱의 두 번째 아내이다. 야곱은 나이 든 아버지에게 속임수를 써서 형 에서를 대신해서 장자의 권한을 받게 된다. 그는 그것이 탄로날까봐 집을 나갔고 외삼촌 라반의 집에서 살게 된다. 라반에게는 레아와 라헬이라는 두 명의 딸이 있었는데 야곱은 큰 딸 레아보다는 둘째딸 라헬을 더 맘에 두고 사랑하게 된다. 이 사실을 알게 된 라헬의 아버지 라반은 야곱을 붙잡아 두기 위해 7년 동안 일을 열심히 하면 라헬을 아내로 주겠다고 약속하지만 7년 뒤에 라헬 대신 레아를 야곱의 아내로 주게 된다. 야곱은 라반에게 항의를 하게 되고 라반은 또 다시 7년 동안 일을 하면 정말 라헬을 아내로 주겠다고 약속한다.

14년간이나 일을 한 야곱은 마침내 라헬을 아내로 맞이하게 되고 라헬은 야곱의 두 번째 아내가 된다. 그러나 라헬은 아기를 갖지 못한다.

야곱의 첫째 아내인 레아는 야곱과의 사이에서 르우벤과 시므온과 레위와 유다를 낳게 된다. 그것을 옆에서 바라볼 수밖에 없었던 라헬은 속이 상할 대로 상하다가 궁여지책으로 자신의 몸종 빌하라는 여인을 야곱과 동침하게 해서 아기를 대신 낳게 하는데, 그렇게 해서 태어난 아기가 단과 납달리였다.

아기를 낳지 못하는 자신을 대신해서 자신의 몸종을 남편과 동침하게 하는 일은 그 당시에는 용납될 수 있는 풍습이었기에 가능할 수 있었다. 라헬은 비록 몸종의 몸에서 태어난 아기일지라도 자기의 아기처럼 정성스럽게 돌봐주었다.

그 후 라헬도 하나님의 축복으로 아기를 갖게 되어 요셉을 낳게 되고 라헬이 베냐민을 임신하였을 때 야곱은 자기의 가족들을 데리고 장인어른 라반의 집을 떠나 고향으로 돌아가기로 맘을 먹는다.

라헬의 배는 금방이라도 출산을 할 것처럼 만삭이 되어 있었지만 낙타를 타고 머나먼 길을 이동을 할 수밖에 없었다. 그러다가 이동행렬이 베들레헴을 지날 무렵 라헬은 출산을 하게 되지만 그 자리에서 난산 끝에 숨지고 만다. 이렇게 태어난 아기 베냐민은 태어나자마자 어머니를 잃게 되고 야곱

라헬의 무덤

은 슬피 울며 라헬을 장사지내 주는데, 그 무덤이 베들레헴에서 예루살렘으로 가는 길목에 있다.

이곳에 들어가면 몇몇 이스라엘 여인들이 울면서 기도하고 있는 것을 볼 수 있다. 대부분 아이를 낳지 못하는 여인들이라고 한다. 아기를 낳지 못하였던 라헬이 아기를 낳았던 것처럼 하나님의 축복이 자신들에게도 내려 달라고 기도하고 있는 것이다.

유대인들에게 중요한 성지로 되어 있는 라헬의 무덤은 입장료가 없지만 늘 이스라엘 군인들이 삼엄하게 경계근무를 서고 있어서 긴장감이 감돌기도 하고 때로는 베들레헴에서 작은 분쟁이라도 일어나면 곧바로 이곳의 문을 잠가 안으로 들어갈 수 없게 된다. 이곳에 방문하게 된다면 반드시 긴바지와 어깨를 가린 옷을 입고 들어가야 하고, 남자들은 머리에 키파라고 하는 종이 모자를 쓰고 들어가야 한다.

헤.브.론.

론은 이스라엘 지역 중에서도 유난히 과일이 많이 나는 비옥한 곳으로 유명하다. 그리고 이곳은 아브라함이 헷 족속
은 400세겔을 주고 구입한 막벨라동굴이 있다. 다윗 또한 이곳에서 이스라엘의 두 번째 왕으로 기름 부음을 받는
기도 하며, 유대인과 팔레스타인들과 끊이지 않는 충돌이 있는 곳이다.

헤브론 Hebron

아브라함과 다윗의 도시

430년간의 이집트 생활을 끝내고 젖과 꿀이 흐르는 가나안 땅을 향해 찾아온 이스라엘 백성들이 바란 광야에 머물고 있을 때 모세는 열두 명의 정탐꾼을 가나안 땅에 미리 보내게 된다. 그로부터 며칠 뒤 포도송이를 들고 돌아온 정탐꾼들은 가나안 땅이야 말로 젖과 꿀이 흐르는 옥토라는 보고를 하게 된다. 그 정탐꾼들이 찾아갔던 곳이 이스라엘의 남부 지방인 에스골 골짜기였고 그 에스골 골짜기는 헤브론 근처였다.

정탐꾼들이 젖과 꿀이 흐르는 땅이라고 표현하였을 만큼 헤브론은 이스라엘 지역 중에서도 유난히 과일이 많이 나는 비옥한 곳으로 유명하다. 사과, 무화과, 석류, 살구와 같은 과일과 특히 이곳에서 나는 포도와 멜론은 그 맛의 당도와 크기가 훌륭해 지금도 그 품질을 높이 평가 받고 있다.

헤브론이 성경에 처음 등장하는 것은 아브라함 때였다. 아브라함이 하란을 떠나 가나안 땅에 도착하였을 때 기근이 일어나 이집트로 살 곳을 찾아 떠났다가 다시 돌아와 벧엘에 머물게 된다. 그러나 아브라함의 식솔과 가축들이 늘어나면서 자신의 종들과 조카 롯의 종들 사이에 크고 작은 싸움이 멈추질 않게 되자, 따로 떨어져서 사는 것이 낫겠다고 판단을 하게 된다. 그래서 조카에게 그가 좌를 선택하면 자신은 우를 택하고, 그가 동을 택하면 자신은 서를 택하겠다고 제의 하면서 먼저 롯에게 살 곳을 선택하게 한다. 조카 롯은 요단강 동편 사해 남쪽 지역을 택했고, 아브라함은 서쪽인 헤브론을 선택하게 된다. 그 후 헤브론에서 아브라함의 아내 사라가 죽게 되자, 그곳에 살고 있는 헷 족속의 소유였던 막벨라동굴을 은 400세겔을 주고 구입한 뒤 사라의 무덤을 만들게 된다. 그래서 헤브론에는 지금도 사라의 무덤과 아브라함의 무덤이 나란히 자리 잡고 있다.

그 후 B.C. 1010년, 다윗은 사울 왕이 죽자마자 헤브론을 임시 수도로 삼고 7년 반 동안 머물게 된다. 다윗이 사울 왕의 질투로 인해 살해 위협을 받아 도망 다닐 때 이곳 헤브론 사람들의 도움을 많이 받았고 다윗 역시 헤브론 사람들에게 도움을 많이 주었던 관계가 있었기 때문이었다. 다윗은 이곳에서 분열되어 있고 통일되어 있지 않았던 이스라엘의 모든 지파를 하나로 모아 통일 이스라엘 왕국을 건설하였다. 그래서 헤브론이라는 지명에는 협정 또는 동맹이라는 뜻이 담겨져 있다.

그러나 다윗은 헤브론에서 이스라엘의 두 번째 왕으로 등극한 뒤 수도를 예루살렘으로 옮기기로 결정하게 되는데, 이때 헤브론 사람들은 다윗에 대한 배신감과 분노로 가득 차게 된다. 자기를 왕으로 세워 준 헤브론 땅을 버리고 예루살렘으로 수도를 옮겨간다고 하니 당연히 배신감을 가지지 않을 수 없었던 것이다.

이 후 다윗에 대한 헤브론 사람들의 감정을 알고 있었던 다윗의 아들 압살롬은 아버지 다윗에게 반역하기 위해 헤브론으로 내려와 적대감을 갖고 있었던 헤브론 사람들을 선동해서 예루살렘으로 진격하게 된 곳도 헤브론이었다.

근대 역사 속에 등장하는 헤브론

아브라함이 아내 사라를 장사지내기 위해 헤브론에 살고 있던 헷 사람들에게 은 400세겔을 주고 막벨라 동굴을 샀다는 사실은 오늘날 이스라엘 땅을 점령하여 살고 있는 유대인들에게 중요하고 의미 있는 사건이다.

지난 2천 년 동안 나라 없이 전 세계를 떠돌다 1948년 이스라엘 땅에 나라를 재건설한 유대인들이 이 땅이 자신들의 땅이라고 주장하는 이유가 자신들의 조상인 아브라함이 분명히 돈을 주고 땅을 산 최초의 토지거래가 있었기 때문이었다는 것이다.

더군다나 위대하게 생각하는 조상 아브라함과 그의 아내 사라의 무덤이 있는 헤브론은 유대인들에게는 말할 수 없이 중요한 성지이다. 그럼에도 불구하고 헤브론은 이스라엘의 오랜 역사 속에서 겪었던 수많은 환난을 예외 없이 그대로 다 받아야 했었다.

예수님 시대에 헤브론은 로마의 통치하에 있었다가 십자군의 점령, 오스만 터키의 점령, 그리고 1017년부터는 연합군의 통치를 받다가 결국 1967년 6일 전쟁 당시 이스라엘의 탈환작전으로 이스라엘의 수중으로 넘어갔지만, 현재는 팔레스타인 자치 지역으로 되어 있다.

그래서 헤브론에 가면 팔레스타인 자치 군인들이 총을 들고 근무하는 모습을 곳곳에서 볼 수 있지만 팔레스타인 자치 지역임에도 불구하고 이스라엘 군인들도 헤브론 곳곳에 총을 들고 다닌다. 이들은 예루살렘이나 다른 지역에서 수없이 만나게 되는 이스라엘 군인들의 느슨한 모습이 없다. 언제 어디를 향해 총을 발사해도 될 만큼 정조준한 자세로 순찰하는 것을 보면 언제 어떻게 총격전이 벌어질지 모르는 일촉즉발의 긴장감이 감돌게 된다.

그렇다면 팔레스타인 자치 지역인데도 불구하고 왜 이스라엘 군인들이 완전무장한 채 긴장된 모습으로 경계근무를 하고 있는 것일까? 현재 헤브론의 인구는 약 12만 명의 팔레스타인 사람들이지만 이 헤브론 안에 약 4백여 명의 유대인들도 같이 살고 있다.

전혀 개발되지 않은 지저분한 도시, 재래식 시장에서 풍겨 나오는 동물들의 피비린내, 그리고 흙먼지가 풀풀 날리는 복잡한 골목길, 짧은 거리를 지나는데도 수없이 어깨를 부딪치게 되는 팔레스타인 사람들, 그런 마을 한복판에 마치 교도소의 담장처럼 높은 담장과 철조망, 그리고 감시 초소에 둘러싸여 있는 도시 속의 또 다른 도시, 그곳이 바로 현재 약 4백여 명의 유대인들이 모여 살고 있는 키르야트 아르바라는 곳이다. 키르야트 아르바(kiryat arba)라는 이름은 구약성경 창세기 23장 2절에 헤브론을 기럇 아르바라고 불리운 그 지명을 그대로 사용하고 있는 것이다.

이렇게 팔레스타인 자치 지역에 유대인들이 들어와서 살고 있는 것을 못마땅하게 생각하는 팔레스타인 사람들은 유대인들을 향해 돌을 던지고 욕을 하며 어서 빨리 나가 달라고 항의와 데모가 끊이질 않고 있다. 그래서 언제 어떻게 과격한 팔레스타인 사람들한테 공격을 받게 될지도 모르는 위험 속에서 살고 있는 4백여 명의 유대인들을 보호하기 위해 헤브론의 깊숙한 곳까지 이스라엘 군인들이 들어와 총을 들고 지키고 있는 것이다.

그렇다면 유대인들은 이런 충돌과 갈등을 불러 일으켜 가면서까지 왜 이곳 헤브론의 깊숙한 곳까지 들어와 살고 있는 것일까? 그것은 앞서 설명하였던 것처럼 헤브론이야 말로 이스라엘의 첫 번째 토지였으며 조상인 아브라함과 그의 가족들의 무덤이 있고 다윗이 첫 번째로 세웠던 고대 수도였기 때문에 반드시 이곳을 지켜야 한다고 생각을 하고 있다.

1948년 이스라엘이 건국한 이후로 유대인들은 끊임없이 헤브론의 정착촌을 만들어야 한다고 주장을 하였고, 1971년 몇 백 명의 유대인들이 이곳 헤브론으로 들어와 정착하며 지금까지 살아오고 있다.

1)헤브론의 노인 2)헤브론의 유대인 마을
3)이스라엘 군인

이스라엘 정부에서도 이 유대인들의 안전을 위해 다른 곳으로 이주할 것을 요구하였지만 그들은 고집스럽게도 이곳을 지키고 있다. 그 어떤 위험과 충돌이 일어난다 하여도 절대로 떠날 수가 없다는 것이다.

그러나 유대인의 조상인 아브라함은 그와 동시에 아랍인들의 조상인 이스마엘의 아버지이기도 하다. 그것이 바로 팔레스타인 사람들이나 유대인들이나 어느 한쪽도 소홀히 여길 수 없는 중요한 인물이고 그 인물이 잠들어 있는 땅이 바로 헤브론이다. 그것이 두 민족 간의 끊이지 않는 갈등의 요인이고 씨앗이 되고 있다.

1994년의 비극

1994년 2월 25일 새벽 5시 45분, 헤브론에 있는 아브라함의 무덤 막벨라동굴의 모스크에는 평상시와 마찬가지로 5백여 명의 아랍인들이 모여서 기도를 하고 있었다. 그때만 해도 이곳 아브라함의 무덤이 있는 막벨라동굴 사원은 아랍인과 유대인이 같은 장소에서 기도하는 시간을 차이를 두고 기도를 하였다. 아브라함은 유대인의 조상인 동시에 아랍인들의 조상이기도 하기 때문에 어느 한쪽에게도 기도를 못하게 할 수는 없었다.

그날의 그 시간은 아랍인들의 기도 시간이었다. 알라신과의 대화, 알라신과의 기도, 그 시간은 아랍인들에게는 아주 엄숙한 시간일 수밖에 없다.

바로 그때 그 엄숙한 분위기에 휩싸인 아브라함 모스크의 입구에 한 유대인 남자가 스포츠 가방을 들고 나타났다. 아랍인들만 모여 있는 시간에 느닷없이 나타난 유대인을 모스크의 입구를 지키고 있었던 아랍인 청년이 막아 세웠다. 두 사람 사이에는 약간의 긴장감이 돌았고 아랍 청년들은 계속 유대인 남자의 눈을 뚫어져라

총기 사건이 일어났던 막벨라동굴 내부

쳐다봤지만 유대인 남자는 고개를 들지 못하고 머뭇머뭇 거리고만 있었다.

그러다 유대인 남자는 그 자리에서 뒷주머니에 꽂혀있던 권총을 꺼내 아랍 청년들을 향해 총알을 발사한 후 가방에서 M16소총을 꺼내들어 뚜렷한 목표도 없이 사방을 향해 쏘아대며 안으로 뛰어 들어갔다.

밖에서 난데없는 총소리가 들리자 모스크 안에서 기도를 하고 있던 5백여 명의 아랍인들은 혼비백산 할 수밖에 없었다. 그러나 어느새 안으로 들어온 유대인 남자는 이들을 향해 무차별 총을 난사하기 시작하였고 총에 맞은 아랍인들은 그 자리에서 피를 흘리며 쓰러졌다.

기도 소리만이 안을 메우고 있던 모스크 안은 삽시간에 피비린내가 진동하였고 바닥에는 뇌수가 흘러 발을 옮길 때마다 미끄러워 넘어지기까지 하였다. 이날 총기난사사건으로 인해 아랍인 59명이 그 자리에서 즉사하였고 3백여 명이 부상당했다. 이 유대인 남자는 이스라엘 정착촌인 키르야트 아르바에서 살고 있는 외과의사 바루흐 골드스타인(42)으로 그는 그 자리에서 의자와 소화기 등으로 맞아 즉사하고 말았다.

아마 이 유대인의 눈에는 자신들의 땅인 헤브론에 있는 조상인 아브라함의 무덤에 이방인인 팔레스타인 사람들이 들어와 기도하고 있는 것이 몹시 못마땅했었던 것 같다. 또 쉴 틈 없이 자신들이 살고 있는 유대인 마을을 향해 돌과 화염병을 던지며 나가라고 아우성치는 팔레스타인 사람들에 대한 분노가 극에 달했던가 보다.

이날의 총기난사사건은 곧바로 세상에 알려졌고 이스라엘에 있는 모든 팔레스타인들의 소요가 일어나는 대규모 소요사태까지 번지게 되었다. 결국 이스라엘 군의 발포로 또 다시 19명이 숨지고 말았다.

총소리에 지친 헤브론

헤브론에서의 이런 식의 유혈 충돌은 지금까지도 끊이지를 않고 있다. 2007년 6월 16일에도 유혈 충돌이 있었다. 그러나 그 충돌의 주인공들은 이스라엘 군인과 팔레스타인 사람들이 아닌 같은 팔레스타인 사람끼리의 충돌이었다.

현재 이스라엘에 의해 점령당하고 있는 팔레스타인 땅을 되찾기 위한 팔레스타인의 무장 세력은 크게 두 가지로 나뉜다. 헤브론과 라말라, 가자지구 등지에서 활동하고 있는 하마스(Hamas), 그리고 레바논 남부지역을 중심으로 활동하고 있는 헤즈볼라(Hezbollah)이다. 이들은 지난 2천 년 동안 자신들이 살아온 팔레스타인 땅을 무단으로 점령하여 국가를 건설한 이스라엘을 쫓아내기 위해 자신들의 목숨과 전 재산을 바쳐 일종의 독립운동을 하는 과격파들이다.

이스라엘 내부에서 독립운동을 하는 하마스 단체는 이스라엘 전역에 걸쳐 자신들의 몸에 폭탄을 두르고 자살 테러를 감행하는가 하면 이스라엘 공공기관 폭파, 요인 암살, 공포심 조성 등을 일삼아 국제 뉴스에도 자주 등장하는 단체이다.

그런가 하면 헤즈볼라는 주로 이스라엘의 외곽지역이나 유대인들이 살고 있는 외국 도시, 그리고 이스라엘을 원조해 주는 주요 국가들을 대상으로 폭탄테러, 요인 암살 등을 주로 하고 있는 과격파 단체이다. 이 단체 역시 세계 곳곳에서 일어나는 갖가지 테러 사건의 주인공으로 국제 뉴스에 등장하기도 한다.

이 두 단체 말고 또 하나의 단체가 있다. 이들은 하마스나 헤즈볼라 같이 과격한 단체는 아니고 대화와 협상으로 문제를 해결해 나가자고 주장하는 파타 계열의 '알 아크사 순교자 여단' 이라는 단체이다.

그런데 최근 들어 이스라엘은 가자지구와 요르단 서안지구 등 팔레스타인 자치 지역에 자리 잡고 있는 유대인 정착촌을 철수시키는 등 화해 분위기가 무르익게 되자, 이것을 못 마땅하게 여긴 과격파 무장세력 단체인 하마스가 가자지구의 온건파 단체인 알 아크사 순교자 여단과 충돌하면서 많은 사상자들이 발생하였고 그에 따라 알 아크사 순교자 여단이 보복의 차원으로 헤브론으로 찾아가 하마스 계열의 정부 청사와 의사당 건물을 공격하면서 유혈 충돌이 또 다시 발생한 것이다.

이제는 이스라엘과 팔레스타인의 충돌이 아닌 팔레스타인의 내부 조직끼리 의견 충돌이 일어나 유혈 사태까지 번지게 된 것이다. 안 그래도 그동안 이스라엘 군인들의 날카로운 시선과 고압적인 검문검색, 그리고 툭하면 벌어지는 돌팔매질과 총격전에 진저리가 난 헤브론 사람들은 또 다시 내부 단체끼리의 알력싸움에까지 피해를 보게 되는 상황이 된 것이다.

현재 헤브론 사람들은 총소리에 지쳐 있다. 전혀 나아질 것 같지 않은 경제 상황, 오랜 세월 동안 대물림해 온 가난함, 미래를 기대할 수 없는 암울한 현실, 그 속에서 헤브론의 팔레스타인 사람들은 웃음을 잃고 하루하루 힘겹게 살아가고 있는 것이 오늘날 헤브론의 현실이 되었다.

아브라함의 무덤 막벨라 사원 Cave of Machpelah

헤브론은 예루살렘에서 남쪽으로 약 35km 떨어져 있는 곳이다. 차로 가면 30분도 채 걸리지 않는 가까운 거리인데도 불구하고 헤브론을 찾아가는 길은 쉽지가 않다.

나 역시 그동안 이스라엘을 여러 번 방문하였지만 헤브론을 찾아갔던 적은 불과 대여섯 번밖에 안 될 정도로 헤브론은 외부인이 접근하는데 많은 제약이 따른다. 그 이유는 헤브론에서 작은 충돌이라도 일어나면 곧바로 이스라엘 측에서 입구를 봉쇄해 버리기 때문이다. 어쩌다가 다행스럽게 헤브론에 들어간다 하더라도 검문하고 있는 이스라엘 군인들이 왜 이렇게 위험한 곳을 굳이 들어가려 하느냐며 이해할 수 없다는 표정을 지으며 헤브론 안에서는 그 누구도 안전하게 지켜주지 못할 것이니 꼭 살아서 나오기를 바란다는 친절한 인사까지 해 준다.

그런 말을 듣고 헤브론 안으로 들어가게 되면 그동안 수많은 분쟁지역을 다녔던 나 역시도 긴장되지 않을 수가 없다. 더군다나 내가 준비해간 방탄조끼를 입고 헤브론의 이곳저곳 돌아다닐 때의 심정은 불안하기 이를 데 없을 정도이다. 그러나 성지순례자들이 단체로 관광버스를 타고 이동할 때는 혼자 다닐 때보다는 비교적 안전하다.

어쨌든 예루살렘의 아랍인들이 주로 이용하는 버스터미널에서 헤브론으로 가는 버스를 타고 복잡한 예루살렘을 벗어나 남쪽으로 내려가다 보면 베들레헴을 지나게 되고 기럇 여아림을 지나 그 옛날 이스라엘의 정탐꾼들이 보았다는 젖과 꿀이 흐르는 땅 헤브론을 만나게 된다. 그리고 버스는 헤브론 시내의 한복판, 우리나라의 시골 장터와 같은 복잡한 재래시장 앞에서 멈춰 선다.

그러나 이곳에서 아브라함의 무덤인 막벨라 사원까지 찾아가는 것도 쉽지가 않다. 그 어디에도 표지판이 없고 중요한 성지임에도 불구하고 안내

하는 안내소도 없어서 그곳에 오가는 수많은 사람들에게 막벨라 모스크가 어디 있는지 물어보는 수밖에 없다. 그럼 그들은 그곳을 찾아가기 위해서는 수많은 골목을 이리저리 찾아다녀야 하고 말로 설명하기 애매하기 때문에 가르쳐 주기가 참 난감하다는 표정을 짓지만 일단 그들이 가리키는 곳은 한결같이 재래시장 쪽이다.

　　헤브론 시내 중심 로터리 바로 옆에 있는 재래시장으로 들어가면 팔레스타인 사람들이 살아가는 삶의 현장을 그대로 볼 수 있는 또 다른 볼거리가 눈앞에 펼쳐진다. 그 옛날 우리나라의 시골장터에서나 볼 수 있을 만한 물건들처럼 디자인 감각이 떨어지고 마무리가 덜 된 듯한 옷가지들, 여기저기 조각이 떨어져 나간 마네킹에 아랍 여자들이 머리에 쓰는 헤잡(hijab)을 걸쳐놓고 파는 가게들, 아직도 뜨거운 김이 올라오는 양과 염소의 내장들, 사람들이 지나다니는 시장 한복판에서 이제 막 양의 목을 자르고 있는 푸줏간들, 그저 눈으로 보기에도 엄청나게 달 것 같은 과자들, 제대로 씻지도 않은 컵에 여러 가지 과일주스를 파는 가판점들, 토마토와 가지와 호박들을 내놓고 파는 야채장사들, 이런 모습들은 오랜 세월 현대화되지 못한 채 옛날의 모습을 그대로 유지하면서 살아가고 있는 팔레스타인 사람들의 현재 생활상을 그대로 볼 수 있다.

이 시장을 가로 질러가면 이번에는 좁은 주택가 골목길을 지나야 한다. 이 골목길은 우리나라 시골 마을의 골목길과는 분위기가 사뭇 다르다. 지붕이 덮여 있는 골목길, 지붕 위로는 또 다른 주택이 있는 골목길, 그래서 햇빛도 들어오지 않아 처음 이곳을 방문하는 사람들은 약간의 무서움도 느낄 정도이다. 이 좁고 구불구불한 골목길을 약 10분 정도 걸어가면 넓은 광장을 만나게 되고 광장 바로 앞에 있는 거대한 요새와 같은 건물을 보게 된다.

길이 30m, 폭 22m, 높이 18m의 이 건물은 사방이 온통 돌로 쌓여있지만 그 어떤 벽면에도 창문 같은 것은 없다. 지붕 쪽에는 유럽식 성벽처럼 올록볼록한 돌출 모양으로 장식되어 있는데 어딘지 모르게 어색한 느낌마저 들게 된다. 겉만 봐서는 이 건물의 정체를 알 수 없지만 이 건물 속에는 아브라함의 무덤과 사라의 무덤, 그리고 이삭과 리브가의 무덤이 나란히 자리 잡고 있다. 이 건물이 막벨라동굴, 또는 막벨라사원이라고 불리는 곳이다.

맨 처음 이 사원을 지은 사람은 헤롯 왕이었다. 여러 차례 설명하였던 것처럼 헤롯은 유대인들의 환심을 사기 위해 유대인들의 중요한 장소에 커다란 건물을 건축하였는데 당시 헤롯이 건축한 건물 중에 하나가 이곳 막벨라사원이다.

이 장소는 원래 아브라함을 비롯한 그의 가족이 묻혀 있는 동굴이었지만 그 동굴 바로 위에 커다란 건물을 짓고 동굴을 보호하기 위해서 만들어 놓은 건축물이다.

막벨라 사원의 내부

막벨라 사원의 내부로 들어가는 문은 두 개이다. 하나는 유대인들의 전용 출입구이고 또 하나는 아랍인들의 전용 출입구이다. 그러나 외국에서 온 순례자나 방문자는 어느 쪽 문으로 들어가도 상관이 없다. 1994년 이곳에서 일어난 총기난사사건 이전에는 출입구가 지금처럼 두 개이지는 않았다고 한다. 하나의 출입구로 유대인과 아랍인들이 서로 시간차이를 두고 들어가고 나왔는데 총기난사사건 이후 출입구를 두 개로 만들어서 서로 부딪치는 일이 없게 만든 것이다.

그러나 지금 어느 쪽의 입구로 들어가더라도 이스라엘 군인들의 엄격한 검문검색을 피할 수는 없다. 막벨라 사원 밖의 이곳저곳에서 보초를 서고 있는 이스라엘 군인들의 불신 검문을 받아야 하는 것은 물론이고 입구에 들어서서도 금속탐지기를 거치고 또 다시 소지품 검사를 받아야만 그 안에 들어갈 수 있다.

일단 유대인의 전용 출입구를 이용해서 안으로 들어가게 되면 그 안에는 몇 사람의 유대인들이 의자에 앉

1)막벨라 사원 2)사원의 유대인측 기도장소

아서 그들의 경전인 토라를 읽고 있는 모습을 보게 된다. 그리고 그 공간의 곳곳에는 여러 가지 율법책들이 책장에 꽂혀 있는데 그것은 이곳을 찾아온 유대인들이 꺼내 읽을 수 있도록 해 놓은 것 같다.

그 책을 읽는 공간을 중심으로 왼쪽으로 보면 벽에 나 있는 철창을 보게 된다. 그 철창 속에 마치 커다란 상자와 같은 모양을 보게 되는데, 이것이 야곱과 레아의 무덤이다. 아니 좀 더 정확히 말하자면 무덤이 아니라 그들의 관이 안치되어 있다. 그 관은 그냥 상징적인 관일 뿐이다. 그러나 그 크기가 대단하다. 유대인들은 그 철창너머로 보이는 야곱과 레아의 관을 보면서 열심히 율법책을 읽고 기도를 하고 있다.

그리고 오른쪽을 보면 벽에 또 다른 철창이 있다. 그 철창 속에도 커다란 관이 보이는데, 이것이 아브라함의 관이다. 그 옛날 하란 땅에서 하나님의 명령을 받고 이 낯설고 먼 곳까지 찾아와 하나님이 약속하셨던 것처럼 수많은 후손을 퍼뜨리고 잠든 믿음의 조상 아브라함이 그렇게 분쟁과 갈등의 땅 한가운데 자리 잡고 있는 것이다. 아브라함의 관이 자리 잡고 있는 방 맞은편에는 그의 부인 사라의 관이 있다. 유대인 출입구를 통해 들어가서 볼 수 있는 것은 이것뿐이다.

아브라함의 아들 이삭과 그의 아내 리브가의 무덤도 이 사원 안에 있지만 그 무덤을 보기 위해서는 다시 유대인의 전용 출입구를 나와 건물 뒤쪽에 있는 아랍인 전용 출입구로 들어가야 한다. 이곳으로 들어가면 이삭과 리브가의 무덤도 볼 수 있으며 또 아브라함의 무덤을 볼 수 있다. 즉, 야곱과 레아의 무덤은 이스라엘 쪽, 이삭과 리브가의 무덤은 아랍쪽, 아브라함의 무덤은 이스라엘 쪽과 아랍쪽 모두에서 볼 수 있도록 중앙에 자리를 잡고 있다.

나처럼 외국인 방문객이야 아브라함의 무덤 이쪽저쪽을 전부볼 수 있지만 유대인과 아랍인들은 아브라함 무덤의 한쪽밖에 바라볼 수 없는 곳이 현재 막벨라 사원의 현실이다.

아브넬의 무덤Tomb of Abner

막벨라 사원을 나와 다시 좁은 골목길로 들어가기 직전 오른쪽에 보면, 'Tomb of Abner' 라고 파란색으로 된 작은 안내판을 발견할 수 있다. 바로 아브넬 장군의 무덤이 이 막벨라 사원 바로 옆에 자리 잡고 있다. 아브넬 장군은 사울 왕의 훌륭한 군인이었다. 늘 사울왕 곁에서 때로는 경호 대장으로, 때로는 군 참모로 크고 작은 전쟁을 완벽하게 수행해 온 백전노장이었다.

그러나 사울이 기브아 전투에서 그의 아들 요나단과 함께 전사한 후 아브넬은 사울의 또 다른 아들 이스보셋을 앞세우고 요단강 건너 마하나임으로 피신을 하게 된다. 그리고는 그곳에서 이스보셋을 사울의 뒤를 이을 이스라엘의 두 번째 왕이라고 내세우지만 같은 시각 헤브론에 모인 열두 지파의 장로들에 의해 다윗은 통일왕국의 왕으로써 기름 부음을 받게 된다.

졸지에 이스라엘에는 두 명의 왕이 생기게 된 것이다. 그러나 이스라엘은 멀리 도망가 있는 이스보셋보다는 헤브론에 있는 다윗을 이스라엘의 지도자로 생각하였다. 이런 사실을 안 아브넬은 이스보셋을 포기하고 헤브론의 다윗을 찾아와 앞으로는 이스보셋이 아니라 다윗만을 이스라엘의 왕이라 여기고 목숨을 다해 섬길 테니 받아 달라고 부탁을 하게 된다.

이런 협상과 타협은 다윗의 아량과 포용으로 잘 되는 듯 하였다. 그러나 다윗의 오른팔이었던 요압 장군은 이것을 못마땅하게 생각하였다. 백전 노장의 아브넬이 다윗의 밑으로 들어오게 되면 자신의 설자리가 위험하게 될 것과 그 이전에 아브넬과의 충돌이 기브온에서 있었기 때문에 아브넬을 바라보는 요압의 시선은 곱지가 않았던 것이다.

결국 요압은 다윗과 협상을 마치고 돌아가는 아브넬을 뒤쫓아가 살해 하게 됨으로 아브넬의 정권 교체 시기의 줄타기 인생은 막을 내리게 된다. 그때 죽은 아브넬 장군의 무덤이 바로 이곳에 있는 것이다.

현재 헤브론에 있는 아브넬의 무덤은 그다지 많은 순례자들이나 관광 객이 찾는 곳은 아니다. 그래서 그곳의 관리는 제대로 되어 있지 않고 찾아 가기도 쉽지 않다. 때로는 문이 걸어 잠겨 있는 경우도 많다. 필자가 찾아갔 을 때도 단 한 번도 문을 연 적이 없었으니까.

그러나 그 옛날 요단강 건너편 마하나임에서 이곳 헤브론까지 다윗을 찾아와 바뀐 정권에 또 다시 합류하여 살길을 찾고자 하였다가 정적의 손에 죽은 아브넬의 무덤이 막벨라 사원 바로 옆에 있다는 사실이 새삼 인간 아브 넬에 대한 흥미를 가지게 한다.

마므레Mamre

헤브론을 벗어나 다시 예루살렘으로 돌아오는 길, 헤브론에서 약 3km 떨어진 곳 오른쪽으로 보면 옛날 쌓아올린 듯한 돌 벽들이 하단 부분만 남아 있는 채 어지럽게 널려 있는 것을 볼 수 있다. 누군가 이곳이 중요한 성지라 고 설명해 주기 전에는 그냥 지나칠 수도 있을 정도로 다른 건축물에 비해서 초라하고 보잘 것 없어 보이기까지 하다. 이곳은 하람 라마트 엘 칼일(Ramat el - Khalil)이라는 곳이다.

라마트는 높은 곳이라는 뜻이고, 엘 칼일은 하나님의 친구라는 뜻이다. 하나님의 친구가 있었던 높은 곳이라는 말로, 하나님의 높은 친구란 아브라함을 말한다. 이곳은 아브라함이 조카 롯과 갈라진 후 맨 처음 자리를 잡고 살게 된 마므레 상수리 수풀이라는 곳이다.

이곳에서 아브라함은 창세기 18장 서두에 묘사되어 있는 하늘에서 내려온 세 사람의 방문객을 영접하였으며 자손이 없었던 아내 사래에게 아들을 주겠다고 하나님께서 약속하셨던 곳이다. 그런가 하면 밤하늘의 수많은 별들을 가리키며 아브라함의 후손을 저만큼 많게 해 주겠다고 약속을 하시며 아브람의 이름을 열국의 아버지라는 뜻인 아브라함으로, 아내 사래의 이름도 열국의 어머니라는 뜻의 사라라고 바꾸어 주셨다. 또 하나님은 아브라함의 모든 족속들이 할례를 받도록 명령을 내리셨으며, 아브라함은 소돔과 고모라의 구원을 기도하기도 하였었다. 그만큼 이곳은 이스라엘 민족의 조상 아브라함과 직결된 곳이고 의미 있는 장소이다.

그러나 현재까지 마므레라고 알려진 장소는 이곳 말고도 여러 군데가 있다고 한다. 지금으로부터 4천 년 전의 일, 워낙 오래전의 일들이 일어난 장소이기 때문에 정확한 위치에 대해서 고고학자들 사이에서 의견이 분분하지만 현재까지는 이곳이 가장 정확한 마므레라고 알려져 있다.

현재 이곳에 가면 마치 허물어진 듯한 돌 벽의 잔해들과 그 주변을 둘러싸고 있는 상수리나무가 있는데 이곳 사람들은 이 상수리나무가 아브라함이 심은 나무라고 이야기를 하지만 상수리나무는 사실 그렇게 오래 살 수 있는 나무가 아니라고 한다.

또 이 돌 벽의 잔해들이 아브라함이 쌓아올렸다는 것도 아니다. 다만 이곳에서 발견된 여러 가지 유적들이 4천 년 전의 것이라는 사실을 볼 때 이곳은 분명 아브라함이 살던 곳이었고 그 어딘가에는 분명히 아브라함이 사용했던 도구들이 떨어져 있을 것이 분명하다.

세.겜.

르보암 왕 때 북왕국의 수도로 삼았을 정도로 한때 그 위치와 역할 면에서 큰 부분을 차지한 곳이지만, 지금의 세겜은
옛날의 화려하고 아름다웠던 모습은 찾아볼 수 없다. 때론 총격전과 폭탄 테러가 있는 살벌한 곳이기도 하다.

세겜 Shechem

천국을 향하여

팔레스타인 출신의 하니 아부 아사드(Hany Abu-assad)라는 이스라엘 영화감독이 만든 '천국을 향하여(원제 Paradise Now)'라는 영화에는 자이드와 할레드라는 두 명의 팔레스타인 청년이 등장한다. 서로 형제처럼 지내온 이 둘은 가난과 지옥 같은 현실 속에서 미래를 기약할 수 없는 자신들의 인생에 대해서 심한 좌절감 속에서 살아가고 있었다.

어느 날 이 두 청년은 갑자기 팔레스타인 저항군의 부름을 받게 되고 앞으로 48시간 후에 자살 폭탄 테러에 나가게 되는 순교자로 선정되게 된다. 자살 폭탄 테러를 감행하라는 저항단체의 명령을 듣는 순간 이들은 작은 동요를 일으키게 된다. 평소에 자신도 언젠가 팔레스타인 민족을 위해 크게 쓰임을 받게 될 거라는 막연한 생각은 하고 있었지만 정작 그 같은 명령을 들게 되는 순간 놀라지 않을 수 있는 사람이 있을까?

그러나 그들은 미래를 기약할 수 없는 상황이 계속 이어질 바에는 차라리 민족의 독립을 위해 죽음을 선택하고 천국을 향하는 것이 더 낫다고 생각하고 자살 폭탄 테러에 뛰어들게 된다. 이들은 마지막으로 비디오 카메라 앞에서 사랑하는 가족과 민족 앞에 인사를 한다.

"이젠 우리 차례가 되었습니다. 가슴에 폭탄을 둘렀습니다. 평소와 다를 것 없는 오늘, 그러나 우리 둘만이 달라진 오늘이 되어 있습니다."

그들의 비장하고 엄숙한 고백이 카메라에 담겨지는 순간 이 장면을 보는 관객으로 하여금 참으로 답답하게 만든다. 그리고 그들은 결혼식 하객으로 가장하고 양복을 입은 채 자살 테러의 현장인 텔아비브로 향하게 된다.

그동안 팔레스타인에 의한 폭탄테러를 소재로 한 영화는 많이 있었다. 그러나 이 영화는 유대인 출신의 스티븐 스필버그 감독이 만든 '뮌헨' 이라는 영화와는 근본적으로 다르다. 철저하게 자살 폭탄 테러자의 입장에서 본 영화이기 때문이다. 왜 이들이 자살 폭탄 테러를 할 수밖에 없는 현실인지, 그리고 그들의 심리적 상황도 결코 편안하지 않다는 것을 볼 수 있는 영화이다.

폭탄테러에 관한 영화임에도 불구하고 다른 영화에서 볼 수 있는 그 흔한 피 한 방울 나오지 않는다. 잔인하고 끔찍한 장면도 나오지 않는다. 단지 깔끔하고 조용한 영상으로 팔레스타인과 이스라엘이라는 민감한 관계에서 비롯되는 테러와 폭력의 무모함을 효과적으로 전달하고 있을 뿐이다.

이 영화의 배경은 나불루스(Nabulus)였으며 실제로 이스라엘의 나불루스에서 촬영되었다. 그러나 이 영화를 만드는 과정에서도 어려움은 많았다고 한다. 나불루스에는 현재도 여전히 테러범을 색출하기 위해 수시로 이스라엘 군인의 탱크와 장갑차가 굉음을 내고 도로 한복판을 질주하고 있으며 곳곳에서 총격과 폭탄으로 얼룩지는 지옥과도 같은 곳이기 때문이다. 그런 현장에서 이 영화는 촬영이 되었다.

폭탄테러 과정을 비교적 상세히 소개한다는 이유 때문에 저항군에 의해 촬영 스태프들이 납치되어 가기도 하고 촬영 팀에게 당장 나불루스를 떠나라고 협박하기도 하였다. 또 세트장에서 겨우 300m 떨어진 곳에서 폭탄이 떨어졌고 전날 밤 촬영했던 곳에서는 세 명의 젊은 청년이 죽은 채로 발견되는 등 촬영은 난관에 부딪히기도 하였다. 전날에 아무렇지도 않게 촬영하였던 곳이 하룻밤 사이에 폭탄으로 폐허로 변해버렸고 어쩌면 자신이 되었을지도 모를 시체가 널브러져 있는 절망으로 가득 찬 전쟁터 속의 촬영은 결코 쉬운 일이 아니었다. 바로 그 나불루스가 성경에 등장하는 세겜(Shechem)이다.

세겜으로 가는 길

예루살렘에서 북쪽으로 약 65km 떨어져 있는 세겜으로 가는 길은 결코 쉽지가 않다. 앞에서도 설명한 것처럼 팔레스타인 자치 지역인 동시에 이스라엘에 대한 강경파들이 득세하고 있는 곳이며 또 이스라엘 안에 있는 여러 팔레스타인 자치지구 중에서도 이스라엘 군인들과 가장 충돌이 자주 일어나는 곳이어서 이스라엘 군인들의 검문검색이 가장 심한 곳이기 때문이다.

실제로 나불루스는 일 년에도 약 2백여 차례의 크고 작은 총격전이 벌어지는 곳으로 외국인들의 접근에는 그만큼 위험이 뒤 따르는 곳이다. 내가 이곳 세겜을 마지막으로 방문하였던 때가 2006년 10월경이었는데 이때도 세겜으로 향하는 검문검색은 말할 수 없이 까다로웠다.

예루살렘의 다마스커스 게이트 앞에 있는 팔레스타인들의 시외버스터미널에서 나블루스로 가는 버스를 올라타는 것은 그리 어려운 일이 아니다. 예루살렘을 출발한 버스는 복잡한 예루살렘 시내를 빠져 나와 잠시 후 한적한 시골길을 달리게 된다. 차창 밖으로 펼쳐 보이는 광활한 평야와 야산들 사이사이에 보이는 베드윈 유목민들과 그 주변에 맴돌고 있는 양떼들을 보면 이렇게 평화로운 땅이 어쩌다 갈등과 분쟁의 땅으로 변해 있는지 그 원인을 다시 한 번 생각해 보게 한다. 그렇게 버스는 약 한 시간 정도 달리다가 멈춰서고 더 이상 가지를 않는다. 버스 안에 있던 모든 승객들도 이곳이 마치 이 버스의 종착역인 것처럼 짐을 들고 내린다. 분명 이 버스는 나블루스로 가는 버스임에도 불구하고 나블루스 안으로는 들어가지를 못한다. 이곳이 바로 체크 포인트, 일명 검문소이기 때문이다. 버스에서 내리면 그 앞에는 이스라엘 군인들이 지키고 서 있는 검문소가 보인다. 이 검문소는 영화 '천국을 향하여'의 맨 첫 장면에 나오는 그 장소이다. 이 검문소를 통해서 나블루스 안으로 들어가는 것은 어렵지 않다. 그냥 검문소 옆에 나 있는 작은 길을 통해서 안으로 들어가면 된다.

그러나 나블루스에서 이 검문소를 통해 밖으로 나올 때는 말이 달라진다. 양철 지붕으로 되어 있는 검문소 안에는 수백 명의 나블루스 사람들이 검문을 받기 위해 줄지어 서서 기다리고 있다. 그리고 맨 앞에는 단지 한사람만이 이스라엘 군인이 앉아 있는 부스 앞으로 불려 간다. 그 이스라엘 군인에게 통행증을 보여주고 왜 나블루스를 나가려는 건지, 나가서 어디로 갈

1,2,3,4,) 세겜 입구 검문소 5) 세겜 시내

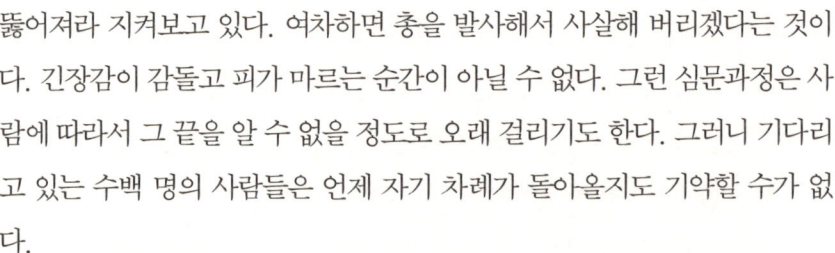

건지, 나갔다가 다시 언제 돌아올 건지를 대
답해야 한다. 그리고는 허리나 가슴에 혹시
폭탄이 있는지를 확인하기 위해 웃옷과 바지
를 걷어 올려서 확인시켜 줘야 한다.

　　이런 과정이 진행되는 동안 바로 옆에
선 총을 정조준 하고 있는 이스라엘 군인이
뚫어져라 지켜보고 있다. 여차하면 총을 발사해서 사살해 버리겠다는 것이
다. 긴장감이 감돌고 피가 마르는 순간이 아닐 수 없다. 그런 심문과정은 사
람에 따라서 그 끝을 알 수 없을 정도로 오래 걸리기도 한다. 그러니 기다리
고 있는 수백 명의 사람들은 언제 자기 차례가 돌아올지도 기약할 수가 없
다.

　　이곳에서 기다리고 서 있는 사람들은 남자건 여자건, 그리고 어린아이
건 노인이건 그런 것은 아무 상관이 없다. 나 같은 외국인 역시 나불루스 사
람들과 마찬가지로 똑같이 줄을 서서 기다려야 하고 나도 역시 웃옷과 바지
를 가슴과 무릎까지 걷어 올려야 했다.

이제 막 소년의 티를 벗어났을 앳된 모습의 이스라엘 군인, 그들의 눈에는 언제 어디서 폭탄이 터질지 모른다는 긴장의 눈과 거친 목소리로 이곳을 통과하는 사람들을 대한다. 그들의 얼굴에는 친절함과 다정함과 인간적인 모습은 찾아볼 수 없다. 마치 잔뜩 화가 난 로마 군사처럼 얼굴에는 온갖 신경질과 짜증으로 가득 차 있다.

손가락을 입에 물며 빨고 있는 어린 딸을 안고 있는 나블루스의 아버지, 그리고 다른 곳에서라면 분명 지금쯤 한창 멋을 내며 남자친구와 데이트를 하고 있을 아름다운 젊은 아가씨, 그따위 검문검색으로 나의 갈 길을 막을 수 없다며 무조건 통과하려는 나이 든 노인, 그러나 이스라엘 군인들은 M16소총의 개머리판으로 그들을 사정없이 밀쳐내며 소리를 지른다.

도대체 이 지루하고 거추장스럽기만 한 검문검색은 언제까지 이어질 것이며, 이들은 과연 언제쯤이면 자유롭게 이 동네 저 동네를 돌아다닐 수 있게 될지, 이들에게 과연 그날이 오게 될 것인지 희망도 미래도 감히 생각하지를 못하고 있는 것이 바로 세겜, 오늘날의 나블루스의 현실이다.

그리심산과 에발산 Gerizim Mt. & Ebal Mt.

검문소를 통과해서 나블루스의 안쪽으로 들어오면 검문소에서 나블루스 시내까지 운행하는 노란 택시들이 수십 대나 줄지어 손님들을 기다리고 있는 모습을 볼 수 있다. 이 수십 대의 택시들은 한결같이 목적지가 같아서 이 택시는 정원이 모두 찰 때까지 기다렸다가 출발을 하고 각자의 목적지까지 데려다 준다.

검문소에서 나블루스 시내까지는 그다지 오래 걸리지 않는다. 택시에 앉아서 옆에 탄 사람과 잠깐 눈인사를 하다 보면 벌써 나블루스 시내로 들어오게 된다. 나블루스 시내는 전통적인 팔레스타인 사람들이 살아가는 모습 그대로이다. 그동안 수많은 공격과 공습을 받아서인지 여기저기에 아직도 검게 그을리고 폭파되어 반 정도 무너져버린 건물들과 가난과 궁핍함에 찌든 채 거리 곳곳에 주저앉아 있는 나블루스 사람들이 있는 곳이 나블루스의 시내, 세겜의 모습이다.

지금으로부터 4천 년 전, 갈대아 우르를 떠난 아브람과 사래는 가나안 땅에 들어와 세겜에 도착하게 된다. 그리고 세겜에 있는 한 상수리나무 밑에 머물고 있을 때 하나님은 아브람에게 나타나셔서 이 땅을 가리키며 이 땅을 너의 후손들에게 주겠다고 약속을 하셨고 아브람은 그곳에 제단을 쌓게 된다. 오랜 여행을 거쳐 갈대아 우르를 떠나 마침내 가나안 땅에 도착하였을 때 그간의 피곤했던 여정을 위로하듯이 하나님께서 선사하셨던 땅이 세겜이었다.

또 세겜은 여호수아가 전 회중을 모아놓고 모세의 법을 낭독하였던 곳이며, 이스라엘이 남북으로 분리되었을 때 여로보암은 세겜을 북왕국의 수도로 삼았을 정도로 한때 이스라엘 땅 중에서도 그 위치와 역할 면에서 큰 부분을 차지하였다.

그러나 지금의 세겜은 그 옛날의 화려하고 아름다웠던 모습은 찾아볼 수 없다. 지금도 분명 그곳 어디에선가 총격전이 벌어지고 있을 것이고 또 다른 젊은 팔레스타인 청년이 가슴에 폭탄 띠를 두르고 순교를 기다리고 있을 것이 분명하다.

이곳 세겜에는 도시 양옆에 높은 산이 두 개가 버티고 서 있다. 마치 두

△그리심산 정상　　　　　　　　　　　　△에발산

개의 산 가운데 폭 감싸이듯이 있는 모습이다. 그래서 세겜이라는 말의 뜻은 어깨이다. 이 두 개의 산은 해발 881m의 그리심산과 해발 940m의 에발산이다. 에발산은 그저 높이 솟아오른 민둥산에 불과하지만, 그리심산은 산 중턱에 푸른 숲이 우거져 있는 것이 보일 정도로 나무가 심어져 있어 산다운 모습을 갖추고 있다.

왜 그런 것일까? 똑같은 지역에 나란히 있는 두 개의 산이 하나는 벌거숭이산으로 되어 있고 또 하나의 산은 푸른 산으로 되어 있다. 이곳에 사는 사람들은 그 이유를 여호수아 때부터 시작된 것으로 알고 있다. 여호수아 24장 1~28절에 보면, 여호수아는 이스라엘 백성들을 이곳 세겜에 모아놓고 절반은 그리심산에, 나머지 절반은 에발산에 올라가게 하는 장면이 나온다. 그런 다음 모세가 이미 전에 부탁하였던 것처럼 다음과 같은 연설을 한다. "이스라엘 백성들이 하나님을 섬기고 따르면 그리심산처럼 축복을 받게 되지만 우상을 섬기고 따르면 에발산처럼 저주를 받게 될 것이다."

그때부터 그리심산은 축복의 산이 되었고 에발산은 저주의 산이 되어서 에발산은 지금까지도 벌거숭이산이며 그리심산은 산림이 우거져 있다는 것이다. 그래서 그럴까? 사마리아 사람들은 이 그리심산을 거룩한 산으로 여겼고, 놀랍게도 이 그리심산 정상에는 지난 4천 년 동안 그 혈통을 잃지 않고 지금까지 유지하며 살아가고 있는 사마리아인들이 약 6백 명 정도 살아가고 있다.

사마리아 사람들

세겜 시내에서 다시 택시를 타고 그리심산 정상으로 올라가면 과연 이렇게 가파른 길을 낡고 시커먼 배기가스가 나오는 이 택시로 올라갈 수 있을까 싶을 정도이다. 그런데 그렇게 가파르고 높은 곳에도 나불루스의 가난한 사람들이 살고 있다. 그 옛날 우리나라의 산동네처럼 그들은 가난을 뒤집어쓰고 아무것도 정리 되지 않은 채 힘겹게 살아가고 있다.

저 밑으로 내려다보이는 세겜 도시가 아찔하게 느껴질 때쯤 택시는 또다시 산 정상의 검문소 앞에서 멈춰 선다. 분명 산 정상에도 작은 마을이 있는데도 택시는 그 안으로 들어갈 수가 없게 되며 그곳에서 내려 다시 걸어 들어가야 한다. 그곳은 지난 4천 년간 이곳을 떠나지 않고 살아가고 있는 사마리아 사람들의 주거지이다. 이들은 왜 이곳에서 살고 있는 것일까?

세겜은 이스라엘의 분열 후 북왕국의 수도가 되었지만 그 이후로 점점 쇠퇴의 길을 걷게 된다. 그리고 B.C. 721년 마침내 북이스라엘이 앗시리아에 의해서 멸망한 이후 이곳 사마리아 사람들은 앗시리아 사람들과 혼혈을 이루게 되는 정체불명의 도시가 된다. 그것을 예루살렘을 비롯한 모든 유대인들이 못마땅하게 여겨서 사마리아 사람들을 정통 유대인의 범주에서 빼 이방인으로 취급할 정도까지 이르게 된다.

　그러다가 모든 유대인들이 바빌론으로 유배를 떠났다가 다시 이스라엘로 돌아온 뒤 에스라와 느헤미야를 중심으로 예루살렘의 성전을 재건축할 때 이곳 사마리아 사람들은 예루살렘의 성전과는 별도로 이곳에 또 다른 성전을 짓게 된다. 그동안 유대인들에게 소외를 당하고 차별을 받으며 살아온 사마리아 사람들은 이때부터 유대인과는 완전히 다른 생활을 하게 되며 유대 역사에서 완전히 잊히게 된다.

　이렇게 독립적인 신앙생활을 하게 된 사마리아 사람들은 아브라함이 이삭을 바쳤던 모리아산을 현재 예루살렘에 있는 모리아산이 아니라 이곳 세겜에 있는 모레라는 곳으로 재해석을 하고 있다. 모리아와 모레는 발음이 서로 비슷하기 때문에 이런 해석을 하였던 것 같다. 그때부터 사마리아 사람들은 이곳 그리심산을 중심으로 단체 생활을 해 왔으며 자신들만의 신앙관으로 하나님을 섬기고 있다.

　현재 이곳에는 약 6백여 명의 사마리아 사람들이 자기들만의 모세오경을 읽으며 촌락을 이루며

사마리아 동네

사마리아 제사장

살아가고 있는데 매년 유월절이면 그 옛날 자신들의 조상들이 그랬던 것처럼 양을 직접 잡아 그 피를 온몸에 바르는 희생제를 드리는 행사를 하고 있다.

이곳에 가면 개인이 운영하고 있는 사마리아 박물관이 있고, 그 박물관 바로 옆에는 유월절 때 양을 바치기 위한 제단이 바비큐의 그릴과 같은 모습으로 준비되어 있는 것을 볼 수 있다. 그리고 산 정상에는 그 옛날 사마리아 인들이 건축하였던 성전의 일부가 남아있는 것들을 볼 수 있다.

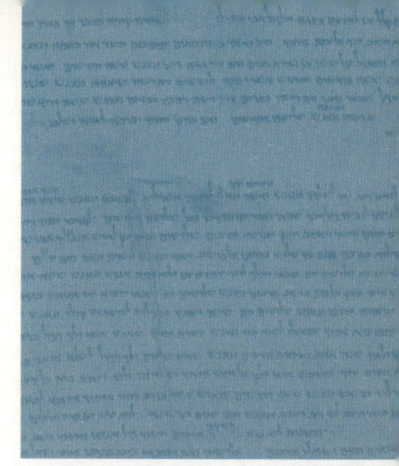

여.리.고.

...고는 베들레헴, 나사렛, 갈릴리, 그리고 예루살렘에 이어 예수님과 관련된 사연이 많은 곳이다. 예수님이 세례 요한...부터 세례를 받으신 후 이곳에서 40일 금식기도를 하신 것은 물론이고 북쪽 갈릴리로 가서 3년간의 공식사역을 마...후 예루살렘으로 오기 전에 이곳 여리고를 들르셨다.

여리고 Jerico

첫 번째 도착지

430년동안 이스라엘 백성들이 이집트에서의 노예생활을 마치고 40년간 이집트의 시나이반도와 요르단 등지에서 긴 여정의 세월을 보내다가 마침내 요단강을 건너 젖과 꿀이 흐르는 가나안 땅으로 들어섰을 때 이들 앞에 제일 먼저 나타난 도시는 여리고였다.

그리고 여호수아가 이끄는 군사들에 의해 6일 동안 매일 여리고 성벽 주변을 한 바퀴씩 돌았으며, 마지막 7일째 되는 날에 성벽 주변을 일곱 바퀴를 돌았을 때 기적처럼 여리고 성벽은 무너졌다고 여호수아서 6장 1~20절까지 기록하고 있다.

이때가 B.C. 1400년경의 일이었는데, 사실 이 여리고성은 이미 B.C. 5천 년 전부터 사람들이 살고 있었으며 여호수아가 이스라엘 백성들과 함께 이 성을 함락했을 당시에도 여리고성은 2중으로 쌓아올려져 있었고 그 누구도 쉽게 무너뜨릴 수 없는 철옹성이었을 만큼 성벽 규모의 두께도 결코 만만치 않은 것이었다. 그만큼 여리고성은 지구상에서 가장 오래전에 세워진 성벽 도시로 알려져 있다.

여리고는 멀지 않은 곳에 요단강이라고 하는 강이 있어 땅이 비옥했으며, 이스라엘 전역에 걸쳐 어디서도 보기 힘들 만큼 샘이 풍부해서 오랜 세월 동안 사람이 살기에 꽤나 적합한 지역이었다. 더군다나 이스라엘의 예루살렘과 요르단의 암만 사이에 있는 중간 기착지로서 그 당시 이스라엘의 지중해변에서 잡아 올린 해산물을 요르단의 내륙지방으로 이동하기 위해서는 반드시 여리고를 거쳐야 하는 중요한 역할을 감당하였다.

또 여리고는 남쪽으로 약 16km 떨어진 곳에 사해가 있어서 그곳에서 나는 소금과 여러 가지 광물을 채취해 다른 곳으로 판매하는 무역업도 활성화되어 경제적으로 풍족한 곳이었다.

그리고 여리고는 지구상에서 가장 낮은 곳에 위치한 도시였다. 이곳은 해수면보다 250m나 낮은 곳에 위치하고 있기 때문에 해발 740m의 예루살렘에서 여리고를 가기 위해서는 계속해서 아래쪽으로 걸어 내려가게 된다. 그래서 신약성경 누가복음 10장 30절에 나오는 어떤 사람이 예루살렘에서 여리고로 내려가다가 강도를 만났다는 표현 역시 단순히 지방 도시로 내려간다는 차원의 의미가 아니라 실제로 예루살렘에서 여리고로 가기 위해서는 계속해서 내려갈 수밖에 없는 것을 의미하기도 한다.

그래서 이곳은 다른 곳에 비해서 일 년 내내 날씨가 무척 덥고 기온의 변화가 없어서 예루살렘에 사는 귀족층들이 겨울에 이곳에서 시간을 보내다가 다시 예루살렘으로 돌아갔을 정도이다.

여리고는 예루살렘에서 약 27km 떨어져 있는 곳이기 때문에 여리고를 가는 길은 멀지 않다. 예루살렘의 다마스커스 게이트 앞에 있는 아랍인 시외버스터미널에서 여리고로 가는 버스를 타고 약 25분 정도 내려가면 사막 한가운데에 푸른 숲으로 둘러싸인 작은 도시 여리고에 도착하게 된다.

1) 여리고와 유혹의 산 2) 여리고 시내

여리고는 1948년 이스라엘이 팔레스타인 땅에 나라를 건설하면서 이스라엘 전역에서 쫓겨난 7만여 명의 팔레스타인 난민들이 이곳으로 몰려들어 흙벽돌을 쌓고 살아가는 난민촌이 되었다가 최근에는 팔레스타인 자치 지역으로 인정받아 지금은 비교적 안정된 생활을 하고 있는 곳이 되었다.

그래서 이곳 여리고 도시 입구에서도 이스라엘 군인들이 초소를 세우고 그곳으로 들어가는 모든 차량들을 검문검색하고 있으며 이스라엘의 다른 팔레스타인 자치 지역에서 소요가 생기거나 총격전이 벌어지면 여리고의 입구를 봉쇄해 버리기 때문에 상황에 따라선 들어갈 수가 없다.

엘리사의 샘

여리고의 검문소를 거쳐 도시 안으로 들어가 500m 정도 가다보면 넓은 광장에 팔레스타인의 경찰서가 있는 큰 광장을 만나게 된다. 그 광장을 끼고 좌회전을 해서 2.5km 정도 더 가다보면 오른쪽에 나뭇가지가 우거진 샘을 하나 보게 된다. 이 샘은 엘리사의 샘이라는 곳이다.

열왕기하 1장과 2장에 보면, 엘리야 선지자가 하나님의 부르심을 받고 불 수레를 타고 하늘로 승천하는 장면이 나온다. 이때 이 장면을 옆에서 함께 지켜 본 사람이 엘리야의 제자인 엘리사였다. 엘리야는 벧엘에서부터 엘리사에게 따라오지 말 것을 부탁한다. 그러나 엘리사는 엘리야의 부탁을 듣지 않고 벧엘에서부터 이곳 여리고까지 쫓아 오고 결국은 요단강까지 함께 건너게 된다. 정말로 끈질기게 따라 붙은 엘리사에게 엘리야는 마지막으로 묻는다.

"내가 하나님의 부르심을 받아 하늘로 올라가기 전에 내가 너한테 해 줄 것이 무엇이냐?"

그러자 엘리사가 대답을 한다.

"엘리야 선지자의 그 놀라운 능력을 물려받고 싶습니다."

그 순간 엘리야는 하늘에서 내려온 회오리바람과 함께 불 수레를 타고 하늘로 올라가게 되고 그 모습을 지켜 본 엘리사는 허탈한 마음으로 다시 여리고로 돌아오게 된다. 이때 여리고에 있었던 많은 사람들이 엘리사에게 다가와 말을 한다.

"당신은 엘리야가 갖고 있는 놀라운 하나님의 능력을 이어받게 된 것 같으니 능력을 보여 달라."

그 능력은 이곳 여리고의 샘들이 수질이 모두 안 좋으니 고쳐달라는 것이었다. 그때까지만 해도 여리고는 기온도 좋고 공기도 맑아 사람이 살기에는 불편이 없었지만 샘물의 수질이 탁하고 더러워서 그 물을 먹고 마시는 사람마다 피부병이 생기고 설사를 하는 등 식수로서는 적합하지 않았다.

그 말을 들은 엘리사는 여리고의 사람들에게 이렇게 말한다.

"깨끗한 그릇에 소금을 담아 가지고 오십시오."

사람들은 엘리사가 시키는 대로 그릇에 소금을 담아왔다. 엘리사는 그 소금이 담긴 그릇을 들고 샘으로 다가가 샘물에 소금을 쏟아 부으며 말한다.

"하나님께서 이렇게 말씀하셨습니다. 내가 이미 이 물을 깨끗하게 하였으니 지금부터는 이 물로 인하여 사람의 생명이 죽거나 유산하는 일이 없을 것이다."

그러자 놀랍게도 그 탁하고 더럽던 샘물이 순식간에 깨끗해졌으며 그 장면을 지켜보던 사람들은 놀라움을 감추지 못했다.

그때부터 여리고의 샘물은 깨끗해졌으며 지금까지도 매 분당 4천 리터의 생수가 쏟아져 나오고 그 물은 여리고의 이곳저곳에 흘러 전체 도시를 옥토로 만들고 있다.

유혹의 산 Temptation Mt.

엘리사의 샘에서 나와 다시 서북쪽으로 고개를 들어 올려다보면 깎아지른 듯한 높은 절벽 산을 보게 된다. 그 산은 예수님께서 40일 금식기도 후에 마귀로부터 시험을 받은 유혹의 산이라는 곳이다.

예수님은 여리고로부터 가까운 요단강에서 세례 요한으로부터 세례를 받으셨다. 요단강은 현재 이스라엘과 요르단 국가를 구분하는 경계선으로 되어 있는데, 예수님께서 세례를 받으신 곳은 요단강 중에서도 요르단 국경 쪽에 자리를 잡고 있다. 그래서 그곳을 방문하기 위해서는 여리고에서 멀지 않은 알렌비 다리(Allenby br.)라고 하는 요단강의 다리를 건너가 요르단 국가로 입국하면 된다.

　　예수님은 요단강에서 세례를 받으신 후 이곳 여리고 근처의 유대광야에서 40일 동안 금식기도를 하셨다. 여리고는 지구상에서 가장 낮은 곳으로 한낮의 온도는 40도를 넘나드는 뜨거운 곳이다. 더군다나 유대광야는 그 어느 곳에도 나무 한그루 물 한 모금 있지 않은 불모지의 땅이다. 예수님은 이런 곳에서 더위와 허기, 그리고 갈증과 싸우면서 40일 동안 금식을 하며 기도하신 것이다. 그것은 인간의 육체적 한계에 대한 싸움이었다. 그렇게 죽음과도 같은 긴 시간의 금식기도를 마치셨을 때 마귀가 예수님 앞에 나타났다. 그리고는 지칠 대로 지쳐있는 예수님에게 시험을 한다.

　　첫 번째 시험은 예수님을 이곳 유혹의 산 중턱으로 데려 와 "당신이 정말 하나님의 아들이라면 이 돌들을 떡이 되게 하라"고 한다. 지난 40일 동안 그 무엇도 입에 대지 않은 예수님의 배는 이미 들어 갈대로 들어가 있었고 누가 뭐라고 말하기 전에 당연히 음식을 먹고 싶으셨을 것이다. 그러나 예수님은 마귀의 이런 제의를 보기 좋게 거절한다.

　　"사람이 떡으로만 살 것이 아니라 하나님의 입으로 나오는 말씀으로 살아갈 것이다."

　　그러자 마귀는 이번에는 예수님을 예루살렘의 성벽 위로 끌고 가 당신이 정말 하나님의 아들이라면 이곳에서 뛰어 내리라고 유혹을 한 다음 또 다시 이곳 유혹의 산으로 예수님을 데려 온다. 그리고는 유혹의 산꼭대기에서 여리고 시내를 내려다보며 당신이 내게 엎드려 경배하면 저 밑에 보이는 여리고의 도시를 포함한 모든 것을 주겠다고 한다. 그러자 예수님은 소리를 지르며 "사탄아, 물러가라"고 말씀하시며 시험을 이기신다.

예수님께서 마귀와의 대결에서 승리를 이끈 현장, 이곳이 여리고에 있는 유혹의 산이다. 이곳은 영어로 Temptation mountain이라고 하지만, 이곳 여리고 사람들은 예수님이 40일 금식기도를 한 곳이라고 해서 40이라는 그리스어 콰란타나(Quarantana)에서 유래한 게벨 쿠른틀(Jebel Quruntul)이라고 부르고 있다.

이곳에 도착해 보면 그 지역의 뜨거운 공기와 메마른 땅을 보면서 어떻게 예수님께서 40일 동안 금식기도를 할 수 있었으며 마귀의 유혹을 어떻게 이겨낼 수 있었을까 하고 조금이나마 생각해 볼 수 있는 곳이다.

그런데 이곳을 찾는 많은 순례자들은 냉방장치가 된 관광버스를 타고 와서 유혹의 산 앞에 도착해 내린 다음 너무 뜨거운 나머지 기념사진만 찍고 5분도 안 되어 버스로 다시 올라가는 경우를 많이 볼 수 있다. 아마도 예수님이 겪으셨을 더위와 허기를 이해하기보다는 그에 앞서 자신들이 너무 더워 예수님의 고통을 생각할 겨를이 없기 때문일 것이다.

그러나 이곳에 서면 예수님께서 온 생명을 다 받쳐 40일 동안 기도하셨을 그 기도 소리가 지금도 들려오는 듯하다.

삭개오의 뽕나무

여리고는 베들레헴, 나사렛, 갈릴리, 그리고 예루살렘에 이어 예수님과 관련된 사연이 많은 곳이다. 예수님이 세례 요한으로부터 세례를 받으신 후 이곳에서 40일 금식기도를 하신 것은 물론이고 북쪽 갈릴리로 가서 3년간의 공식사역을 마친 후 예루살렘으로 오기 전에 이곳 여리고를 들르셨다.

예수님이 여리고에 도착하셨을 때는 이미 많은 사람들이 몰려들었고 그 뒤를 따랐다. 바로 그때 예수님의 방문 소식을 들은 두 명의 소경은 예수님이 지나갈 때쯤 소리를 지르며 눈을 고쳐달라고 한다.

이것을 보고 예수님의 주변에 있던 사람들이 조용히 하라고 윽박지르지만 소경들은 계속해서 예수님에게 애타게 부르짖었다. 그 소리를 들은 예수님이 두 소경의 눈을 만지자 수십 년 동안 암흑 속에서 살아왔던 소경들의 눈이 떠지게 되는 기적이 일어나게 된 것이다. 예수님의 이런 능력에 대한 소문은 여리고에서 살고 있던 키 작은 세리장이었던 삭개오 귀에도 들어가게 된다. 그래서 삭개오는 예수님의 얼굴이라도 한 번 보기 위해 무리들 속으로 들어갔지만 키가 너무 작아 예수님의 얼굴을 볼 수 없게 되자 옆에 있던 뽕나무에 올라가게 된다. 이런 내용은 신약성경 누가복음 19장 1~10절까지 자세하게 기록되어 있다.

그래서 여리고에 가면 약 10m 정도 되는 커다란 나무에 철책을 둘러싸서 가까이 접근하지 못하도록 해 놓은 나무가 있는데 그것이 삭개오가 올라갔던 나무라고 한다. 그리고 이곳을 찾는 순례자들은 이 나무 앞에서 기념사진을 찍곤 하지만 그 나무가 정말 2천 년 전 삭개오가 올라갔던 그 나무일지는 정확하지는 않다.

그런데 한 가지 이상한 부분이 있다. 분명히 누가복음 19장 4절에는 뽕나무라고 적혀 있는데, 그 나무의 나뭇잎은 우리가 알고 있는 뽕나무와는 다르다. 사실 그 당시 삭개오가 올라갔던 나무는 뽕나무와는 다른 나무라고 한

다. 이 나무는 히브리어로 쉬크마, 영어로는 sycamore tree라고 하는 돌무화과나무이다. 아마 오래전에 외국의 성경책을 우리나라 언어로 번역하는데서 생긴 오류인 것 같은데, 어쨌든 삭개오가 올라간 나무는 뽕나무가 아니라 돌무화과나무이다. 그래서 최근에 새로 발간된 공동번역 성경책에는 돌무화과나무로 고쳐서 나왔다고 한다. 히브리어로 쉬크마와 영어로 시커모어는 비슷한 발음이다.

이 돌무화과나무는 수령도 오래 가고 그 나무줄기는 튼튼해서 이스라엘에서는 건축할 때 목재로 많이 사용한다고 하는데, 나무의 열매는 맛이 없어 먹지를 않는다고 한다. 그래서 이름도 돌무화과 또는 개무화과라고 부른다.

여리고에는 이런 돌무화과나무가 많이 있다. 그중에서도 수령이 가장 오래되고 높이가 큰 이 돌무화과나무를 삭개오가 올라갔던 나무라고 이야기 하고 있다. 이 나무가 진짜 삭개오가 올라갔던 나무라면 그 어딘가에 예수님의 얼굴을 보고 싶어 하는 삭개오의 마음이 묻어 있을지, 그리고 그 나

무 그늘 어딘가에서 삭개오를 올려다보며 인자한 표정을 지으며 서 있었을 예수님의 자리를 찾을 수 있을지 모르지만 사실 그 나무가 아니라 하더라도 키 작은 삭개오와 예수님의 극적인 만남을 머릿속으로 그려 볼 수 있는 장소이다.

여리고에 가게 되면 이 돌무화과나무를 꼭 찾아봐야 한다.

유.대.광.야.

라엘의 사막이 주는 느낌은 쓸쓸하다 못해 삭막하기만 하다. 유대광야란 유다 산지와 사해와의 사이에 있는 지역으
북으로는 벧엘에서 요단강 동쪽과 사해 하류까지 남쪽으로는 네게브 사막의 경계까지 이르는 넓은 황무지를 일컫는
이곳은 세례 요한이 전도하고 예수님께서 시험을 받으신 곳이다.

유대광야 wilderness

네게브 사막

이스라엘 국토의 면적은 우리나라 경상남북도의 크기에 해당하는 21,946㎢로 5천 년의 유구한 역사를 가진 나라치고는 크기가 크지 않는 작은 국가에 불과하다. 또 이스라엘 땅에서 사람이 비교적 편안하게 살 수 있는 지역은 전 국토의 약 5%에 불과하다. 그만큼 문명을 이루며 사람이 살기에는 조건이 열악하다.

우리나라 경상남북도에 해당할 만큼 작은 땅, 그 중에서도 약 5%만이 사람이 편안하게 살 수 있는 땅이지만 이 작은 땅에는 평야가 있고 사막이 있고 바다와 강, 그리고 호수가 있으며 북쪽지방에는 고산지대도 있어서 만년설이 보이는가 하면, 지구상에서 가장 낮은 지역에 여리고라는 도시가 자리 잡고 있을 정도로 변화무쌍한 곳이 이스라엘이다.

네게브(Negev)라는 말은 히브리어로 남쪽이라는 뜻이다. 그래서 예루살렘에서 여리고쪽으로 내려와 남쪽으로 내려가다 보면 왼쪽에 요단강을 끼고 그 건너편에는 요르단 국가의 국토가 보이며 오른쪽에는 끝없이 펼쳐지는 사막이 한눈에 들어오게 된다.

네게브 사막

이스라엘의 사막은 이집트 사하라 사막에서 보는 그런 모래사막과는 차이가 있다. 크고 작은 산봉우리와 언덕들이 끝없이 펼쳐지는데 이것은 지각 변동의 하나인 융기에 의해서 솟아오른 산이 아니다. 원래는 이스라엘쪽 땅과 요르단 국가 쪽의 땅의 지표가 연결되어 꽤나 높았었다. 그러나 이곳의 땅은 그다지 단단한 편이 아니어서 오랜 세월 동안 북쪽의 갈릴리 호수에서 흘러 내려오는 강물이 땅을 침식시키면서 계곡이 생기게 되었고 또 겨울이면 이곳에 내리는 빗물들이 요단 계곡으로 흘러 들어가면서 이곳 지표면을 깎아 침식작용이 활발하게 이루어지면서 상대적으로 단단한 지반은 깎이지 않고 약한 지반만 깎아 내리는 현상이 일어나 작은 언덕들이 생기게 된 것이다. 그래서 흙을 만져보면 손으로도 쉽게 부서질 수 있을 정도로 단단하지 않다는 것을 확인할 수 있다.

　　네게브 지역에는 크고 작은 계곡들이 많다. 한여름에는 비가 내리지 않다가 겨울철 우기가 되면 이곳의 계곡들에 물이 흘러 내려 급물살을 일으킨다. 이런 계곡을 와디(wadi)라고 한다. 이곳 네게브 지역의 사막에는 일 년에 약 10일에서 30일 정도 비가 오는데 그 양도 약 200mm 정도밖에 되지 않아 이 땅에 식물이 자라기에는 부족하다. 가도 가도 자갈과 흙만이 발에 차이는 이런 황무지가 이스라엘 국토의 절반 이상인 55%에 해당하니 이스라엘 국가도 답답할 것이다.

　　그런데 놀랍게도 이 네게브 사막에 기적이 일어났다. 지금도 버스를 타고 이곳 네게브 지역을 지나다 보면 사막의 중간 중간에 네모반듯한 모양으로 푸른 숲이 우거져 있는 곳을 볼 수 있다. 그것은 이스라엘 사람들이 1948년 건국한 이후 이곳에 찾아와 그동안 쓸모없이 버려진 네게브 사막을 더 이상 방치하지 말고 뭔가 개발해 보자는 의지를 가지고 지하수를 찾아 사막 지방에서 잘 자라는 품종인 대추야자나, 바나나, 사과, 오렌지, 토마토 등을 심어 과수원으로 바꿔놓은 것이다. 그 작업을 이뤄놓은 사람들이 바로 키부츠(kibbutz) 사람들이다. 그들은 건국 후 지금까지 약 1억 그루의 나무를 심었다고 하니 황무지를 옥토로 바꾸려는 그들의 의지와 노력에 감탄하지 않을 수 없다.

　　그러나 물도 없고 나무도 전혀 자라지 않았던 그 옛날 이곳 네게브 사막에는 다윗이 사울의 칼을 피해 맨발로 도망 다녔고, 예수님도 이 사막 어디선가에서 40일 동안 금식기도를 하셨다. 지금도 이 사막 어딘가에는 그 당시 다윗이 도망 다녔던 흔적과 예수님께서 금식하며 하나님께 기도하셨던 그 소리가 울려 퍼지고 있을지 모른다.

사해, 죽음의 바다에서 돈을 버는 바다로

예루살렘에서 남쪽으로 네게브 사막을 향해 약 35km 정도 내려가다 보면 오른쪽에 거대한 호수를 하나 만나게 되는데 이것이 사해이다. 사해는 해수면이 바다의 해수면보다 395m 낮고 수심도 수면에서 약 400m까지 깊다. 사해는 이스라엘의 북쪽 지방에 있는 단에서 시작된 작은 물길이 갈릴리 호수로 들어가고 그 물은 다시 갈릴리 호수의 남쪽에 있는 요단강을 통해 흘러 들어가 요단 계곡을 지나 이곳 사해까지 흘러 들어온다.

갈릴리 호수는 단에서 흘러 들어온 물을 한동안 받았다가 다시 요단강을 통해 내보내는데 비해 사해는 일단 요단강을 통해서 들어온 물을 더 이상 내보내지 않고 그대로 받아 둔다. 그러나 이곳의 지형이 워낙 낮은 곳이고 기온이 높아 사해로 들어온 물은 그대로 증발해 버린다. 한 여름에는 하루 동안 약 25mm의 물이 증발해 버린다고 한다.

그런데 갈릴리 호수의 물이 무기질을 많이 포함하고 있어서 그 농도가 바닷물의 약 5배나 넘는 염도를 지니게 된다는 것이 이 호수물의 특징이다. 그래서 아무리 수영을 못하는 사람이라도 이곳에 들어가기만 하면 자신이 아무런 노력을 하지 않아도 저절로 물위에 둥실둥실 뜨게 된다. 이런 염도는 사해의 남쪽으로 갈수록 더욱 심해진다.

그래서 예루살렘에서 내려가자마자 볼 수 있는 사해의 북쪽은 눈으로 보기에는 다른 호수와는 다를 바 없이 그냥 평범한 모습이다. 그러나 조금

1) 사해 2) 사해에서의 머드팩

더 내려가서 호수의 중간쯤 가면 호수의 주변에 있는 자갈들이 소금이 잔뜩 들러붙어서 하얀색으로 되어 있는 것을 볼 수 있다.

그러다가 더 남쪽으로 내려가 사해의 맨 아래쪽에 가면 여기저기 소금기둥이 솟아 있는 아주 특이한 모습을 볼 수 있는데, 이것은 사해의 물중에서도 북쪽보다는 남쪽이 훨씬 더 염도가 높다는 것을 보여준다.

그리고 사해의 물을 손으로 만져 보면 농도가 진해서 마치 젤처럼 끈적끈적하다는 것을 느낄 수 있고, 눈으로 자세히 보면 맑은 물에 꿀을 떨어뜨렸을 때처럼 뭔가 진한 소금액이 물속에 흘러다니는 것을 볼 수 있다. 그러니 이런 곳에 그 어떤 생명체가 살 수도 없고, 호수에 생명체가 살고 있지 않으니 그 위를 날아다니는 새도 찾아볼 수 없다. 생명체가 전혀 살 수 없는 물, 그래서 이 호수를 사해, 죽음의 바다라고 불리고 있다.

그런데 이들은 왜 호수를 바다라고 하는 것일까? 그것은 역시 물이 귀한 지역이다 보니 길이 78km 폭 18km 넓이 1,015㎢의 넓은 호수를 이들은 바다라고 표현하고 있다.

이스라엘 사람들은 쓸모없는 죽음의 바다에서도 그 활용가치를 찾아냈다. 연구결과에 의하면 이 사해 속에는 염화마그네슘, 식염, 염화칼륨 등 수많은 미네랄이 포함되었다는 것을 알게 되었으며 이곳에서 채취한 여러 광물질을 이용해 화학물질을 만들어냈고 관절염, 류마티스 등의 질병에 치료효과가 있다는 것을 알게 되어 현재는 피부병 때문에 고생하는 북유럽 사람들이 이곳으로 장기 여행을 와 호텔에 머물면서 병을 고치는 사람들도 꽤나 많다. 그리고 사해에서 채취한 진흙은 여성들의 피부미용에 좋다고 해서 사해 머드팩과 각종 화장품을 만들어서 많은 돈을 벌어들이고 있다.

이것이 바로 죽음의 바다를 황금의 바다로 바꾼 이스라엘 사람들의 놀라운 능력이다.

역사의 타임캡슐 쿰란동굴

사해 북단에서 해안을 끼고 약 5km 정도 남쪽으로 내려가다 보면 오른쪽 언덕 위에 현대식 건물 하나를 발견하게 되는데 이곳이 쿰란동굴 입구이다. 쿰란은 이곳 주변에 자리 잡고 있는 계곡, 다시 말해서 와디의 이름이 쿰란이기 때문에 쿰란동굴이라는 이름으로 불려진다. 이곳은 지금으로부터 약 2천 년 전 사막 지역에서 살던 엣세네(essene) 파의 주거지였다.

엣세네 파는 그 당시 예루살렘이나 베들레헴 등 주요 도시에서 살면서 하나님을 섬기던 유대인과는 다르게 이 사막 지역에서 외부와는 단절된 채 따로 살던 종파 중 하나였다. 그러나 B.C. 33년경 일어났던 지진으로 인해 사람들이 삶의 터전을 잃어버리고 이곳을 떠났다.

그때 이곳에 살던 엣세네 파 사람들은 많은 살림을 그대로 두고 급하게 자리를 피했는데, 그 당시에 직접 손으로 썼던 성경 필사본을 항아리에 담아 동굴 속에 숨겨놓고 떠났다. 그 후로 이곳을 로마에 대항하던 이스라엘의 독립군들이 잠시 본거지로 사용했는가 하면, 비잔틴 시대 때에도 사용한 흔적이 있었다. 그러나 그때에도 이들 엣세네 파 사람들이 항아리에 숨겨놓았던 성경 필사본은 아무도 발견하지 못하였다.

그 후로 2천 년이 지난 1947년, 이곳에서 양을 돌보던 소년이 잃어버린 양을 찾기 위해 이곳저곳을 돌아다니다가 계곡 쪽에 있는 작은 동굴을 향해 돌을 던지게 된다. 소년은 혹시 동굴 속에 잃어버린 양이 숨어 있다면 그 돌멩이에 놀라서 밖으로 뛰쳐나올 줄 알았던 것이다. 그러나 양은 보이지 않고 그 대신 동굴 안에서 항아리가 깨지는 둔탁한 소리를 듣게 된다. 그 소리에 호기심을 가진 소년은 동굴 안으로 들어가게 되었고 그 동굴 속에는 2천 년 전 엣세네 파 사람들이 숨겨놓은 성경의 필사본이 항아리 속에 잔뜩 들어있는 것을 발견하게 된다.

이렇게 지난 2천 년 동안 고이 간직되었던 성경이 세상에 얼굴을 내밀게 되었다. 이 소년이 발견한 성경은 곧바로 사람들에게 알려졌고 고고학자들의 손까지 들어가게 된다. 훼손은 많이 되었지만 네게브 사막의 건조한 날씨 때문에 부패하지 않고 잘 마른 채로 보존되어 있는 양피지 성경을 들여다보는 순간 고고학자들은 구약성경의 이사야서 전권인 66장의 내용이 고스란히 담겨져 있어서 놀라지 않을 수 없었다. 그 양피지의 길이는 약 7m나 되는 엄청난 양이었다.

쿰란 도시

쿰란동굴

그리고 그 이사야서의 문장을 하

나하나 해석해 나가는 동안 고고학자들은 또 한 번 놀라지 않을 수 없었다. 지난 2천 년 동안 수없이 복사되고 옮겨져 지금까지 전해져 내려오는 구약성경과 다른 부분이 단 한군데도 없었기 때문이다. 이것을 성경학자들은 사해사본이라고 부른다.

이로써 우리가 읽고 있는 성경이 오랜 세월을 지나오는 동안에도 전혀 변하지 않았다는 것이 확인된 것이다. 이때 발견된 양피지 성경사본은 지금도 예루살렘 박물관에 보관되어 있다. 현재 이곳 쿰란 유적지에 가면 그 당시 엣세네 파 사람들이 살던 주거지 유적을 지금도 볼 수 있고 또 전시장 안에 들어가면 이곳에서 발견된 사해사본의 당시의 사진과 필름을 볼 수 있다. 하지만 문제의 그 쿰란동굴은 계곡의 위험한 쪽에 자리를 잡고 있어서 일반 관광객이나 순례자들이 접근하기에는 어렵다.

다윗의 도피처 엔게디^{En Gedi}

쿰란 유적지를 나와 다시 사해를 옆에 끼고 약 35km 정도 남쪽으로 내려오면 지금까지 네게브 사막에서 보았던 그 황량한 모습과는 다른 숲이 우거진 곳이 나온다. 이곳이 엔게디이다.

엔게디는 네게브 사막 지역에 모처럼 발견하게 되는 일종의 오아시스와도 같은 곳이다. 이곳은 나무와 숲이 우거져 있고, 안으로 약 20분 정도 걸어 들어가면 시원한 물줄기가 위에서 아래로 쏟아져 내리는 작은 폭포도 만날 수 있다. 다른 곳에서 볼 수 있는 커다란 폭포는 아니지만 사막 한가운데에 이런 물줄기가 있다는 것이 신기하게 느껴질 정도이다.

엔게디는 다윗과 관련하여 이야기를 할 수밖에 없는 곳이다. 다윗은 모두가 알다시피 사울 왕의 궁정악사로 들어가 왕의 총애를 받게 되고 사울 왕의 딸인 미갈과 결혼까지 하게 된다. 하지만 사울 왕의 미움과 질투를 받게 된 다윗은 미갈과 결혼하는 날 왕궁을 도망 나오게 되며 그때부터 끝없는 유랑의 세월을 보내야 했다. 그때 다윗이 도망 나온 곳이 이곳 네게브 사막이었고, 그것을 안 사울 왕은 다윗을 죽이기 위해 이곳까지 쫓아 온다.

도대체 어디에 숨어 있을지도 모르는 다윗을 찾아 나선 사울과 그의 오른팔 장군 아브넬은 네게브 사막의 이곳저곳을 뒤지고 다닌다. 그러던 어느 날 사울 왕은 엔게디까지 오게 되고 이곳의 한 동굴에서 잠시 볼일을 보게 되는데, 그때 다윗은 살금살금 그 동굴로 기어 들어가 볼일을 보고 있는 사울 왕의 뒤쪽으로 다가가 사울 왕의 옷자락을 칼로 잘라 나온다.

그동안 자신을 잡아 죽이기 위해 혈안이 되어 있는 사울 왕을 얼마든지 죽일 수 있는 상황이었지만 다윗은 사울 왕을 죽이지 않고 옷자락만 잘라 갖고 나온 것이다. 그것도 모른 채 볼일을 다 보고 나온 사울에게 다윗은 높은 계곡 위에서 소리를 지른다.

"보라, 내가 당신을 죽일 수도 있었지만 죽이지 않았다. 그 증거가 바로 당신의 옷자락이다."

사울은 깜짝 놀라고 다윗은 계속 이야기를 한다.

"나는 이렇게 당신을 죽일 수도 있었지만 죽이지 않았다. 그것은 내가 당신을 죽이고 싶어 하지 않는다는 것이며, 당신은 나의 적이 아니라는 것을 증명하지 않는가?"

그제서야 사울은 다윗의 깊은 뜻을 알고 엔게디를 떠나 다시 기브아로 돌아간다. 다윗을 찾아 혈안이 되어 있던 사울과 그 사울을 충분히 죽일 수

도 있었지만 죽이지 않았던 그 현장이 엔게디이
다.

　지금도 엔게디에 가면 수많은 세월 동안 자
갈밭에서 잠을 자며 사울 왕이 왜 나를 죽이려
하는지 그 이유를 찾아 헤매야 했던 다윗의 고독
한 발걸음을… 그리고 고개를 숙인 채 다시 돌아
가야 했던 사울의 발걸음을 찾을 수 있을 지도
모른다.

1) 엔게디의 폭포　2) 엔게디

마.사.다.

에 굴복과 항복하지 않고 969명의 이스라엘인들이 죽음을 선택한 곳, 그래서 오늘날 이스라엘 사람들은 이곳 마사
가장 자존심 강한 민족적 성지로 여기고 있으며, 이스라엘 군인들은 장교로 임관하기 전에 반드시 이곳을 들려야
필수코스로 삼고 있다.

마사다 Masada

A.D. 67년의 반란

예루살렘에서 사해 쪽으로 내려가다 보면 오른쪽으로 유대광야가 펼쳐진다. 유대광야에는 크고 작은 산언덕이 널려 있는데, 이것은 우리나라처럼 융기되어 솟아오른 보통 산의 모습이 아니라 아주 오래전 거대한 물줄기가 쓸고 내려가 침식작용에 의해 생긴 봉우리와 같은 모습의 산이다.

그래서 이런 식의 산봉우리는 완만한 경사를 이루는 것이 아니라 깎아지른 듯한 급경사를 이루고 있으며 산봉우리의 정상은 마치 운동장처럼 평평한 모습을 이루고 있다.

그런 산봉우리를 오른쪽으로, 그리고 왼쪽에는 사해 바다를 끼고 달리다 보면 이스라엘의 오랜 역사를 간직한 아주 높다란 산봉우리를 하나 만나게 된다. 그 산이 바로 이스라엘 백성들의 마지막 최후의 항전지인 마사다 요새이다.

　B.C. 63년, 로마의 장군 폼페이우스에 의해 예루살렘이 정복당한 이후 이스라엘은 로마의 지배를 받고 있었다. 그리고 로마가 임명한 에돔 출신의 헤롯이 분봉 왕으로 오랜 기간 동안 통치하다 A.D. 40년에 죽게 되자, 로마 제국은 다른 분봉 왕을 세우는 대신 로마의 장교를 총독 자격으로 파견하게 된다.

　팔레스타인 땅으로 파견 나온 로마의 총독은 이스라엘 백성에게서 세금을 거둬들이기 위해 인구조사를 실시하게 되는데 이 같은 인구조사는 곧바로 돈과 직결되는 문제이기 때문에 이스라엘 백성들에게 심한 반감을 갖게 되면서 전국 각지에서 반란이 일어나게 되지만 로마의 무자비한 진압작전으로 실패하고 만다.

　A.D. 66년 새로 부임해 온 총독은 겨우 잠잠해진 이스라엘 백성들의 반감을 부추기는 일을 저지르고 만다. 이스라엘 민족의 종교적 지도자인 대제사장의 제복을 압수하고 성전에 보관되어 있는 많은 돈을 줘야만 돌려주겠다고 하는 사건이 벌어진 것이다. 거기다 설상가상으로 총독은 예루살렘의 성전 마당에 로마 황제의 동상을 세우게 되고 이를 못마땅하게 여긴 이스라엘 백성들이 동상을 부수는 등 대규모 반란이 또 다시 일어나면서 반란은 삽시간에 이스라엘 전국으로 퍼지게 된다.

　다급해진 로마는 본국에서 대규모의 군대를 파견해서 이스라엘의 각 지방의 반란군을 진압하지만 견고한 성으로 둘러싸인 예루살렘은 진압하지 못한다. 로마는 사람이 들어가지도 못하고 나오지도 못하게 예루살렘을 완전히 봉쇄하고 예루살렘 성안은 수많은 사람들이 식량과 식수의 부족으로 굶어죽게 되며 그 안에서 인육까지 먹게 되는 사태까지 번지게 되면서 여기저기서 강도가 들끓고 화려했던 예루살렘은 불에 타는 등 아비규환이 된다.

이때 한 무리들이 예루살렘 성을 탈출하는 사건이 일어난다. 예루살렘 성안에서 반란을 주도하였던 사람 중의 하나인 엘리에젤 반 야일(Eleazar ben Yail)은 한밤중에 로마군인들의 철통같은 포위를 뚫고 969명을 이끌고 예루살렘성 탈출에 성공하였으며 그들은 곧바로 헤롯이 만들어놓은 사해 바로 옆에 있는 마사다로 향했다.

마사다로 가자

마사다는 헤롯 왕이 유대인들이 폭동을 일으킬때 피신하기 위해 만들어놓은 피신처였지만 말이 피신처였지 그곳은 또 하나의 궁전과 다름없었다. 그곳에는 몇 년 동안 먹고 마실 수 있는 음식과 물이 보관되어 있었으며 무기도 있었고, 예루살렘을 도망 나온 유대인들이 피신하기에는 나름대로 안성맞춤인 곳이었다.

한밤중에 예루살렘 성을 빠져나온 969명의 유대인들은 밤새 사막 길을 달려 마사다에 도달한다. 그러나 마사다 꼭대기로 올라가는 길은 쉽지가 않았다. 워낙 경사가 심한 산길이라 마치 뱀의 모양처럼 갈지자로 구불구불하게 연결되어 있었고 길이 워낙 좁아 발을 조금이라도 헛디디면 천길만길 아래로 굴러 떨어질 수밖에 없었지만 969명의 유대인들은 천신만고 끝에 목숨을 걸고 올라갔다.

다음날 이들이 예루살렘성을 빠져 나간 것을 안 로마 군사들은 곧바로 마사다로 쫓아갔다. 그러나 마사다는 안에서 문을 잠그면 절대로 밖에서는 들어갈 수 없는 난공불락의 요새와도 같아서 사막 전투에 경험이 많지 않고 물도 부족하였던 로마 군인들은 무작정 기다릴 수는 없었다.

그래서 그들은 한쪽에서는 지상에서부터 산꼭대기까지 완만한 경사로를 쌓고, 다른 한쪽에서는 공사가 진행되는 동안 성을 부술 수 있는 공성장비인 파성추를 만들기로 생각하였다. 그런 다음 경사로가 완성이 되면 파성추를 앞세워 성을 부수고 쳐들어가 그들을 모두 죽이거나 포로로 잡아 내려온다는 전략이었다.

땅에서부터 산꼭대기까지 쌓는 경사로는 어찌 보면 정말 무모하기 짝이 없는 대공사였지만 곧바로 실행에 옮겨졌다. 로마 병사들은 40도를 웃도는 뜨거운 사막의 태양 아래서 흙을 실어다 경사로를 쌓기 시작하였지만, 이런 모습을 마사다 정상에서 내려다보고 있던 유대인들은 커다란 돌과 뜨거운 물을 아래를 향해 쏟아 붓기 시작하자 로마의 경사로 공사는 중단될 수밖에 없었다.

로마는 다시 대책을 마련하기 시작하였다. 경사로 작업을 로마 군인들이 나서서 할 것이 아니라 예루살렘에서 포로로 잡은 유대인들을 끌어다가 경사로 작업에 투입하자는 것이었다. 며칠 뒤 경사로 공사는 다시 재개되었고 마사다 정상에서 이 장면을 지켜 본 이스라엘 도망자들은 공사 현장에 투입된 사람들이 예루살렘에서 포로로 잡혀온 자기 민족들인 것을 보고 크게 놀라지 않을 수 없었다. 그들 중에는 가족과 친구와 애인도 있었다.

로마군인들의 예상대로 마사다 정상에서는 속수무책으로 이들이 점점 쌓아 올라오는 경사로를 지켜볼 수밖에 없었고 3년 뒤 A.D. 70년, 드디어 경사로는 완성되었다. 그러나 여기서 로마 군인들은 엄청난 실수를 하게 된다.

세 가지 제안

3년간의 말도 안 되는 엄청난 대공사를 완성한 로마 군인이 저지른 실수란 과연 무엇일까? 그 당시 로마의 장군이었던 티투스(Titus)는 경사로를 다 완성하고도 곧바로 마사다 정상을 향해 파성추를 앞세워 진격하지 않고 다음날 새벽에 총공격을 하기로 한 것이었다. 어차피 마사다 정상에 숨어있는 이스라엘 도망자들은 독안에 든 쥐라고 생각을 하였던 것이다.

그러나 그날 밤 마사다 정상에서는 지도자 엘리에젤 반 야일은 969명을 모두 모아 놓고 연설을 한다.

"이제 우리가 그토록 걱정했던 로마 군사들의 경사로가 모두 완성되었다. 이제 분명 내일 새벽이면 그들이 이곳으로 올라와 우리

1) 마사다
2) 마사다 정상에서 내려다 본 로마군대의 진영
3) 마사다 정상의 주거지

를 공격하게 될 것이다. 이제 우리에게 남은 선택의 길은 단 세 가지다. 첫 번째는 그들이 내일 새벽에 쳐들어오면 우리도 무기를 들고 맞서서 용감하게 싸우는 것이다. 그러나 우리는 분명 모두 죽게 될 것이다. 그리고 두 번째는 저들이 올라올 때 모두가 무릎 꿇고 기다리고 있다가 항복을 하는 것이다. 그렇게 되면 우리 남자들은 모두 죽거나 살아남은 자는 노예로 끌려가게 될 것이고, 여자와 아이들은 노예로 끌려가거나 능욕을 피할 수 없게 될 것이다.

마지막 세 번째는 우리의 목숨이 우리의 손에 달려 있을 때 차라리 우리의 목숨을 우리 스스로 끊어 저들이 승리하지 못하게 하는 것이다. 자 이제 어떻게 할 것인가?"

엘리에셀의 연설을 듣고 그들이 선택한 것은 과연 무엇이었을까? 그것은 바로 세 번째 방법이었다. 자신들 스스로 목숨을 끊어 로마에게 승리의 기회를 빼앗는 것만이 진정한 승리라는 결론을 내린 것이다. 참으로 참담한 일이었다.

먼저 969명 중에서 열 명의 대표자를 제비뽑기로 선발하였다. 이들이 나머지 959명의 목숨을 끊는 일을 담당하기로 한 것이다. 이들 열 명은 그때부터 어떻게 하면 고통을 주지 않고 단 한 번에 목숨을 끊을 수 있는지를 훈련을 받는다. 그러는 동안 모든 사람들은 각자의 거처로 돌아가 목욕을 하고 옷을 갈아입은 뒤 무릎을 꿇고 조용히 죽음을 기다리고, 훈련을 마친 열 명의 대표들이 각 사람의 거처를 찾아다니면서 한 사람씩 한 사람씩 목숨을 끊었다. 그리고 마침내 그 열 명은 스스로 목숨을 끊고 마사다의 정상에는 단 한사람도 살아있는 사람이 없게 된 것이다.

다음날 새벽, 드디어 로마의 깃발을 앞세운 로마의 군인들이 경사로를 따라 마사다 정상에 올라와 파성추를 이용해 성을 부수고 그 안에 들어갔지만 마사다 정상에는 그들이 예상하였던 그 어떤 전투도 벌어지지 않았다. 로마군과 맞서 전투를 할 상대들이 모두 싸늘한 시체로 줄지어 누워 있는 채로 발견되었기 때문이다.

A.D. 70년, 이스라엘이라는 국가는 지구상에서 사라져 버렸다. 예루살렘과 이스라엘 전역의 이스라엘 포로는 로마로 끌려갔고, 어떤 이는 아프리카로, 어떤 이는 남유럽 쪽으로 도망가야만 하였다.

△로마 군인들이 쌓아올린 경사로 △유대인들이 밑으로 던진 돌

그리고 그때부터 시작된 디아스포라, 즉 이산생활은 2천 년이나 이어졌다. 모든 이스라엘이 로마에 굴복하고 항복하였을 때 스스로 목숨을 끊으며 끝까지 항복하지 않았던 마사다의 969명, 그래서 오늘날 이스라엘 사람들은 이곳 마사다를 가장 자존심 강한 민족적 성지로 여기고 있으며, 이스라엘 군인들은 장교로 임관하기 전에 반드시 이곳을 들려야 하는 필수코스로 삼고 있다.

현재의 마사다

마사다는 현재 이스라엘의 국립공원으로 지정되어 있다. 그래서 이스라엘을 소개하는 안내 책자에는 반드시 마사다가 포함되어 있을 정도로 이스라엘 사람들은 마사다를 자랑스럽게 생각하고 있다.

마사다 정상으로 올라가는 방법은 케이블카와 직접 걸어 올라가는 길 두 가지가 있다. 요금을 내고 케이블카를 타면 약 3분 만에 정상으로 올라가게 된다. 그러나 나는 이제까지 마사다를 약 열 번 정도 다녀왔지만 케이블

카를 타고 올라가 본 적은 단 한 번밖에 없다. 왜냐하면 마사다는 케이블카보다는 직접 걸어 올라갔을 때 마사다 정상에 있었던 이스라엘 백성들의 심정을 더 느낄 수 있기 때문이다. 그리고 마사다 정상으로 걸어서 올라가는 그 길이 2천 년 전 이스라엘 백성들이 한밤중에 몰래 올라갔던 뱀의 길(snack path)이다. 지금도 그 뱀의 길을 올라가려면 현기증이 날 정도로 가파르기가 이를 데 없다. 난간과 같은 곳은 안전장치가 잘 되어 있지만 정상으로 걸어 올라가는 것은 말처럼 쉬운 일이 절대 아니다. 워낙 경사가 심하고 끝없이 이어지는 계단과 흙먼지가 날리는 흙길이며 뜨거운 유대광야의 기온으로 산꼭대기를 기어 올라가는 그 육체적 고통은 이루 말할 수 없다. 약 40여 분간 걸어 올라가다 보면 드디어 산 정상 안으로 들어가는 돌문을 만나게 되는데 이것이 마사다 정상에 있는 몇 개의 망루 중에 하나이며 현재 이곳 마사다로 들어가게 되는 유일한 출입구이다.

　　그 문을 통해 안으로 들어가면 축구장보다도 훨씬 넓은 광장이 나온다. 과연 저 산꼭대기에 이런 넓은 광장이 있을 수 있을까 싶을 정도로 꽤 넓은 곳이다.

　　문으로 들어서서 오른쪽으로 보이는 곳이 옛날 곡식을 보관하던 곡식창고이고 헤롯 왕이 사용하려고 만들어 놓았던 사우나 시설도 있다. 그 안에 들어가 보면 바닥에 작은 돌기둥 수십 개가 줄지어서 세워져 있고 그 위에는 얇은 대리석이 깔려 있다. 얼핏 보기에는 우리나라의 전통가옥에서 사용하였던 온돌과도 같은 구조로 대리석 바닥 아래로 뜨거운 물을 흘려보내서 대리석 위에 앉아 있으면 땀이 흘러나오는 일종의 찜질방과도 같은 원리이다. 이런 식의 사우나는 로마의 건축양식을 보고 그대로 받아들인 것 같다. 그리고 산등성이의 북쪽, 예루살렘 쪽에는 산 중턱의 전망 좋은 곳에 테라스를

마사다 안내도

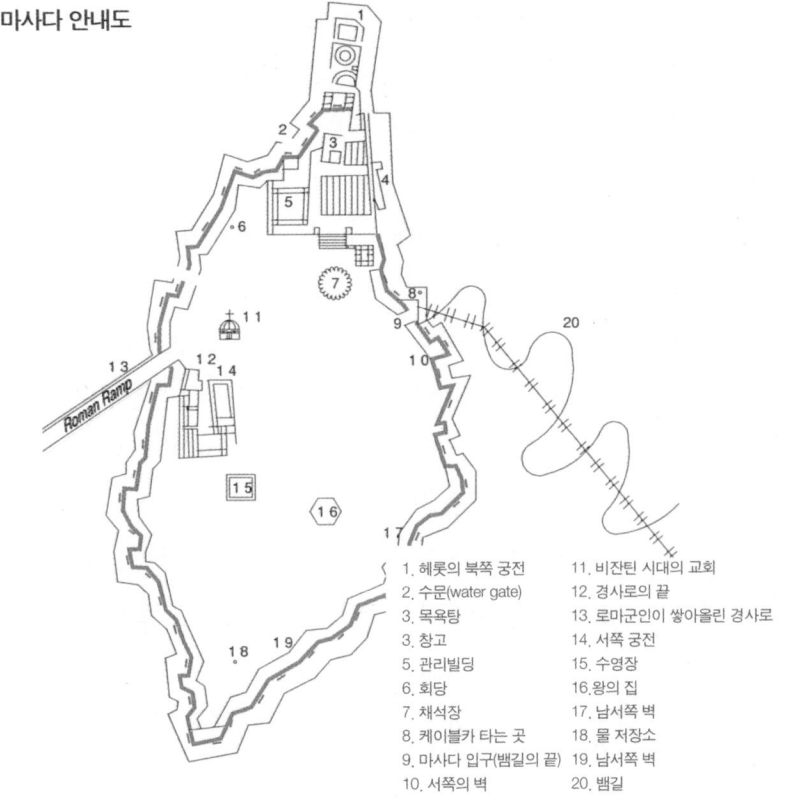

1. 헤롯의 북쪽 궁전
2. 수문(water gate)
3. 목욕탕
3. 창고
5. 관리빌딩
6. 회당
7. 채석장
8. 케이블카 타는 곳
9. 마사다 입구(뱀길의 끝)
10. 서쪽의 벽
11. 비잔틴 시대의 교회
12. 경사로의 끝
13. 로마군인이 쌓아올린 경사로
14. 서쪽 궁전
15. 수영장
16. 왕의 집
17. 남서쪽 벽
18. 물 저장소
19. 남서쪽 벽
20. 뱀길

만들었던 흔적이 있다. 이곳에서 바라보는 유대광야는 그야말로 환상적이다.

그리고 이렇게 높은 산꼭대기에 어마어마한 크기의 대형 물탱크를 만들어 겨울철에 비가 오면 그 물을 받아두었다가 식수로 사용하였고, 그 당시의 유대인들의 회당자리와 경사로 작업을 하던 로마 군인들을 향해 굴러 떨어뜨렸던 커다란 돌멩이도 볼 수 있다.

또 마사다 정상에서 조금 전 걸어올라 왔던 그 길의 시작지점 주변을 보면 커다란 크기의 사각형 돌무덤을 발견할 수 있게 된다. 이것은 그 옛날 로마 군인들이 진을 치고 자리를 잡고 있던 터가 발굴이 되어 지금도 그 흔적을 보이고 있는 것이다. 그리고 서쪽으로 가면 로마 군인들이 쌓아올렸던 경사로가 있다.

예수님의 얼굴

갈.릴.리.

릴리의 호수 주변은 숲과 높은 산으로 둘러싸여 있고, 북쪽과 동쪽은 시리아 국가로 연결되는 골란고원이 병풍처럼 높
자리 잡고 있다. 이곳은 예수님께서 베드로와 안드레를 포함한 열두 명의 제자들을 만나 3년간의 공생애 기간을 보낸
2로 기독교 역사에서 빼놓을 수 없는 가장 중요한 지역이다.

예수님의 얼굴 갈릴리 *Galilee*

갈릴리 지방

갈릴리는 예수님께서 베드로와 안드레를 포함한 열두 명의 제자들을 만나 3년간의 공생애 기간을 보냈기 때문에 기독교 역사에서 빼놓을 수 없는 가장 중요한 지역이다.

갈릴리 지역의 중심은 갈릴리 호수이다. 이 호수는 북쪽의 요단강에서 흘러 들어온 물이 갈릴리 호수로 들어오고, 다시 그 물은 아래쪽 요단강으로 흘러 내려간다. 그리고 그 물은 다시 사해로 흘러 들어가 뜨거운 열기로 인해 증발된다.

따라서 사해의 주변은 사막과 황무지뿐이지만 갈릴리 호수의 주변은 숲과 높은 산으로 둘러싸여 있다. 갈릴리 호수의 북쪽과 동쪽은 시리아 국가로 연결되는 골란고원이 병풍처럼 높게 자리 잡고 있다. 그리고 남쪽에는 요단강을 따라 형성된 요단 계곡과 이즈르엘 평원이 자리 잡고 있으며, 갈릴리 호수의 서쪽에는 갈릴리의 중심도시 티베리아가 자리 잡고 있다.

티베리아라는 도시는 높은 언덕위에 자리를 잡고 있어서 갈릴리 호수는 높은 산에 둘러싸여 움푹 들어간 그릇에 담긴 물과도 같다고 볼 수 있다. 대부분이 사막이고 광야인 이스라엘의 다른 지역에 비하면 갈릴리 호수의 주변은 축복받은 땅임에는 틀림없다. 고대 역사가 요세푸스도 갈릴리에 대해서 소개하기를 "수많은 종려나무와 잘 정돈된 전 국토와 이 끝에서 저 끝까지 풍작을 가져다주는 곳"이라고 하였다.

실제로 갈릴리 호숫가 주변에는 수많은 종려나무와 올리브나무와 무화과나무가 아름드리 심어져 있어서 한눈에 봐도 참으로 아름다운 호숫가라는 생각을 갖지 않을 수가 없다. 특히 해질 무렵의 호숫가는 한 폭의 아름다운 풍경화에 비교할 수 있으며, 이곳을 찾는 수많은 순례자들은 예수님 당시의 고깃배를 그대로 재연한 나무배를 타고 찬송을 부르며 평생 잊지 못하는 감동의 시간으로 가슴속에 간직한다.

뿐만 아니라 해발 400m의 골란고원에 올라가 아래를 내려다보면 한눈에 그 넓은 갈릴리 호수가 눈에 들어와 파노라마로 펼쳐지는데 이 장면 역시 직접 가서 보지 못한 사람들은 느낄 수 없는 환상적인 모습이다.

이스라엘 지역은 대체적으로 봄, 여름, 가을, 겨울의 사계가 있지만 봄과 가을이 아주 짧아 여름의 뜨거운 태양이 작열하면서 끝이 없을 것 같은 건기인가 싶더니 곧바로 우기로 들어서는 겨울이 되었다가 또 어느새 여름으로 곧바로 넘어가 봄과 가을을 제대로 느낄 수가 없다.

그래서 성경에서도 여름과 겨울에 관한 이야기들은 자주 등장하지만 봄과 가을에 대한 이야기가 별로 기록되지 않은 것도 이 때문이다. 하지만

271

이곳 갈릴리 지역은 이스라엘 땅 중에서도 북쪽에 해당하기 때문에 지중해성 기후를 띠고 있다. 그래서 건조하지만 뜨거운 여름에서 비가 오는 겨울로 넘어가는 가을과 다시 겨울에서 여름으로 넘어가는 봄에는 이름 모를 꽃들이 형형색색 제 색깔을 제대로 내며 피기 때문에 자연의 아름다움은 그야말로 황홀하기까지 한다.

예수님은 이 아름다운 갈릴리 지역에서 3년간이나 사역을 하시면서 많은 설교를 하셨고 귀신 들린 자와 간질병에 걸린 자, 그리고 중풍병자들을 고치셨다.

갈릴리의 역사

아름다운 도시 갈릴리는 구약에서 그다지 주목받지 못하였다. 정치적으로도 그저 변방에 불과하여 솔로몬 왕은 성전을 지으면서 레바논의 백향목 등을 수입하고 지은 빚을 제대로 갚지 못해 두로 왕에게 갈릴리 땅의 성읍 20개나 주었고 두로의 왕 히람 역시 갈릴리 땅을 돈 대신 받게 된 것을 달갑게 생각하지 않았었다.

뿐만 아니라 이스라엘 백성들이 바벨론에서 포로로 생활을 하다가 돌아온 뒤에도 갈릴리 땅에는 많은 사람들이 거주하지 않았었을 정도로 그 당시 이스라엘 사람들은 대체적으로 갈릴리 사람들에 대해서 그다지 좋은 평가를 내리지 않았다.

예수님의 수제자였던 베드로의 성격이 그랬던 것처럼 이곳 사람들의 성격은 좀 과격하고 혈기가 많았었던가 보다. 그래서 예수님을 따르는 무리들을 가리켜 율법을 모르는 사람들이라고 혹평을 하기도 하였지만 이곳 갈릴리 사람들은 풍부한 물과 기름진 땅에서 얻게 되는 수많은 생선과 과일들로 중앙도시로부터 경제적 원조 없이도 잘 살 수가 있었다. 하지만 그것은 이곳 갈릴리 지역이 주변 국가로부터 끊임없이 침략을 당하며 수난을 받게 되는 또 하나의 이유가 되었다. 먹고 살 수 있는 자원이 풍부한 것에 비해서 이스라엘 정부로부터 소외되어 있는 지역, 그러면서 쉴 새 없이 다른 국가로부터 침략을 당하게 되는 상황이 이곳 갈릴리 사람들을 더욱 화나게 하였나 보다.

결국은 이곳 갈릴리 사람들은 강하게 국가에 불만을 품게 되었고, A.D. 66년 이스라엘의 지배국이었던 로마에 항거하기 시작하였고, 이 반란은 이스라엘 전국으로 퍼져 나가게 되었다. 그리고 마침내 로마는 이스라엘 전체를 파멸시키는 작전에 들어가게 되고, 4년 뒤인 A.D. 70년에 이스라엘은 지도상에서 완전히 사라지게 된 것이다.

그러다가 637년 이슬람에 의해서 이곳 갈릴리 지역이 파괴 되고, 1099년에 십자군이 이곳으로 찾아와 다시 도시를 재건한다. 예수님의 주요 사역지였던 이곳을 복원하여 예수님 때처럼 아름다운 도시로 만들고 싶어 했던 것이다. 그때 십자군에 의해서 세워진 여러 가지 건축물 등의 유적지는 아직도 갈릴리 호숫가에 남아있다.

그러나 그것도 오래 가지 못하였다. 1247년에는 이집트의 마멜룩이 이곳의 십자군을 모두 내쫓고 십자군이 세웠던 도시 전체를 파괴하는 수난을 받게 된 것이다. 그러나 지금은 이스라엘에서 가장 유명한 휴양지로 변모하였고 수많은 관광객과 순례자들이 이곳을 찾는 곳으로 변하였다.

현재 갈릴리 호수 주변에는 1948년 이스라엘 건국 이후 유대인들이 만들어놓은 유서 깊은 키부츠들이 여러 개 있고, 시설 좋은 현대식 호텔들과 쇼핑상가들이 있어서 관광지로서 휴양지로서 전혀 손색이 없는 곳으로 자리를 잡았다.

그리고 하루에도 수천 명씩 방문하는 순례자들을 상대로 베드로 고기를 조리해서 판매하는 음식점과 카페, 호수 위를 떠다니는 유람선, 갖가지 물놀이 기구가 설치된 워터 파크, 갈릴리 지역의 역사와 문화를 영화로 소개하는 극장 등 갖가지 문화 시설들이 많이 준비되어 있는 곳이다.

갈릴리 호수

갈릴리 호수는 길이 21km, 폭 13km, 둘레가 55km나 되는 넓은 호수이다. 어떻게 보면 바다와도 같은 모습이다. 그래서 성경에서 갈릴리 호수라고 하였으며 갈릴리 바다라고도 표현하였다. 그리고 현재 이스라엘 지도에서도 Lake of Galilee라는 표기보다는 Sea of Galilee라고 표기되어 있다.

그런가 하면 이곳 갈릴리 호수를 민수기 34장 11절에는 '키네렛' 이라고 표현하였고, 마가복음 6장 53절에서는 '게네사렛' 이라고도 하였다. 키네렛이란 히브리어 '긴노' 에서 유래된 말인데 '긴노' 란 하프라는 악기를 뜻한다. 이 갈릴리 호수를 하늘에서 내려다보면 하프와도 같이 생긴 모양이라고 해서 옛날 사람들은 키네렛이라고 불렀던 것 같다. 그러나 분명한 것은 갈릴리 호수는 바다가 아니라 호수이며 이 물은 짠맛이 전혀 없는 민물이다.

그런데 여기서 한 가지 의문을 갖게 된다. 마태복음 14장에 보면, 예수님의 제자들이 배를 타고 갈릴리 호수 한가운데로 갔을 때 갑자기 높은 파도가 일어나 곤경에 처하는 장면이 나오는데 어떻게 바다가 아닌 호수에 높은 파도가 칠 수 있는 것일까?

갈릴리 호수는 아침에는 대체적으로 잠잠하지만 저녁에는 바람이 불어 물결이 일어나기도 한다. 그리고 겨울에는 호수의 바로 옆에 있는 골란고원에서부터 강한 바람이 불어와 약 1m 정도의 파도가 일어나는데 일 년에 한두 번씩은 약 5m가 넘는 파도가 일어난다. 아마도 제자들이 만난 파도도 그런 상황이 아니었나 생각된다.

이 호수는 수심이 평균 40m가 되는 제법 깊은 물인데 일명 베드로 고기라 불리는 생선을 비롯해 메기와 숭어 등 20여종의 고기들이 살고 있다. 그래서 이곳 사람들 중에는 예전부터 호수에 나가 그물로 고기를 잡아내다 파는 어업에 종사하는 사람들이 많았다.

이렇게 넓은 호수는 이스라엘 국토의 아주 중요한 젖줄 역할을 한다. 이스라엘 국민들이 사용하고 있는 식수의 30%에서 40%를 이곳 갈릴리 호수의 물을 끌어다 먹는다. 실제로 갈릴리 호수에는 이스라엘 전국으로 연결하는 상수도 파이프가 있는데, 이런 대 공사로 인해 물이 황금보다 더 귀한 예루살렘에서도 길거리에 있는 화단에까지 물을 넉넉하게 공급해 줄 수 있게 되었다. 그래서 이스라엘 정부에서도 이곳 갈릴리 호수를 이제는 아주 중요한 전략적 요충지로 여기고 있다.

시리아가 골란고원에서 시작된 요단강의 물줄기를 갈릴리 호수로 들어가지 못하게 하려고 골란고원에 커다란 댐을 건설하기 위해 공사를 시작하자, 이스라엘은 그런 정보를 사전에 입수하고 미리 선제공격을 감행해 댐을 폭파하면서 시리아의 그 같은 계획을 수포로 돌아가게 만든다. 그것이 바로 이른바 6일 전쟁이라고 불리는 제3차 중동전쟁이었다. 이 전쟁으로 인해

1) 갈릴리 호수 2) 갈릴리 호수의 어부들 3) 갈릴리 호수의 아침

시리아는 그동안 자신들의 영토였던 골란고원마저도 이스라엘에게 빼앗기는 수모를 겪게 되고, 현재도 역시 골란고원은 이스라엘의 수중에 들어가 있다.

갈릴리로 가는 길

갈릴리는 예루살렘에서부터 150km 떨어져 있어서 차로 약 3시간 정도 달려야 도착하게 된다. 나는 예루살렘에서 갈릴리 호수로 가기 위해서 주로 고속버스를 많이 이용하는데 예루살렘의 신도시에 있는 고속버스터미널에 가서 한 시간마다 한 대씩 있는 티베리아로 가는 961번 버스를 탄다.

버스에는 총을 지닌 군인들도 타고 나와 같은 관광객과 티베리아로 사랑하는 가족들을 만나러 가는 승객들로 가득 찬다. 각자 나름대로 사연과 목적을 가진 승객들이 아름다운 도시 티베리아를 머릿속에 그리며 앉아 있다. 그러면 고속버스는 예루살렘을 벗어나 요단 계곡을 따라 북쪽으로 거슬러 올라간다.

그렇게 아름답다던 갈릴리는 과연 내 눈에 어떤 모습으로 다가올까? 예수님이 3년 동안 계시면서 수많은 사람들에게 인자한 모습으로 설교를 하던 장소는 과연 어디일까? 호숫가에 발을 담그고 손을 담그면 예수님의 체온을 느낄 수 있을까? 이런저런 호기심과 기대감을 갖고 버스는 갈릴리를 향해서 달려간다.

오른쪽으로는 요단강과 요단강 주변의 푸른 녹지가 펼쳐지고, 요단강 건너편으로는 요르단 국가가 보이는데 중간 중간에 국경 철책선이 눈에 보이기도 한다. 왼쪽으로는 작은 언덕들이 끝없이 펼쳐지는데 3시간을 달려도 이런 풍경을 내다보는 데는 전혀 지루하지 않다. 고속버스는 중간에 한번 휴게소에 들린다. 화장실을 가기도 하고 매점에서 간단한 샌드위치와 음료를 마신 후 10분 정도 있다가 버스는 다시 출발한다.

그렇게 요르단 계곡을 오른쪽으로 끼고 한참을 달리던 고속버스는 마지막으로 높은 언덕을 향해 올라가고 그 언덕의 꼭대기에 올라서는 순간 눈앞에 그림처럼 펼쳐지는 커다란 호수가 갈릴리 호수이다. 그리고 그 갈릴리 호수를 향해 점점 더 다가가다가 멈춰 서는 곳이 갈릴리의 중심 도시인 티베리아이다.

버스에서 내리면 여러 명의 젊은 남자들이 손에 명함을 들고 외국인 관광객이나 순례자들에게 다가온다. 그리고는 머물 숙소를 정하지 않았으면 자기네 숙소로 가자고 안내한다. 소위 말하면 여관 호객꾼들이다.

대체적으로 티베리아에 있는 여관들은 우리나라의 펜션 못지않게 깨끗한 시설을 갖추고 있다. 어떤 여관은 작은 수영장도 있는가 하면 식당과 오락실, 그리고 카페까지 있는 곳도 있다. 하지만 이곳은 유명한 관광지다보니 숙소에서부터 모든 물가가 예루살렘이나 다른 지역보다는 평균적으로 3배 이상씩 비싸다는 것을 잊지 말아야 한다.

갈릴리의 중심 티베리아 Tiberia

예루살렘을 출발한 뒤 3시간 만에 도착한 티베리아는 현대적인 도시로 갈릴리 지역의 중심 도시인데, 원래 이 마을은 아무도 찾지 않는 공동묘지의 땅이었다고 한다. 오히려 갈릴리 호수의 북쪽 지방인 막달라나 가버나움에 많은 유대인들이 살고 있었다. 그래서 예수님도 이곳 티베리아에서 활동하기보다는 막달라나 가버나움에서 더 많은 활동을 하셨다.

이 지역의 이름은 헤롯 왕의 아들 헤롯 안티파스가 A.D. 18년에서 22년 사이에 이 마을을 새로운 도시로 건설하였는데, 그 당시의 로마 황제인 티베리우스의 이름을 따서 티베리아라고 부르게 되었다. 이 헤롯 안티파스는 살로메의 요청으로 세례 요한의 목을 자른 인물이다.

그 당시 헤롯 안티파스가 만든 성벽의 길이는 4.8km나 되었고, 이곳에 크고 작은 공회당을 만들었지만 그 당시 유대인들은 공회당에 들어가는 것을 거절하였다. 그래서 헤롯 안티파스는 신변의 위협을 느껴 호숫가 쪽에 성벽으로 둘러싼 궁을 만들기도 하였다.

그러나 A.D. 70년 이후 예루살렘이 로마에 의해서 멸망하자, 예루살렘의 유대인들을 포함해서 많은 유대인들이 이곳 티베리아로 몰려와서 살게 되면서 유대인의 중심지로 변하게 된다. 그 후에 이곳에서 살던 많은 유대인들 중에는 유명한 랍비가 탄생하게 되고 이곳에서 탈무드를 완성하게 되기도 한다.

티베리아 시내

　　티베리아에서 호숫가 쪽으로 가면 검은 돌로 지어진 십자군 시대의 유적들이 자리를 잡고 있으며, 호텔과 쇼핑센터들이 줄지어 있다. 그래서 갈릴리 호수를 방문하게 되면 주로 이곳 티베리아에 있는 숙소에 머물게 되는데, 이곳에서부터 갈릴리 호수를 한 바퀴 돌면서 여러 성지를 방문하기 위한 교통편이 없다는 것이 문제이다. 여행사의 패키지 상품으로 방문하는 사람들이야 상관이 없지만 개인적으로 자유 여행을 하는 사람들은 승용차를 렌트하거나 숙소에서 빌려주는 자전거를 타고 도는 수밖에 없다.

　　나는 이곳 갈릴리 호수를 여러 차례 돌아봤는데 그때마다 자전거를 빌려서 한 바퀴 도는 방법을 선택하였다. 자전거로 55km의 호수 둘레를 한 바퀴 도는 것은 쉬운 일이 아니다. 더군다나 뜨거운 여름 태양이 내리쬐는 날에는 고통스럽기까지 하다. 하지만 호숫가에서 불어오는 시원한 바람을 맞으며 갈릴리 호수를 한 바퀴 돌며 천천히 돌아보는 것도 나쁘지는 않는 것 같다.

막달라 마을 ^{Migdol}

막달라 교회

티베리아에서 약 5km 정도 따라 가면 오른쪽에 하얀색의 작은 돔형 건물을 만나게 된다. 워낙 작은 건물이라 특별히 누가 설명해 주지 않으면 그냥 지나칠 수도 있을 정도이다. 이 작은 건물의 자리가 바로 일곱 귀신이 붙은 막달라 마리아가 예수님으로부터 고침을 받은 그 자리라고 한다. 그리고 그 하얀색의 건물 건너편에는 오른쪽으로 들어가는 길이 있는데, 그 길로 들어가면 막달라라고 하는 마을이 나온다. 이곳이 막달라 마리아의 고향이다.

막달라는 헬라어이고 이 지역을 히브리어로는 미그돌(Migdol)이라고 부른다. 미그돌이란 망대라는 뜻인데 갈릴리 지역을 지키는 망대가 이곳에 있어서 그렇게 붙여진 이름이 아닌가 생각된다.

망대가 있었다는 것은 그 당시에 군부대가 있었다는 뜻이고 자연히 이곳에는 젊은 군인들을 상대로 하는 매춘부들이 있었으며, 이 마을은 도덕적으로 부패했었을 것이라는 추측을 하게 한다. 더욱이 이 마을은 예수님 당시 고기잡이와 아마(亞麻) 섬유의 직조, 그리고 염색공업이 활발하였으며 특히 이곳에 갈릴리 호수를 떠다니는 고깃배들을 만드는 조선시설이 있어서 경제적으로 풍족한 곳이기도 하였다. 돈이 많고 군인들이 있고 여유가 있으면 자연히 뒤따라오는 것은 도덕적으로 해이해 질 수밖에 없는 것이다. 그러나 그렇다고 해서 막달라 마리아가 그 마을에서 매춘부 생활을 하였다고 볼 수도 없다.

막달라 마리아에게 어쩌다가 일곱 귀신이 들어가게 되었는지는 알 수 없지만, 한두 개의 귀신도 아니고 일곱 귀신이 들렸다는 것은 매우 심각한 정신병이었다. 나중에 예수님으로부터 고침을 받은 뒤에 자신의 재산으로 예수님을 섬긴 것으로 보아 어느 정도 풍족했을 것이라는 생각도 든다.

경제적으로 풍족하였던 여인이 일곱 귀신이 붙게 된 사연은 과연 무엇이었을까? 그리고 그런 정신병자를 지켜보던 주변 사람들의 시선은 과연 어땠을까? 물론 본인의 고통은 더할 나위가 없었을 것이다. 그런 고통 속에 있던 마리아를 예수님은 한 번에 고쳐주셨고 마리아는 예수님의 은혜를 잊을 수가 없었다.

그래서 막달라 마리아는 고침을 받은 이후 예수님이 갈릴리에서 떠나 에루살렘으로 갈 때 함께 따라갔고, 예수님이 십자가에 매달려 돌아가실 때도 예수님의 어머니인 마리아와 함께 그 장면을 멀리서 지켜봤다. 뿐만 아니라 막달라 마리아는 다른 여인들과 함께 새벽 미명 안식 후 첫날에 향유를 들고 무덤을 찾아갔다가 예수님은 이미 부활하셨다는 천사들의 이야기를 듣고 제자들에게 달려가 이 사실을 알리는 중요한 역할을 한 인물이기도 하다.

막달라 마리아의 고향, 그 당시 갈릴리 지역의 중요한 상업 지역이자 군사 지역이었던 막달라 마을을 방문해 보는 것도 꽤나 의미 있는 일일 것이다.

기노사르 키부츠 Ginnosar Kibbutz

막달라 마을에서 다시 호수 길로 나와 북쪽으로 약 1km 정도 가다 보면 오른쪽에 기노사르 키부츠라는 입구 표지판을 만나게 되는데 이곳에는 특별한 것이 전시되어 있다.

1986년 갈릴리 지역은 2년째 이어지는 가뭄으로 인해 호수물이 줄고 호숫가의 갯벌은 갈라지기 시작하였다. 이때 호수 근처에 있는 기노사르 키부츠에서 살고 있던 유발과 모세라는 형제는 바닥을 드러낸 호숫가의 갯벌에서 동전이라도 주울 생각에 나무 막대기를 들고 밖을 나섰다. 한참이나 갯벌을 이리저리 뒤지다가 이상하게 생긴 나무토막을 갯벌 사이에서 발견하게 된다.

그들은 그것이 나무배의 한쪽 모서리라는 것은 금방 알 수 있었다. 이곳에 배가 왜 가라앉은 것이었을까? 눈으로 보기에 최근에 가라앉은 배 같아 보이지 않아, 혹시 수천 년 전에 가라앉은 것은 아닐까 하는 생각으로 곧바로 이스라엘 문화재 관리국에 이 같은 사실을 알렸다.

문화재 전문가들이 현장에 도착하였고 갯벌에 3분의 1쯤 나와 있는 나무배를 이리저리 살펴보았다. 배 밑창과 몸체를 쇠못으로 연결한 것으로 보아 철기시대 이전의 배는 아니었다. 나무와 나무를 연결하는 부분을 살펴보니 이것은 분명 2천 년 전 로마 제국이 지중해를 누비던 시절에 배를 만들던 방법과 일치하였다.

그렇다면 이 배는 2천 년 전, 예수님 당시에 누군가가 이 갈릴리 호수를 타고 다니다가 가라앉은 배가 아닐까? 흥분을 감추지 못한 문화재 전문가들이 갯벌을 파헤치자, 나무배는 원래 모습을 그대로 드러냈다. 길이 8.2m 높이 2.3m의 제법 큰 배였고, 소재도 고급스런 참나무로 만들어진 배였다. 배의 이곳저곳에 수리된 흔적이 보였는데 수리된 곳은 참나무가 아닌 다른 나무로 덧댄 것으로 보아 그 당시에도 참나무는 귀한 나무라는 것을 알 수 있었다. 또 2천 년 전에 가라앉은 배라고 하기에는 너무나 놀라울 정도로 그 모습이 완벽하였으며 지금이라도 배를 물위에 띄우면 사람이 올라탈 수 있을 것만 같았다.

2천 년 전 갈릴리 호수에 떠다니던 배의 모습을 윤곽조차 잡을 수 없었던 전문가들은 모습을 드러낸 나무배의 모습을 보고 감격하지 않을 수 없었다. 그곳에서는 기원전 1세기에서 1세기 후의 것으로 보이는 등잔과 유리그릇도 함께 발견되었다. 그래서 더욱 이 배가 2천 년 전의 것이라는 것을 확신할 수 있었던 것이다.

나중에 전문가들에 의해 탄소측정법을 이용해 조사한 결과로는 정확히 기원전 70년 전부터 기원 후 70년 사이에 만들어진 배라는 것이 밝혀졌다. 그렇다면 이 배는 분명 예수님이 갈릴리에서 사역하실 때 호수 어딘가에서 열심히 고기를 잡고 있었을지도 모르고 또 어쩌면 예수님께서 직접 이 배에 올라타셨을 지도 모르는 일이다.

그런데 갯벌을 파헤쳐서 그 실체를 드러낸 이 배를 안전한 곳으로 옮길 방법이 문제였다. 자칫하다가는 파손될 수도 있기 때문이다. 그래서 미라를 보존하는 방법을 이 배에 적용하여 배의 나뭇조각 사이에 묻어있던 갯벌을 모두 떼어낸 뒤에 배가 안전할 수 있도록 합성유리섬유로 감싸고 폴리우레탄으로 배를 감쌌다. 그런 다음 배가 발견된 자리에서부터 깊게 물길을 파서 호수 물까지 둥둥 띄워 이동한 다음 이곳에서 가장 가까운 기노사르 키부츠로 옮긴 것이다. 이 작업 기간은 꼬박 열하루나 걸렸다.

현재 이 배는 기노사르 키부츠에 전시되고 있는데 누구든지 이곳을 방문해서 구경할 수 있다.

팔복교회 Church of The Mount of Beatitudes

기노사르 키부츠에서 나와 다시 호수 길을 따라 북쪽으로 올라가다 보면 높은 언덕길을 올라가야 한다. 그렇게 갈릴리 호수의 북쪽 지역에 이르면 갈림길이 나오는데 오른쪽으로 가면 타브가(Tabgha)가, 그리고 왼쪽으로 가면 팔복교회가 나온다.

팔복교회는 이 갈림길에서 한눈에 보일 정도로 왼쪽의 높은 언덕 끝에 자리 잡고 있다. 팔복교회는 마태복음 5장에 수많은 사람들을 앉혀놓고 여덟 가지 복에 대해서 설교하신 현장에 세워진 교회로 5세기경에 처음 세워졌지만 지금의 교회는 1936년에서 1938년 사이에 새로 건축된 건물이다.

특이한 것은 이 건물의 모양이 예수님께서 설교하신 여덟 가지 복을 상징화해서 팔각형의 모양으로 되어 있다. 교회 안으로 들어가게 되면 중심부에 있는 둥근 천정에 금색의 모자이크가 되어 있는 것을 볼 수 있고, 8개의 방향으로 나 있는 창문에는 라틴어로 여덟 개의 복에 대한 성경구절이 적혀 있다.

그리고 이 창문을 통해서 밖을 내다보면 저 멀리 보이는 갈릴리 호수의 아름다운 전경과 또 예수님께서 설교하실 때 수많은 군중들이 앉아서 설교를 듣던 그 언덕이 한 눈에 들어온다.

교회 건물 밖으로 나와 갈릴리 호수가 내려다보이는 쪽으로 가면 작은 정원이 있는데, 이 정원에는 수많은 나무들이 숲을 이루고 있고 특히 등나무가 하늘을 가린 작은 벤치에는 여러 사람들이 모여서 갈릴리 호수를 내려다보며 예배를 드릴 수 있는 공간이 나온다.

팔복교회

이곳에 앉아 산들산들 불어오는 바람을 맞으며 예수님의 모습을 상상하고 묵상하는 것은 이스라엘 성지순례 중에서 백미 중에 백미라고 할 수 있다. 예수님은 이곳 어디선가 지금처럼 불어오는 산들바람에 머리카락을 흩날리며 설교를 하셨을 것이다. 그리고 그 설교를 듣기 위해 여러 곳에서 몰려든 수많은 군중들은 예수님의 말씀 한마디 한마디를 놓치지 않기 위해 귀를 쫑긋 세웠을 것이다.

그런 장면들을 상상하면서 이곳 정원의 벤치에 앉아 있으면 자신도 모르게 입에서 찬송이 흘러나오고 누가 시키지 않아도 조용히 앉아 눈을 감고 예수님을 묵상하게 된다.

그런데 한 가지 의문이 든다. 예수님께서 이곳에서 설교를 하실 때 어린이와 여자를 뺀 숫자로 5천 명이 모여서 예수님의 설교를 들었다고 한다. 그렇다면 어린이와 여자들을 포함하면 적어도 만 명 이상이나 되는 어마어마한 숫자의 군중인데, 과연 마이크나 앰프도 없이 어떻게 단지 육성으로만 만 명 이상이나 되는 사람들에게 설교를 전달할 수 있었을까? 그것은 예수님께서 이곳의 지형지물을 과학적으로 잘 이용한 사실을 발견하게 된다.

갈릴리의 설교

예수님은 갈릴리 지역에서 여러 차례에 걸쳐 많은 사람들에게 말씀을 하셨다. 예수님께서 설교하신 방식은 크게 세 가지로 나뉜다.

첫 번째는 집을 방문해서 집안의 마당에 앉아 설교를 하신 방식이다. 이때는 집안의 마당에서 설교를 한다는 공간적인 제약 때문에 한정된 사람만이 설교를 들을 수가 있어서 예수님의 설교를 듣기 위해서 많은 사람들이 몰려들어 지붕위에까지 올라가서 들을 정도였다.

두 번째는 주로 오전 시간에 소규모의 사람들을 모아놓고 즉석에서 설교하시는 형식이었다. 예수님이 숲속에 앉아 있거나 호숫가에 계실 때 예수님으로부터 뭔가 이야기를 듣고 싶어 사람들이 몰려들면 예수님은 설교를 하셨다.

세 번째는 '몇 월 며칟날 몇 시부터 설교를 할 테니 듣고자 하는 사람들은 누구든지 모여서 예수님의 설교를 들으시오' 라고 미리 광고를 한 후 행하는 대규모 설교집회였다. 이런 설교는 오후에 특히 해질 무렵에 주로 이루어졌다. 이때는 마태복음 14장 13절에 기록된 것과 같이 어린이와 여자를 뺀 숫자만 5천 명이나 넘었다. 그러나 어느 나라의 군중들을 보더라도 항상 사람들이 모일 때는 어린이와 여자들이 남자 어른들보다도 더 많은 법이다. 어린이와 여자까지 그 숫자를 포함한다면 최소한 만 명이 넘는 엄청난 인원이었을 것이다.

예수님 당시 갈릴리 북부 지역 작은 도시의 하나인 가버나움의 거주 인구가 약 천 명이었다고 하니 그 당시 만 명이라고 하면 정말 갈릴리 지역 전체와 인근 지역까지도 들썩일 수밖에 없는 일종의 대 사건이었다.

그런데도 예수님은 그렇게 많은 사람들에게 물고기 두 마리와 보리떡 다섯 개로 점심식사를 할 수 있게 하였다. 그리고도 열두 광주리가 남았다고 한다. 이것은 분명 상식으로나 현대과학으로도 전혀 설명할 수 없는 말 그대로의 기적이었다. 아니 예수님만이 보일 수 있는 이적이었다.

요즘도 약 백여 명의 사람들이 모여 있는 실내 공간에서 앰프나 마이크 없이 설교를 한다는 것은 정말 힘 드는 일이다. 겨우 6,70명 모여 있는 학원의 강의실 안에서도 강사들은 목에 마이크를 걸고 스피커를 통해서 강의를 할 수밖에 없다. 만약 5백여 명의 성도들이 모여 있는 예배당 안에서 마이크를 이용해서 설교를 하다가 갑자기 마이크가 꺼진다면 목사님의 목소리가 제대로 들릴까?

그러나 예수님 당시에는 마이크도 앰프도 스피커도 없었다. 더군다나 예수님께서 대규모 군중집회를 하신 곳은 실내가 아니라 갈릴리 북부 지역의 야외였다. 이곳에서 예수님은 단지 육성만으로 설교를 하셨다. 그리고 만 명이 넘는 군중들은 예수님의 말씀을 토씨하나 빠뜨리지 않고 전부 들을 수 있었으며 예수님의 말씀 중에 묻어 나오는 인간을 사랑하는 하나님의 애틋한 사랑의 표현, 그럼에도 불구하고 아직도 죄를 짓고 있는 인간에 대한 안타까움의 감정이 절절이 묻어 있었을 것이다.

"심령이 가난한 자는 복이 있나니 천국이 저희 것임이라…"

이렇게 말씀하시는 예수님의 긴 호흡과 그 목소리에 담겨 있는 애절함과 따뜻함을 만 명 이상의 사람들이 고스란히 전달 받을 수 있었고 감동과 은혜를 온몸으로 받아들일 수 있었다. 이게 가능한 일일까? 이것도 예수님이 보이신 또 하나의 기적일까?

그러나 이것은 기적이 아니었다. 이것은 이곳의 지형지물을 잘 이용한

갈릴리 언덕

또 하나의 과학이었다. 그리고 그 과학적인 방법은 예수님께서 대규모 설교집회를 하신 그 현장에 직접 가서 봐야 이해할 수 있다.

과학적인 예수님의 설교

갈릴리 호수는 하늘에서 내려다 봤을 때 하프모양이고, 예수님께서 대규모 설교집회를 하셨던 그 장소는 갈릴리 호숫가의 북쪽 지역이다. 갈릴리 북쪽 지역에서도 예수님께서 설교하신 그 장소는 약간 움푹 들어가 있는 곳이다. 한마디로 말해서 갈릴리 호수를 표주박의 모양이라고 했을 때 손잡이 부분이라고 생각하면 된다.

이곳은 상암동 월드컵경기장의 관중석처럼 호숫가 주변이 언덕으로 되어 있어서 최대 약 2만 명 정도 앉을 수 있는 공간이 된다. 사람들은 예수님의 설교를 듣기 위해 이곳으로 몰려들었고 예수님의 열두 제자들은 설교하시는 예수님을 조금이라도 더 가까이서 볼 수 있도록 사람들을 줄지어 앉혔다.

그리고 이곳은 경사진 곳이라 조금이라도 질서가 무너지게 되면 만 명 이상 되는 대규모의 군중들이 앞쪽으로 쏠려서 압사 사고도 일어날 수 있는 곳이다. 그래서 더욱 더 제자들은 긴 장대를 손에 들고 돌아다니면서 사람들을 줄지어 앉혔을 것이고, 혹시라도 자리에서 일어나거나 떠드는 사람이 있으면 조용히 시키는 역할을 하였을 것 같다.

그렇게 예수님의 설교를 들을 준비가 다 되었다고 생각될 때 예수님은 작은 배를 타고 호수로 나간다. 배를 타고 약 5m 정도 호수로 들어가면 소란스럽던 만 명 이상의 군중들이 숨죽인 듯 예수님의 입을 바라보게 된다.

'과연 무슨 말씀을 하실까?'

예수님은 해질 무렵의 붉은 노을을 배경으로 서 계시고 그 붉은 노을은 호수의 찰랑이는 물결위에 반사되어 반짝인다. 그리고 그때 호수 안쪽에서부터 호수 바깥쪽으로 바람이 불어와 예수님의 긴 머리카락과 얇은 옷자락을 살랑살랑 흩날릴 때 예수님이 입을 열고 말씀을 하신다.

예수님의 목소리는 선거에 나선 후보자들처럼 소리를 치거나 목에 힘을 주지도 않는다. 그저 온화한 표정과 부드러운 목소리로 말씀을 하시지만 놀랍게도 나지막한 예수님의 목소리가 저 멀리 맨 뒤쪽에 앉아 있는 사람들의 귀에까지 들려온다.

어떻게 이런 일이 가능할 수 있을까? 그것은 갈릴리 지방의 하늘에 떠 있는 뜨거운 태양은 낮 동안 갈릴리 호수와 육지를 모두 뜨겁게 달구어 놓는다. 그러나 바다는 원래 육지보다 천천히 달구어 지고 천천히 식는 성질을 갖고 있다. 그리고 공기는 차가운 곳에서 뜨거운 쪽으로 이동을 한다. 이것이 바람이다. 그래서 이른 아침에는 바람이 바다에서 육지 쪽으로 불지만 해질 무렵이면 육지에서 바다 쪽으로 불게 되어 있다.

더군다나 갈릴리 호수는 해수면보다 낮은 해발 마이너스 210m이다. 그리고 호수의 동쪽에 깎아지른 듯 버티고 있는 골란고원은 해발 1300m의 높은 언덕이다. 이 골란고원에서 호수 쪽으로 불어 온 바람은 급강하 되어 갈릴리 호수로 내려간다.

이렇게 많은 바람들이 갈릴리 호수로 모였다가 예수님이 설교하셨던 그 부분으로 빠져 나가게 되는데, 이곳이 일종의 갈릴리 호수로 몰려든 모든 바람들이 빠져 나가는 배기구와 같은 곳이다. 그러나 그 바람은 골란고원에서 불어온 센 바람이 아닌 한번 걸러진 부드럽고 따스한 산들바람이다.

이때 예수님이 말씀을 하시면 입에서 나온 그 말씀은 호수에서 불어오는 바람을 타고 언덕의 잔디밭에 앉아있는 만 명 이상의 군중들 귀로 흘러가는 것이다. 더군다나 그 당시는 지금처럼 소음이 심하지 않았던 때이다. 그리고 뒤쪽으로 갈수록 위로 향한 그 언덕은 자연스럽게 외부의 소음을 차단하는 일종의 방음판 역할을 하였다. 만 명이 넘는 예수님의 대규모 군중설교가 가능했던 것은 갈릴리 호수의 이런 지역적 특성을 잘 활용한 과학적인 방식이었기 때문이었다.

오병이어교회 The Church of the Multiplication

팔복교회로 올라갔던 길로 다시 내려오면 호숫가 근처에 삼거리가 나오는데, 그 삼거리에서 좌회전을 하면 오른쪽 길모퉁이에 타브가(Tabgha)라고 적힌 작은 간판을 만나게 된다. 그리고 그 길을 따라서 조금만 걸어가면 오른쪽으로 교회의 입구가 나오는데, 그 쪽으로 들어가면 순례자들을 내려놓은 대형버스가 몇 대 주차되어 있는 커다란 주차장이 나오고, 그 주차장을 지나 안으로 들어가면 현대식 건물의 교회가 눈에 들어온다. 이 교회가 오병이어교회이다.

교회 안으로 들어가면 교회의 정면에 작은 바위가 있다. 이 바위는 예수님께서 만 명 이상의 사람들을 먹이기 위해서 예수님의 제자가 한 소년으로부터 받아 온 물고기 두 마리와 보리떡 다섯 개를 축사하셨던 바위이다.

예수님은 호숫가에서 배를 타고 설교를 하시다가 식사 때가 되자 다시 육지로 올라 오셔서 제자가 구해 온 물고기 두 마리와 보리떡 다섯 개를 이 바위 위에 올려놓고는 하늘을 우러러 보시고 축사를 하신 다음 광주리에 담아 군중들에게 나눠주기 시작하셨다. 만약 이 바위를 눈으로 직접 보고 손으로 직접 만져 본다면 분명 2천 년 전 이곳에 고기와 떡을 올려놓았던 제자들의 그 손길과 축사하시던 예수님의 손길을 느낄 수 있을 것이다.

이 바위 앞에는 가로세로 약 1cm의 작은 돌로 촘촘하게 만들어진 모자이크가 자리 잡고 있다. 이 모자이크가 우리가 흔히 보았던 오병이어를 형상화한 모자이크다. 그 가운데에는 광주리에 다섯 개의 보리떡이 담겨져 있다. 이 보리떡은 둥그런 형태의 모양으로 지금도 중동 사람들이 즐겨먹는 피타라는 빵의 모양과 똑같다. 우리나라에서 겨울에 먹는 호떡과도 비슷한 모양이다.

그리고 그 빵의 양옆에는 한 마리씩 두 마리의 물고기가 세로로 세워져

1) 오병이어교회 2) 내부에 있는 모자이크

있다. 이 물고기는 지금도 갈릴리 호수에서 많이 잡히고 있는 베드로 물고기와 똑같은 모양이다. 이 베드로 물고기는 옛날에 이곳 갈릴리 호수에서 베드로가 잡았던 고기라고 알려져서 이름도 베드로 물고기라고 하는데, 지금도 식당에 가면 피터 피쉬(Peter fish)라고 해서 기름에 튀겨 팔고 있다.

이 모자이크는 십자군 시대인 비잔틴 시대의 유물인 것 같다. 그런데 많은 신학자들과 고고학자들은 예수님이 이곳 어디선가에서 오병이어의 기적을 일으켰을 것이라는 심증은 갖고 있었지만 그 위치를 정확히 밝혀내지는 못하고 있었다. 그러다가 지난 1930년대 초 독일 고고학자들이 갈릴리 호수 북서쪽을 발굴하다가 1000년 전에 아랍인들에 의해 무너진 흙더미 속에 파묻혀져 있었던 모자이크를 찾아내면서 이 기적의 현장을 발견하게 된 것이다. 그 후로 1936년에 그 모자이크 바닥과 바윗돌 위에 현대식 건물의 교회를 건축하고 성지로 인정받게 된 것이다.

오병이어교회를 걸어 나와 약 200m 정도 호숫가 길을 따라 걸어가면 오른쪽에 철문을 만나게 된다. 그리고 그 철문을 따라 안의 울창한 숲길을 걸어 들어가면 이제까지 본 교회 건물과는 다르게 검은색의 현무암으로 지어진 교회를 만날 수 있다. 이 교회는 베드로수위권교회이다.

예수님께서 예루살렘의 골고다 언덕에서 십자가에 못 박혀 돌아가신 후 제자들은 특별한 구심점을 잃고 각자 뿔뿔이 흩어지게 된다. 베드로 역시 예수님을 만나기 전에 그래왔던 것처럼 이곳 갈릴리로 내려와 고기 잡는 일을 다시 시작한다. 지난 3년 동안이나 그렇게도 믿고 따라 다녔던 예수님이 사라져 말할 수 없는 허탈감과 상실감으로 그물을 들쳐 업고 배를 타고 호수로 나가 밤새 그물을 내렸지만 새벽이 되도록 한마리도 잡지 못하였다.

안 그래도 마음이 허전한데 고기까지 잡히질 않으니 베드로의 실망은 이만저만이 아니었다. 공기가 차가운 새벽녘에 베드로는 지금 이 교회가 세워진 곳에 모닥불을 피우고 앉아 있을 때 십자가에서 돌아가셨던 예수님이 나타나셨다. 3년동안 예수님의 수제자로 따라다녔으면서도 "나는 그분이 누군지 전혀 알지 못한다"라고 세 번씩이나 부인하였던 베드로의 눈앞에 예수님이 나타나신 것이다. 예수님을 보는 순간 베드로의 눈에서는 눈물이 앞을 가렸지만 아무런 말도 하지 못하고 그저 바라보고만 있었다. 예수님은 모닥불에 고기를 굽고 딱딱한 떡을 부드럽게 녹인 후 베드로와 함께 식사를 하시고 아무런 말을 하지 못하는 베드로에게 이렇게 물으신다.

"요한의 아들 시몬아, 네가 나를 사랑하느냐?"

그러자 베드로가 겨우 입을 열었다.

"주여, 그러하옵니다. 내가 주를 사랑하는 줄 주께서 아시나이다."

예수님은 이 자리에서 세 번씩이나 연거푸 베드로에게 물으신다.

"시몬아, 네가 나를 사랑하느냐? 시몬아, 나를 사랑하느냐?"

"주여, 그렇습니다. 주여, 그렇습니다."

결국 베드로는 그 자리에 허물어지듯 주저앉으며 통곡의 눈물을 흘리기 시작한다. 예수님은 무릎을 꿇고 앉아 베드로의 눈에 흐르는 눈물을 닦아 주며 말씀하신다.

"가서 내 어린양을 먹이라."

예수님께서 베드로에게 어부로서의 삶이 아닌 진정한 하나님의 사람으로, 그리고 예수님의 진정한 제자로 살아가라는 당부의 말씀이었다. 그 후 베드로는 욥바를 거쳐 로마로 건너가 로마인들에게 기독교 복음을 전하게 되며 그곳에서 십자가에 거꾸로 매달려 순교하게 된다.

베드로에게 이런 말씀을 하셨던 그곳이 베드로수위권교회이며, 이 교회 안으로 들어가면 중앙 앞부분에 예수님과 베드로가 함께 식사하였던 바위가 있다. 이 바위를 일명 예수님의 식탁이라고도 한다. 그리고 교회의 앞마당에 검은 돌로 만들어진 조각 작품을 볼 수 있는데 이것은 베드로와 예수님을 형상화한 것이다.

이곳에서는 바로 갈릴리 호숫가로 걸어들어 갈 수 있다. 교회의 뒷마당에는

1,2) 베드로수위권교회

작은 자갈들이 백사장처럼 깔려져 있고 찰랑이는 갈릴리 호숫가에 발을 담그거나 그 앞에 앉아 잠시 묵상을 하면 베드로를 찾아왔던 예수님을 직접 만날 수 있을 것 같다. 이 교회 건물은 1934년에 세워졌다.

예수님의 사역지 가버나움^{Capernaum}

가버나움

베드로수위권교회에서 나와 약 3km 정도 가면 갈릴리 북쪽 해변의 가버나움을 만나게 된다. 가버나움이란 가페르(caper)와 나움(naum)이라는 두 개의 단어가 합성된 것으로 가페르는 동네라는 뜻이다. 그래서 가버나움이란 나움의 동네라는 뜻이 되는데, 나움이란 선지자의 이름을 뜻하는 것인지는 정확하지 않다.

예수님은 갈릴리 지역에서도 특히 가버나움을 주 활동 무대로 삼으셨다. 그 당시 가버나움은 인구가 천 명 정도밖에 안 되는 작은 도시였고, 막달라나 티베리아 같은 대도시처럼 경제활동도 그다지 활발하지 않은 곳이었다. 예수님은 이곳에서 많은 병자를 고치셨다. 이곳에서 안식일에 귀신 들린 사람을 고쳐주었고, 바로 옆에 있는 베드로의 집에 가서 중한 병에 걸려있는 장모를 고쳐주셨다.

마가복음 2장 1~12절에 나오는 중풍병자를 고쳐주신 곳도 이곳 가버나움이며, 안식일에 회당에 들어가서서 오른손이 마른 사람의 손을 고쳐주셨고, 백부장의 중풍병 걸린 하인의 병을 말씀으로 고쳐주신 곳이기도 하다.

이곳은 오병이어교회나 팔복교회, 그리고 베드로수위권교회와는 다르게 약 2세겔의 입장료를 내고 안으로 들어가면 예수님 당시의 유대인들이 어떻게 살았는지를 한눈에 볼 수 있는 유적지들이 널려 있다.

우선 눈에 띄는 것은 약 3세기에서 4세기경에 세워진 유대 교회당이다. 이 건물의 기초는 예수님 당시의 것이지만, 그 위의 석회석으로 되어 있는 부분은 나중에 증축된 것이다. 원래 갈릴리 지역에는 검은색의 현무암이 많다. 그래서 티베리아에 남아있는 십자군 시대의 건축물도 검은색의 현무암으로 지어졌고 또 베드로수위권교회 역시 검은색 현무암으로 지어졌다. 그런데 이곳 가버나움의 회당은 유독 검은색 현무암이 아닌 하얀색 석회암으로 지어졌다. 아마도 조각하기 힘들고 예쁜 선이 나오질 않는 검은색 현무암보다는 섬세하게 조각을 하면서 예쁘게 장식할 수 있는 석회암을 일부러 구해다가 만든 것이 아닐까 생각이 든다.

그래서 그런지 이 건물은 가까이에서 보면 마치 이탈리아 로마에서 볼 수 있는 대리석 조각처럼 섬세한 조각으로 장식되어 있다. 이 건물은 길이는 24.35m 폭 17.25m로 큰 건물은 아니지만 2층 구조로 되어 있으며, 입구는 예루살렘으로 향해 있고, 가버나움의 중심부에 자리를 잡고 있어서 이 건물의 권위와 역할이 얼마나 컸었는지를 가늠해 볼 수 있다.

현재 이 회당은 지붕이 없다. 아오니스크 형식의 돌기둥 4개가 그나마 버티고 서 있고 한쪽 벽만이 남아있을 뿐이다. 그러나 이것만으로도 그 당시 회당의 규모와 이곳에서 이루어졌을 치열한 토론, 그리고 말씀을 읽어 내려가는 종교 지도자와 그 말씀을 듣기 위해 몰려들었을 유대인들의 모습을 상상해 내기에는 충분하다.

그리고 이 건물의 주변에는 회당에서 떨어져 나온듯한 여러 가지 유적들이 전시되어 있는데, 그중에는 일곱 개의 촛불을 밝힐 수 있는 메노라와 바퀴 달린 수레위에 실려져 있는 모세의 법궤, 그리고 다윗의 방패를 상징하는 별 등의 모양이 조각되어 있다.

뿐만 아니라 그 당시 이곳 가버나움 지역에서 사용했을 기름틀과 맷돌을 볼 수 있어서 주부들의 생활상을 잠시 엿볼 수 있기도 하다.

베드로의 집 St. Peter's House

가버나움의 회당 맞은편에는 좀 특이한 모양의 현대식 건물을 볼 수 있다. 이 건물은 두껍고 굵은 콘크리트 기둥으로 떠 받쳐 있는 건물인데, 이 건물의 아랫부분에는 유적지가 있고 그 윗부분의 건물은 팔각형의 모양으로 박물관으로 사용하고 있다. 마치 아래층은 주차장으로 사용하고 그 위층은 사무실이나 음식점으로 사용하는 현대식 건축구조와 비슷한 모양이다.

아래쪽 유적지는 과연 무엇일까? 이곳은 가까이 가서 보면 조금 복잡한 구조로 되어 있는데, 현재 콘크리트 기둥으로 세워져 있는 건물까지 친다면 모두 4 종류의 건물 구조를 갖고 있고 맨 아랫부분은 예수님 당시의 베드로의 집이었다.

이런 모습에서 그 당시 가버나움의 가옥구조를 대충 알 수 있고, 또한 베드로가 어부였다는 것을 감안하면 평범한 가정집의 구조가 이런 구조였다는 것을 알 수 있는 곳이다.

예수님은 아마도 이 집에 찾아오셨을 것이고 이곳 어느 방엔가 분명히 들어가셔서 앉으셨을 것이다. 그리고 그 후 4세기경, 건물의 흔적위에 기독교인들은 가정교회를 새로 만들었다. 그래서 베드로의 집보다는 조금 큰 규모로 집을 짓게 되었다. 이 건물은 베드로의 집보다는 조금 더 두껍게 벽을 쌓아올렸기 때문에 베드로의 원래 집과는 구분될 수가 있다.

그리고 여기에서 사람들이 사용했을 것으로 보이는 수많은 십자가들이 발견되었고, 벽에는 헬라어와 라틴어 아람어 시리아어로 기록된 예수님과 관련된 낙서들이 발견되었다. 그 낙서들 중에는 예수님을 구주나 그리스도라고 표현한 것들도 있어서 여러 사람들이 모여 이곳에서 예수님을 기억하고 예배했을 것이라고 추정하고 있다.

5세기경에는 이 건물의 터 위에 또 다른 건물을 짓게 된다. 그 건물은 기존의 사각형의 건물 모양에서 벗어나서 특이하게도 팔각형으로 되어 있다. 아마 5세기경의 기독교인들도 예수님께서 산상보훈으로 알려주셨던 여덟 가지 복을 기억하며 상징화된 건물을 지은 것이 아닐까 생각이 되는데, 이 건물은 베드로의 가정집 바로 위에 세워졌던 가정식 예배당이 아닌 본격적인 교회 건물로 자리를 잡게 된 것이다.

이런 세 가지 종류의 유적지가 혼재 되어 있는 곳, 그래서 이곳에서는 유적지 바로 옆에 있는 안내판이나 안내책자를 보면서 자세히 봐야만 베드로의 집, 4세기경의 가정식 예배당, 그리고 5세기경의 팔각형 모양의 본격적인 예배당을 구분해서 관찰할 수가 있다.

가버나움을 나와 다시 호숫가 도로를 따라 동쪽으로 이동하다 보면 작은 나무다리를 만나게 된다. 이 다리 밑으로 흐르는 물이 이스라엘 북쪽 지역인 헬몬산 자락의 단과 바니아스(바니아스는 가이사랴 빌립보를 가리킴)와 세네라에서 시작된 물이 하나의 냇물을 이루고 그 물이 흘러서 갈릴리 호수로 들어오는 것이다. 그래서 현재 요단강이라는 말도 히브리어로 요레드단, 즉 단에서부터 흐른다는 말에서 유래되어 요단강이라고 이름이 된 것이다.

단에서 흘러 내려온 물은 물살이 거세다. 다리 밑으로 흐르는 물 또한 급류타기하기 딱 좋을 정도이다. 나는 이 다리를 건너자마자 왼쪽으로 들어가는 길을 따라 한참이나 가서 직접 물속으로 들어가 이 강을 건넌 적이 있었다. 강의 양쪽에 연결된 작은 로프를 붙잡고 강물을 건넜지만 어찌나 물살이 거센지 하마터면 로프를 놓칠 뻔 하였다.

그 길로 곧장 따라서 약 60km 정도 가면 텔단이라는 곳과 가이사랴 빌립보를 만날 수 있다.

다리를 건너서 한참이나 달리다 보면 호수 건너편에 티베리아가 보일 정도의 정반대 방향이 되는데 그곳 왼쪽에 정말 말 그대로 깎아지른 듯한 골란고원이 병풍처럼 서 있는 것을 볼 수 있고, 더 달리다 보면 왼쪽으로 골란고원으로 올라가는 길이 나온다.

그리고 그 길의 입구에는 작은 유적지가 보이고 그 유적지를 알리는 간판이 나온다. 이곳은 예수님께서 귀신 들린 사람 속에 있던 군대라는 귀신을 명하여 돼지 떼들에게 들어가게 해서 갈릴리 호수에 빠져 죽게 했던 거라사

거라사

라는 마을이다.

유대인들은 돼지고기를 먹지 않는다. 그것은 모세의 율법에 따라 발굽이 갈라진 동물의 고기는 먹지 않는다. 그래서 이스라엘에서 공부하고 있는 우리나라의 유학생들이나 목사님들이 가장 먹고 싶어 하는 것이 삼겹살이나 돼지갈비라고 한다. 그런데 왜 이곳에 돼지가 있었던 것일까?

그것을 이해하려면 조금 전 설명했던 요단강의 다리로 다시 돌아가야 할 것 같다. 예수님 당시에는 이 강을 기준으로 해서 가버나움 쪽에는 세례 요한의 목을 잘랐던 헤롯 안티파스의 관리지역이었고, 강 건너편은 헤롯 안티파스의 이복형제인 빌립이 다스렸다. 그래서 이 강을 건너기 위해서는 세관을 거쳐야 했고 예수님의 제자였던 마태 역시 이곳에서 세금을 받는 세관원 일을 했었을 것이다.

강 하나를 두고도 세금을 내야 할 정도로 분명히 다른 지역이었다. 그런데 이곳 거라사는 헬라 사람들이 사는 데가볼리, 다시 말해서 열 개의 디아스포라 지역 중에 하나였다. 그러니까 이곳은 유대인들이 살았던 것이 아니라 헬라 사람들이 살았던 곳으로 그 당시 헬라 사람들은 돼지를 집에서 키우고 있었던 것 같다.

예수님은 가버나움에서 강을 건너 헬라 사람들이 사는 거라사까지 가셨고 그곳에서 귀신 들린 사람을 고쳐주시는 기적을 베풀었다. 현재 이곳에 가면 5세기경에 세워진 비잔틴 시대의 교회 유적만이 덩그러니 남아있을 뿐이다.

골란고원Golan High

거라사 옆에 있는 급경사의 길을 따라 올라가면 갑자기 귀가 멍해지는 것을 느끼게 되고, 마침내 정상 부분에 올라왔다고 느껴지는 순간 두 눈을 의심할 만큼의 장면이 펼쳐져 깜짝 놀라지 않을 수 없게 된다.

'아니 이렇게 높은 곳에 끝없는 평원이 펼쳐지다니…'

이곳이 바로 골란고원이다. 골란이라는 말은 가울론이라는 성읍에서 이름이 유래되었다고 한다. 지금은 이곳이 이스라엘의 땅이지만 1967년 6월 이전만 해도 시리아의 땅이었다. 시리아는 이곳 갈릴리 호수의 바로 옆에 있는 해발 1,000m 높이의 골란고원에서 아래쪽에 있는 이스라엘을 손바닥 들여다보듯 훤히 들여다보고 있을 수 있었고, 유사시에 그 높은 곳에서 대포를 쏘아대면 이스라엘은 꼼짝없이 당할 수밖에 없었다. 하지만 이스라엘은 1967년 6월 5일 새벽, 흔히 제3차 중동전쟁이라 불리는 6일 전쟁을 감행하여 북쪽에서 호시탐탐 침략의 기회를 노리고 있는 시리아를 향해서 총구를 돌리게 된다. 그러나 시리아의 최전방인 골란고원은 이집트의 시나이반도나 예루살렘의 좁은 골목길과는 근본적으로 다르다. 등에 아무것도 짊어지지 않고 맨손으로 기어올라도 오르기가 쉽지 않은 깎아지른 듯한 난공불락이었기 때문이다. 하지만 이스라엘 탱크는 무모하게 그 절벽을 향해 돌진을 하였다.

　먼저 이스라엘 전투기들이 시리아의 벙커를 공격하면 시리아의 반격이 잠시 뜸해진 틈을 이용해 이스라엘의 탱크가 절벽을 향해 포탄을 쏘아댔다. 그렇게 해서 작은 경사로가 생기면 이스라엘 군인들은 탱크의 캐터필러 밑에 자갈을 깔고 조금씩 조금씩 고원을 향해 탱크와 장갑차들이 올라갔다.

　그러는 동안에도 고원 위에서는 시리아 군인들의 총알이 이스라엘 군인들을 향해 소낙비처럼 내리 꽂았다. 총에 맞아 피를 흘리며 쓰러지는 이스라엘 군인들을 옆으로 밀치고 또 다른 군인들이 그 자리에서 또 다시 캐터필러 밑에 자갈을 깔고… 이것은 공격이 아니라 총알이 난무하는 전쟁터에서 벌어지는 일종의 토목공사와 다름이 없었다.

　천혜의 요새, 절대로 점령할 수 없을 것만 같았던 난공불락의 골란고원은 단 하루 만에 무너지고 말았다. 절벽 아래서 해가 솟아오르듯 솟구쳐 오르는 이스라엘 탱크의 포신에 기겁을 한 시리아 군인들은 모두 도망가기에 바빴다.

　현대사에서 두 번 다시 찾아보기 힘들 것 같았던 이 전투는 결국 이스라엘의 승리로 돌아갔고 골란고원은 이스라엘의 수중에 들어왔다. 그래서 현재 이곳 골란고원에는 1967년 6일 전쟁 때 피난가지 못했던 시리아 사람들이 살고 있는데, 그들은 그때 당시 헤어진 가족과 40년이 되도록 만나지 못하는 이산의 아픔을 겪는 또 하나의 비극으로 남아있다.

　그 후로 이스라엘 사람들은 이곳에 정착촌과 키부츠를 만들어 비옥한 땅을 이용하여 많은 농산물을 수확해 내고 있는 중요한 경제적 군사적 지역이 되어 있다.

　현재 이곳 골란고원에 올라가면 전망 좋은 곳에서 갈릴리 호수를 한눈

△골란고원 가는 길　　　　　　　△골란고원에서 내려다 본 갈릴리 호수

에 내려다 볼 수 있도록 만들어놓은 휴게소를 찾을 수 있고, 이곳에서 바라
보는 해질 무렵의 갈릴리 호수는 아마도 평생 잊지 못할 감동으로 남을 것이
다.

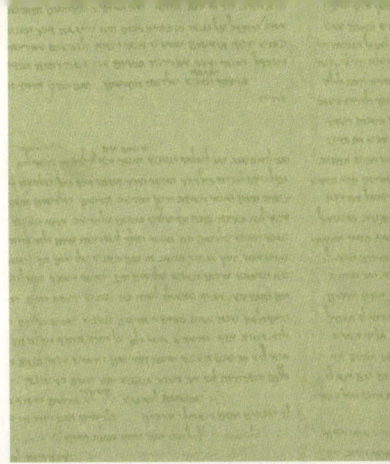

예수님의 어린 시절

나.사.렛.

렛은 예수님이 이스라엘 역사에서 태어나기 전까지는 작은 시골동네에 불과했다. 이곳에는 예수님의 어머니였던 마
의 생가, 그리고 아버지 요셉의 생가가 아직도 보존되고 있으며 특히 이 마을의 유일한 샘물이었던 마리아의 샘물이
도 물이 흐르고 있다.

예수님의 어린 시절
나사렛 Nazaret

가난했던 동네

갈릴리의 중심 도시 티베리아에서 벗어나 약 30km 정도를 달리다 보면 계속해서 언덕위로 올라가게 된다. 갈릴리가 해수면 보다 마이너스 210m 아래쪽에 위치해 있다는 것을 생각해 보면 갈릴리에서 출발한 자동차는 약 600m 정도 가파른 길을 올라가는 셈이다.

자동차가 어느 정도 높은 언덕위로 올라갔을 때 눈앞에 펼쳐지는 커다란 아랍마을이 나타나는데, 이 마을이 예수님의 부모였던 요셉과 마리아가 살던 곳이며 또 베들레헴에서 태어나신 예수님이 이집트로 잠시 피난을 갔다 돌아와서 성인이 될 때까지 아버지의 일을 도와 성장하던 마을 나사렛이다.

나사렛이라는 도시의 이름은 구약성경에 단 한마디도 언급되지 않는

다. 그만큼 나사렛은 이스라엘 역사에서 예수님이 태어나기 전까지는 전혀 알려져 있지 않은 작은 시골동네에 불과하였고 예수님이 태어날 당시만 해도 나사렛 마을에는 약 150여 명의 사람들만이 옹기종기 모여 살고 있을 정도였다. 더군다나 나사렛에서 메시야가 나오겠냐고 반문할 정도로 다른 사람들 눈에도 보잘 것 없는 작은 마을이었다.

　그러나 예수님의 탄생 이후로 예수님을 소개할 때 나사렛 사람 예수라고 표현할 만큼 유명한 동네가 되었고, 지금도 히브리어로 그리스도인을 가리킬 때 나쯔리라는 말을 사용한다.

나사렛이라는 지명은 구약성경에서 소개하는 나실인, 다시 말해서 나지리트(nazirite)에서 유래되었다는 말도 있고 또 히브리어의 나자레에서 유래되었다는 말도 있다. 히브리어로 나자레는 '가지'라는 뜻인데, 이 말은 이사야서 11장 1절의 "이새의 줄기에서 한 싹이 나며 그 뿌리에서 한 가지가 나서 결실할 것이요"라는 말씀에 따라 예수님이 그 나뭇가지의 줄기라는 의미로 지어진 이름이 아닌가 하는 해석도 있다.

이곳에 가면 예수님의 어머니였던 마리아와 아버지 요셉의 생가가 보존되고 있으며 특히 이 마을의 유일한 샘물이었던 마리아의 샘물이 아직도 물이 흘러 나와 예수님의 어머니였던 마리아도 이 샘물에 와서 물을 길었을 것이라는 추측을 쉽게 할 수 있다.

뿐만 아니라 예수님이 회당에 찾아가 랍비들과 함께 구약성경을 읽고 하나님의 말씀에 대해서 토론하였던 회당도 보존되고 있다. 그래서 이곳 나사렛은 전 세계 크리스천들이 이스라엘 성지를 방문할 때 찾아오는 중요한 성지가 되었으며, 지금도 이곳에 순례자의 발길이 단 하루도 끊이지 않는 중요한 도시로 자리매김을 하고 있다.

현재 나사렛은 약 5만 명의 아랍인들이 살고 있는데 그중에 절반은 기독교인이라는 사실이 아주 흥미롭다.

가브리엘교회와 마리아의 우물 St. Gabriel's Church & Mary's Well

티베리아에서 출발한 자동차가 나사렛 마을로 들어가면 넓은 중앙도로가 나오는데 이 도로를 따라서 나사렛 시내로 들어가면 오른쪽에 샘물이 하나 있다. 이 샘물은 대리석으로 되어 있는 벽면에 물이 나오는 구멍이 있어 지금도 그곳에서 물이 흘러나오고 있다. 이 샘물이 나사렛의 중요한 식수원인 마리아의 샘물이다.

이 샘물을 마리아의 샘물이라고 부르는 이유는 오래전부터 나사렛 사람들이 사용하였던 샘물인 만큼 예수님의 어머니였던 마리아 역시 이 샘물을 긷기 위해 찾아왔을 거라고 생각해서 마리아의 샘물이라고 한다.

하지만 지금 설명한 이 샘물은 엄격한 의미로 마리아가 물을 긷던 샘물은 아니다. 사실 마리아가 진짜로 물을 길었을 샘물은 그 마리아의 샘물에서 약 100m 떨어져 있는 가브리엘교회 안에 있기 때문이다. 이 교회의 안쪽 깊숙한 곳에 가면 오래전에 사용하였을 것 같은 깊은 우물이 있는데, 이 우물이 마리아가 물을 길었던 그 우물이라고 한다. 그러나 그 대리석으로 만든 우물의 물 역시 이곳 샘물에서 끌어간 것으로 같은 물이라고 해도 틀린 말은 아닐 것이다.

그런데 왜 이 교회를 마리아의샘물교회라고 하지를 않고 가브리엘교회라고 이름을 붙인 것일까? 마리아는 이곳 가브리엘교회의 안쪽에 있는 우물에서 가브리엘 천사를 만나, "은혜를 받은 자여 평안할 지어다"(눅 1:28)라는 말을 듣게 된다. 그 말에 놀란 마리아는 물을 긷던 양동이를 두고 집으로 뛰어 들어오게 되지만 가브리엘 천사가 다시 나타나서 "보라 네가 수태하여 아들을 낳으리니 그 이름을 예수라 하라"(눅 1:31)는 말을 재차 듣게 된다. 이렇게 마리아가 이 교회 안에 있는 우물에서 가브리엘 천사를 처음 만나게 되어 가브리엘교회라고 불리어진 것 같다.

비잔틴 시대 때 이 우물 위에 교회를 세웠고, 십자군 시대에 다시 재건축되어 지금까지 보존되고 있으며 지금도 이곳에 가면 우물 밑으로 시원한

1) 마리아의샘물교회 2) 마리아의 샘물

물이 흐르고 있어 순례자들은 준비되어 있는 작은 그릇으로 그 물을 마시기도 한다.

만약 이 교회를 방문하게 되면 이 물을 한번쯤 떠먹어 보라고 권하고 싶다. 그 옛날 마리아가 이 물을 길어서 어린 예수님을 위해 음식을 준비했을 것이고 또 아버지의 목공일을 돕다가 더워서 땀이 흘러 갈증이 나면 예수님도 분명히 이 물을 마셨을 것이기 때문이다. 나사렛에는 이곳 말고는 식수가 나오는 샘물이 없기 때문에 얼마든지 가능한 일이다.

예수님이 떠 마셨을 물을 2천 년이 지난 지금 우리도 같이 마실 수 있다는 것은 또 다른 감동을 준다.

수태고지교회 Basilica of The Annunciation

나사렛 마을에 들어서면 가장 큰 깔때기 모양의 회색지붕을 볼 수 있다. 이곳은 마리아에게 가브리엘 천사가 나타나 예수님을 잉태하였다는 소식을 전해주었다는 마리아의 집, 수태고지교회이다.

로마의 황제 콘스탄틴 대제의 어머니였던 헬레나 황후는 로마가 기독교를 국교로 공인한 이후 이곳을 찾아와 마리아의 생가에도 기념교회를 세웠다. 하지만 사연 많은 이스라엘 땅에서 그 기념교회도 오래 가지는 못하였다. 여러 번의 붕괴와 재건축을 거치게 되면서 지금의 교회는 이탈리아의 유명한 건축가 조반니 무치오(Giovanni Muzio)가 설계해서 1955년에 짓기 시작해 1969년에 완성된 건물로 이스라엘 성지에 있는 교회 중에 가장 큰 교회이다.

일단 이 건물은 나사렛 어느 곳에서 봐도 금방 눈에 띌 정도로 큰 규모인데다가 겉모양 또한 회색의 벽돌로 사용되어 나사렛 도시의 다른 아랍 건물과는 확연히 차이가 있다.

이 교회 입구에는 유명한 성지답게 크고 작은 기념품가게가 많이 있는데, 우선 육중한 청동문을 열고 안으로 들어가면 교회의 크기와 안에서 풍겨 나오는 분위기에 압도된다. 먼저 1층으로 들어가면 중앙의 커다란 동굴이 아랫부분에 자리 잡고 있는 곳을 볼 수 있는데 이곳이 마리아의 집이다. 갈릴리에서 봤던 베드로의 집과 또 예루살렘에서 보았던 가정집의 모습과는 다르게 마리아의 집이 동굴이라는 사실이 좀 의아스럽다.

그 이유는 이곳은 그 당시에도 사람들이 얼마 살지 않을 만큼 가난한 동네였기 때문이다. 그래서 이곳의 가정집은 벽돌을 쌓아올린 집이 아니라 동굴을 파서 그 안에 침실과 주방 등 살림살이를 갖춰놓고 살았다. 그리고 그 동굴 위가 집의 지붕이 되고, 이곳에서 요셉과 마리아는 간단한 천막을 쳐서 곡식을 말리거나 목공작업을 하였을 것이다.

어쨌든 이 동굴이 바로 마리아가 살던 집이었고 이 동굴과 바깥세상으로 연결된 작은 창문으로 천사 가브리엘이 들어왔다. 그 당시의 상황은 누가복음 1장 26~38절에 자세하게 기록되어 있다.

"여섯째 달에 천사 가브리엘이 하나님의 보내심을 받들어 갈릴리 나사렛이란 동네에 가서 다윗의 자손 요셉이라는 사람과 정혼한 처녀에게 이르

니 그 처녀의 이름은 마리아라 그에게 들어가 가
로되 '은혜를 받은 자여 평안할 지어다 주께서
너와 함께 하시도다' 하니 처녀가 그 말을 듣고
놀라 이런 인사가 어찌함인고 생각하매 천사가
일러 가로되 마리아여 무서워 말라 네가 하나님
께 은혜를 얻었느니라 보라 네가 수태하여 아들
을 낳으리니 그 이름을 예수라 하라 저가 큰 자가
되고 지극히 높으신 이의 아들이라 일컬을 것이
요 주 하나님께서 그 조상 다윗의 위를 저에게 주
시리니 영원히 야곱의 집에 왕노릇 하실 것이며
그 나라가 무궁하리라."

1) 수태고지교회
2) 교회 내부에서 바라본 백합꽃 모양의 천정

이 동굴을 발굴할 당시 바닥에서 모자이크
로 된 작은 글씨가 발견되었다. '주후 427년에 예
루살렘교회의 책임자인 코논이 기증한다.'
이런 흔적으로 보아 이 교회는 헬레나 황후
가 지었던 교회가 무너졌다가 다시 A.D. 427년에
세워졌던 것 같다.
이곳에 가면 수많은 가톨릭 신자들이 많이
찾아와 동굴을 향해 무릎 꿇고 기도하는 모습을 볼 수 있는데, 천정을 올려
다보면 한 송이의 백합꽃이 동굴을 감싸고 있는 듯한 모습으로 건축되어 있
는 것을 볼 수 있다. 백합꽃은 마리아를 상징한다고 한다. 그 백합꽃 모양의
천정이 너무나 크고 아름다워 이 세상에 있는 건축물 중에 가장 아름다운 천

정이 아닐까 하는 생각이 들었다.

2층으로 올라가면 그곳에는 큰 예배당이 자리 잡고 있다. 정면에는 거대한 벽화가 그려져 있고 양쪽 벽에는 아름다운 색상의 스테인드글라스로 장식되어 있다. 2층 교회에서 북쪽 문으로 나가면 작은 다리가 하나 있는데 이 다리의 아래쪽에는 초대교회 시절에 사용되었던 집터와 기름틀, 곡식창고 등의 유적들을 볼 수 있다.

그리고 이 교회 건물 밖에는 아기 예수를 가슴에 안고 있는 마리아의 모습을 세계 각 나라의 전통의상을 입은 모습으로 모자이크로 만들어 전시해 놓고 있다. 아프리카에서 보내온 모자이크 그림은 흑인의 마리아와 흑인의 아기 예수를 볼 수 있고, 중국에서 보내 온 모자이크는 중국 전통의상을 입은 마리아와 어린 예수를 볼 수 있다.

물론 우리나라의 가톨릭에서 제작하여 보낸 모자이크 그림도 전시되어 있는데 한복을 곱게 차려 입은 마리아와 색동저고리를 입은 아기 예수의 모습이 그려져 있다. 그 모습은 세련되었다기보다는 좀 어색한 모습이다. 모자이크 그림을 그 정도로밖에 그릴 수 없었나 하는 아쉬움이 든다.

3〉 수태고지교회 모자이크 4〉 교회 내부

요셉교회 St. Joseph's Church

수태고지교회 바로 옆에는 요셉교회가 있다. 이 교회는 예수님의 아버지인 요셉의 집터에 세워진 교회라고 한다. 이것으로 볼 때 예수님의 어머니였던 마리아와 요셉은 서로 앞뒷집 사이였다는 것을 알 수 있다. 역시 요셉의 집도 동굴로 되어 있다.

그리고 그 동굴의 윗부분은 목수였던 요셉의 작업장이었다고 하는데, 그 당시 요셉은 동네 사람들이 가정에서 사용하는 여러 가지 크고 작은 가구들과 생활 집기를 만들었을 것이다.

요셉은 바로 옆집에 살고 있는 아름다운 처녀 마리아와 사랑을 하게 되었고 약혼을 했으며 곧이어 결혼식을 올릴 예정이었다. 그런데 마리아가 임신을 했다는 이야기를 듣고 처음에는 많은 갈등을 하였다고 한다. 과연 이 여인과 결혼을 해야 하는 것일까? 전설에 의하면 당시 요셉은 이미 두 아들을 둔 홀아비였다고 한다. 결국 두 사람은 성령의 중재하심에 마리아가 메시야의 어머니가 될 것이라는 사실을 깨닫고 결혼식을 올리게 되었던 것이다.

여기서 잠깐 유대인들의 결혼식 과정을 소개하면 결혼을 앞둔 신랑은 그 전 안식일에 모세오경에 해당하는 토라를 낭독해야 한다. 낭독을 마친 신랑에게 사람들은 건포도를 머리에 뿌려준다. 또 결혼을 하는 당사자인 신랑과 신부는 결혼식 때까지 경건한 마음으로 금식을 해야 한다. 그렇게 금식을 하고 결혼식을 함으로써 그 전에 지은 모든 죄는 잊혀지는 것으로 알기 때문이다.

결혼식은 실내에서 하던지 실외에서 하던지 후파(huppa)라고 하는 천막 밑에서 진행되는데, 후파는 네 개의 기둥으로 세워진 천막이다. 이것은 뜨거운 중동지방의 태양빛을 가리는 역할을 한다. 그리고 이 후파는 세상의 다른 공간과는 구별된 특별하고 신성한 장소라는 의미가 있기도 하다.

두 사람이 후파 밑에 서면 결혼식을 집례하는 사람이 케투바(ketubba)라고 하는 결혼증서를 읽고 이 결혼증서에서 얘기하는 서로간의 약속을 죽을 때까지 지켜 줄 것인가를 신랑신부에게 묻는다.

이 질문에 대답한 신랑신부는 케투바에 각자의 이름을 적어 서명을 하고 결혼식 집례자는 유리컵을 땅에 떨어뜨려 깨뜨리는 의식을 거행한다. 이것은 한번 깨진 컵은 다시 원상복구 될 수 없는 것처럼 두 사람이 하나의 가정을 이루게 되면 그 어떤 일이 있어도 갈라설 수 없다는 것을 의미한다.

이렇게 결혼식이 끝나면 하객들은 일주일 동안 밤낮으로 노래와 춤, 그리고 음식을 먹으며 결혼식 피로연을 갖게 되는데 조금은 긴 시간동안 이어지는 결혼식 피로연이긴 하지만, 이런 결혼식을 통해서 가정을 이루게 된다.

바로 이곳 요셉의 교회에서도 2천 년 전 마리아와 요셉은 그렇게 결혼을 하였고 일주일 동안 이곳에서는 노래와 춤이 끊이지 않았을 것이다. 그리고 그 후에 태어난 예수님은 아버지 요셉을 도와 목수 일을 배웠을 것이다. 이곳 요셉교회는 1914년에 세워졌다.

엘리야의 한판승부
갈.멜.산.

산은 이집트의 역사서에도 등장할 정도로 유명하다. 이집트의 투트모세 3세, 람세스 2세와 3세 기록에 의하면 거룩
거리의 산이라고 표현하기도 했다. 그러나 이 아름다운 갈멜산맥은 B.C. 860년경 아합왕 시대에 엘리야와 바알 종파
선지자들과 한판 대결을 벌이는 역사적인 현장이 된다.

엘리야의 한판승부
갈멜산 Carmel Mt.

아름답고 풍요로운 산

나사렛을 출발하여 75번 국도를 타고 서쪽 지중해 해안 쪽으로 약 30분 정도 달리다 보면 왼쪽으로는 넓고 푸른 평야가 펼쳐진다. 이 평야가 이즈르엘(Yizre'el) 평야이다. 그리고 이즈르엘 평야 건너편에는 이스라엘의 여러 지역에서는 보기 힘들었던 울창한 숲을 가진 산들이 계속해서 이어지는 것을 볼 수 있다. 이것은 산이 아니라 일종의 산맥이라고 볼 수 있는데, 이 산맥이 갈멜산이다.

갈멜산은 엘리야 선지자가 바알 선지자들과 대결해서 승리한 산이다. 그런데 이 산은 우리가 생각하는 봉우리의 산이 아니라 이스라엘의 서쪽 끝 부분과 만나는 지중해 쪽에서부터 남동쪽으로 약 25km나 길게 이어지는 산맥이다.

'갈멜' 이라는 이름의 뜻은 포도원이라는 뜻의 케렘(Karem), 그리고 하나님을 일컫는 엘(El)이라는 단어가 합성되어 카르멜이 되어 하나님의 포도원이라는 거룩한 이름이 붙은 산이 된 것이다. 그래서 앞서 소개하였던 예수님의 어머니 마리아가 세례 요한의 어머니 엘리사벳을 만나러 찾아갔던 동네 엔케렘 역시 포도원의 샘이라는 뜻이었다.

하나님의 포도원이라는 뜻의 갈멜산은 이름처럼 푸른 숲이 우거지고 땅속의 샘물이 많아 이곳에서 나오는 올리브와 포도가 이스라엘에서는 유명한 특산품으로 알려져 있다. 이곳은 가까운 지중해에서 불어오는 따뜻하고 습기가 많은 바람으로 인해 이스라엘의 다른 지역과는 다르게 나무가 무성하게 자랄 수 있는 지역적 특성을 갖고 있다.

그래서 구약성경 이사야 35장 2절에서는 아름다운 갈멜이라고 표현하였고, 아가 7장 5절에서는 신부의 머리가 갈멜산의 초록색 잎으로 비교될 정도로 아름다운 것을 표현할 때 비교 대상이 되기도 하였다. 그리고 예레미야 50장 19절에는 "이스라엘을 다시 그 목장으로 돌아오게 하리니 그가 갈멜과 바산에서 먹을 것이라며 풍요로운 산" 이라고 표현하였을 만큼 갈멜산은 푸르고 과실이 많이 나는 산이다.

갈멜산에서 바라본 이즈르엘 평야

게다가 갈멜산맥의 동쪽은 신약성경에서 에스드렐론 평야라고 했던 이즈르엘 평야가 자리 잡고 있는데, 현재 이스라엘의 지도에는 구약성경에서 표현하였던 것처럼 이즈르엘 벨리(Yizre' el Valley)라고 표기되어 있다. 그리고 남쪽에는 샤론 평야가 자리 잡고 있다.

갈멜산은 멀리 이집트의 역사서에도 등장할 정도로 유명세를 갖고 있다. 이집트의 투트모세 3세, 그리고 람세스 2세와 3세 기록에 의하면 거룩한 머리의 산이라고 표현했는데, 이것은 이 산을 종교적 의미가 있는 중요한 산이라고 인식을 하고 있었던 것 같다. 그런가 하면 로마의 베스파시안(Vespasian) 장군 역시 유대 땅을 정복할 때 이곳 갈멜산을 먼저 찾아와 제우스신에게 제사를 드렸을 정도였다.

그러나 이 아름다운 갈멜산맥은 B.C. 860년경 아합왕 시대에 들어서서 엘리야 선지자와 아합 왕의 부인인 이세벨의 종교인 바알 종파의 선지자들과 한판 대결을 벌이는 역사적인 현장으로 구약성경의 중요한 페이지를 장식하게 된다.

대결의 현장, 무흐라카 muhraka

갈멜산맥이 시작되는 하이파에서 자동차로 약 10분 정도 달리다 보면 무흐라카라는 곳을 만나게 된다. 무흐라카는 아합왕 당시 엘리야가 단신으로 바알 종교의 선지자들과 함께 대결하고 약속대로 그들의 목을 내리친 역사의 현장이다.

B.C. 869년 사마리아의 왕이 된 아합은 22년간 왕으로 권좌에 앉았다.

그런데 시돈의 왕 엣바알의 딸 이세벨과 결혼하면서부터 일이 꼬이기 시작하였다.

이세벨이라는 이름의 뜻은 순결 또는 동정이지만 이세벨은 자신의 이름과는 거리가 멀었다. 이세벨은 자기 나라에서 섬기던 바알을 사마리아 땅으로 가져와서 계속 섬기기 시작하였는데 아합왕 역시 아내 이세벨을 따라서 하나님을 버리고 바알을 섬기기 시작하였다. 이세벨이 가져온 바알 종교는 얼마 안 있어 사마리아의 많은 백성들까지도 섬기게 되어 그 당시 바알의 선지자가 850명이나 되었을 정도였다.

예수님 당시의 제사장의 숫자가 약 480여 명이었다고 하니 구약시대의 사마리아 땅에 이렇게 많은 바알 종교의 선지자가 늘어났다는 것은 엄청난 규모로 뿌리내리고 있었다는 것을 의미한다.

게다가 선왕 여로보암의 폭정에 못지않은 난폭하고 교활한 정치로 백성들을 비탄에 빠지게 하였다. 이것을 강력하게 지적하고 반대하며 나섰던 인물이 바로 엘리야 선지자였다.

그래서인지 아합 왕은 엘리야를 무척이나 싫어하였다. 오죽하면 열왕기상 18장 17절에서 아합 왕은 엘리야를 보는 순간 "이스라엘을 괴롭히는 자"라고 표현하였을 정도였다. 아합 왕을 만난 엘리야는 드디어 하나님의 말씀을 전하게 된다. "앞으로 이 땅엔 수년 동안 비가 내리지 않을 것"이라는 일종의 선전포고였다.

엘리야의 예언대로 그 땅에는 3년 6개월 동안 비가 내리지 않았다. 땅은 메말라서 갈라지고 산의 나무들은 서서히 죽어가기 시작하였다. 백성들은 먹을 물이 없어 여기저기서 물을 차지하기 위한 싸움이 이어졌고, 집에서 키우던 가축들은 목이 타서 죽어갔다. 이대로 계속 되다가는 국가의 존립조

무흐라카의 엘리야 동상

차 위기에 처할 정도였다. 그러자 바알 종교의 선지자들은 일종의 기우제와 같은 것을 지냈지만 여전히 비는 내리지 않았다. 그때 엘리야가 아합왕 앞에 나아가 "과연 당신이 섬기고 있는 바알과 엘리야가 섬기고 있는 하나님 중에 어떤 신이 참 신이며, 누가 이 땅에 다시 비를 내리게 할 것인지를 확인해 보자"라고 제안을 하였다. 그 역사적인 대결을 벌였던 현장이 이 무흐라카이다.

엘리야는 역사적인 대결을 벌이기에 앞서 아합 왕에게 몇 가지 단서를 단다. "만약 바알의 선지자들이 기우제를 지낸 후 비가 온다면 나의 목을 쳐도 좋다. 하지만 그래도 비가 내리지 않고 내가 기우제를 지낸 후 비가 내린다면 너희 모든 바알과 아세라 선지자들의 목을 치겠다."

이곳 무흐라카 산꼭대기에서 마침내 바알 선지자 450명과 아세라 선지자 400명 모두 850명의 선지자들이 모여서 드디어 제사를 드리기 시작한다. 이제부터 850대 1의 전쟁이 시작된 것이다.

그러나 바알과 아세라 선지자들이 아무리 기우제를 지내도 구름 한 점 없는 하늘에서는 도무지 비가 내릴 기미가 보이지 않았지만 엘리야가 하나님께 제사를 드리고 나자 하늘에서는 3년 반 동안 한 방울도 내리지 않던 비가 쏟아지기 시작한 것이다.

약속했던 대로 엘리야는 850명의 바알과 아세라 선지자들의 목을 내리치기 시작하였다. 비가 쏟아지는 갈멜산의 무흐라카는 피비린내 나는 현장이 되어버렸다. 그동안 하나님을 버리고 이방 종교의 신을 섬기며 백성들에게까지 바알과 아세라를 섬기게 하였던 그 악행에 대한 분노가 그렇게 표현된 것이다.

현재도 이곳 무흐라카에 가면 1868년에 세워진 카르멜수도원이 있는데, 수도원의 앞마당에는 하얀색으로 된 엘리야의 동상이 서 있다. 한쪽 발로 바알 선지자 목을 밟고 서 있으며, 한손에는 칼을 높이 들고 금방이라도 내리칠 것 같은 표정으로 서 있는 엘리야의 모습을 보면 그 당시 이방 종교에 대한 분노를 읽을 수 있다.

그리고 수도원의 건물 옥상으로 올라가면 사방으로 산 아래쪽을 내려다 볼 수 있는데, 저 멀리 보이는 지중해와 이즈르엘 평야, 그리고 사마리아 산까지 확인할 수 있도록 표지판이 되어 있다.

하이파 Haifa

그렇게 850대 1의 대결전을 벌인 이후 엘리야는 이세벨의 복수를 피해 도망의 길을 떠나야 했다. 자신이 믿는 종교의 선지자들을 한자리에서 모두 죽인 엘리야가 이세벨의 눈에 곱게 보일 리가 없었던 것이다.

이세벨이 자신을 죽이려고 준비하고 있다는 소식을 들은 엘리야는 그곳 무흐라카에서 떠나 갈멜산맥을 따라 도망가다가 갈멜산의 맨 서쪽에 있는 작은 동굴에 몸을 피신하게 된다. 그곳이 하이파에 있는 엘리야의 동굴이다. 이곳에서 엘리야는 잠시 몸을 숨긴 다음 이스라엘의 남쪽 지방에 있는 브엘세바까지 내려갔다가 이집트의 시내산까지 피난의 길을 떠났다.

△하이파 시내 △하이파의 케이블카

  그러면 하이파는 어디에 있는 곳일까? 하이파는 이스라엘 지도에서 찾아보기가 쉽다. 이스라엘의 국토는 왼쪽에 지중해안을 끼고 있는데, 마치 북쪽에서부터 남쪽으로 미끈하게 내려오는 거의 사선과 같은 형태로 되어 있다. 그런데 그 미끈한 사선의 윗부분에 보면 마치 갈고리처럼 삐죽 튀어 나온 곳이 있다. 우리나라의 동해안 밑 부분에 있는 장기곶과도 같은 모양인데 이곳이 하이파이다.

  하이파라는 도시는 이스라엘에서 텔아비브와 예루살렘에 이어서 세 번째로 큰 도시로 지금은 지중해를 통해 해외로 드나드는 많은 배들이 정박해 있으며 공업 단지와 하이테크 연구단지가 밀집해 있는 곳이다. 그래서 하이파에 가면 이스라엘에서는 좀처럼 볼 수 없는 기찻길과 역도 있다. 이스라엘에 유일하게 놓여 있는 기찻길이 하이파에서 텔아비브로 연결되어 있다. 그리고 이곳에는 아주 짧은 구간이지만 6개의 역을 지나는 지하철도 있다. 이스라엘의 다른 도시와는 확연히 다른 분위기다.

  또한 이곳에는 이스라엘 3대 도시답게 각국의 국기가 내걸린 고층 건물이 즐비하며, 다른 도시와는 다르게 안식일에도 차가 다니는 등 비교적 자유로운 분위기가 물씬 풍기는 곳이다. 그래서 가끔 팔레스타인 테러리스트들의 자폭테러 현장이 되기도 한다.

하이파 시내에서 뒤쪽으로 지중해를 두고 바라보면 푸른 산이 보이는데, 이 산이 저 멀리 이스라엘의 내륙지방에서부터 이어져 온 갈멜산맥의 끝자락이며, 이곳의 정상 부분에 있는 작은 동굴이 무흐라카에서 도망 온 엘리야가 잠시 숨어 있었던 곳이다.

이 산의 정상 부분에 있는 엘리야의 동굴로 가기 위해 자동차로 올라갈 수도 있지만 하이파 시내에서 갈멜산 정상까지 15분마다 운행하는 케이블카를 이용해서 올라갈 수도 있다. 갈멜산 정상에는 커다란 수도원 건물이 있는데, 이 수도원은 12세기에 세워진 갈멜수도원으로 어린아이들을 위한 세례식이 많이 베풀어지고 있다.

그리고 이 수도원을 나오면 엘리야의 동굴로 가는 표지판이 세워져 있다. 이 표지판을 따라서 산등성이 밑으로 조금만 내려가면 엘리야가 숨었다는 동굴이 있다.

그러나 현재 하이파는 바하이(Bahai)라는 종교의 본산지가 되어 있다. 바하이교는 1844년 페르시아에서 발생한 신흥종교인데 이곳 하이파에 중앙본부가 자리 잡고 있다. 그 옛날 엘리야가 바알 선지자들을 처단하고 몸을 피하였던 이곳 하이파가 수많은 세월이 지난 지금 또 다시 다른 종교의 본산지가 되어 있다는 것은 안타까운 일이 아닐 수 없다.

△갈멜산 수도원   △엘리야의 동굴입구

하이파의 메시아닉 쥬 Messianic Jews

　몇 년 전 하이파에 갔을 때 한 비밀 모임에 참여한 적이 있었다. 그 모임은 어느 이스라엘 사람의 가정집에서 이루어졌는데, 내가 도착했을 때는 벌써 10여 명의 사람들이 모여 있었고 낯선 이방인의 등장에 잔뜩 긴장하는 모습이 보였다. 또한 방안의 소리가 새어 나갈까봐 모든 문을 꼭꼭 닫아 놓고 있었다.

　그들은 나의 등장에 하던 행동들을 멈췄고 나의 행동, 눈동자의 움직임까지도 감시하는 듯 하였다. 잠시 후 나에 대해서 소개할 시간이 주어졌고 그들에게 나의 신분을 이야기하자, 그제서야 겨우 긴장의 끈을 늦추었다. 카메라로 촬영할 수도 없고 밖에 나가서 이곳의 존재에 대해서 이야기 하지 않겠다는 다짐을 하고 나서야, 그들은 조용히 노래를 하기 시작했다. 그 노래는 기독교에서 예배시간에 부르는 찬송가였다. "내주를 가까이 하려 함은…" 그들의 찬송소리는 아주 작았지만 그들의 목소리에서 작은 떨림을 감지할 수 있었다.

　그들은 이스라엘 안에 있는 소수의 사람들인 메시아닉 쥬(Messianic Jew)라고 번역되는 예후딤 메시히임이었다. 메시아닉 쥬란 이스라엘 안에 있는 크리스천들을 말하는 것인데, 예수 그리스도를 그들의 메시야, 즉 구원자로 믿는 유대인들을 말한다.

　메시아닉 쥬는 현재 이스라엘에 약 5천 명 정도가 있다고 한다. 이 숫자도 정확히 통계를 낼 수 없는 추정치일 뿐이라고 한다. 그럴 수밖에 없는 것이 그들은 이스라엘 안에서 떳떳하고 당당하게 자신이 크리스천이라고 말할 수 없는 입장이다. 한마디로 숨어서 신앙생활을 하고 있으며, 그것이 이스라엘 사회에 알려질까 봐 전전긍긍하고 있다.

도대체 그들은 왜 숨어서 예배를 드려야 할까? 만약 그들이 크리스천이라고 알려지게 되면 이스라엘 안에서 여러 가지 불이익을 당하기 때문이다.

이스라엘은 민족적인 국가이면서 종교적인 국가이다. 그리고 이스라엘의 종교는 당연히 유대교이다. 유대 종교로 그들의 민족은 수많은 세월동안 수많은 박해를 이겨내며 오늘날 잃어버린 국가를 다시 재건하였고 또 지금도 유대교의 종교적 신념을 바탕으로 국가 안보를 유지해 오고 있다. 그런데 유대인으로서 유대교가 아닌 기독교를 믿는다는 것은 절대로 용납될 수도 없고 인정될 수도 없는 일이다.

이러한 정서는 곧바로 법률로도 제정되었다. 유대인들에게 개종을 유도하거나 개종시키기 위해 돈이나 이에 상응하는 물건을 제공하는 자는 누구든지 5년 이하의 징역에 처하고 개종을 약속하는 자는 3년의 징역형에 처한다는 법률이 있기 때문에 그들은 어쩔 수 없이 몰래 예배를 드릴 수밖에 없다.

그렇다면 그들은 왜 이렇게 기독교에 몸서리를 치는 것일까? 예수는 유대인이었다. 그리고 예수를 따르는 제자도 유대인이고 수많은 초대교인들도 유대인들이었다. 뿐만 아니라 예수가 부활 승천한 사건 이후로 외국으로 도망가서 숨어 지낸 사람들도 유대인들이었다. 그렇다면 유대인과 기독교는 떼려야 뗄 수 없는 관계인데 왜 이렇게 된 것일까?

그것은 지난 수천 년 동안 유대인들이 국가를 잃어버리고 디아스포라를 경험하면서 인류의 구원자 메시야를 십자가에 사형시킨 장본인들이라는 사실 때문에 서방 기독교인들에게 박해를 받아 왔다. 뿐만 아니라 유대인들이 독일 나치로부터 엄청난 핍박을 받을 때도 서방의 기독교는 그들에게 아무런 도움의 손길도 보내주지 않았을 뿐만 아니라 침묵과 방관으로 일관해 왔다.

어찌 보면 유대인들에게 예수는 자신들을 구원해 주지도 않았으니 당연히 메시야도 아니고 단지 혐오스러운 인물로밖에 비칠 뿐이다. 따라서 유대인들에게 예수를 믿는 크리스천 역시 반가운 존재는 아니다.

현재 이스라엘의 메시아닉 쥬는 숨어서 예수를 믿어야 하는 2천 년 전의 카타콤베를 다시 재연하고 있고 그들의 찬송소리는 아직도 크게 불려지지 못하고 있다.

메시아닉 쥬

빌라도의 근무지
가.이.사.랴.

가이사랴는 사도행전에 집중적으로 소개되고 있으며, 사도 바울과 떼려야 뗄 수 없는 도시이다. 그것은 사도 바울이 가
이사랴에 오랜 기간 동안 머물면서 신학적 이론을 정리한 곳이었기 때문이다. 이곳에 가면 사도 바울이 지중해를 바라보
며 세계선교를 향해서 꿈꾸던 그 비전을 느낄 수 있다.

빌라도의 근무지
가이사랴 *Caesarea*

로마처럼 만든 도시

　　하이파의 시외버스터미널에서 하이파의 남쪽 도시인 하데라(Hadera)로 가는 버스를 탄 다음 하데라의 버스터미널에서 다시 76번 버스를 타고 해안 쪽으로 약 20분 정도를 달리다 보면 쉬도트 얌(sdot yam)이라는 곳에 도착하게 된다. 이곳은 이스라엘의 유대인들이 집단으로 공장을 운영하는 일종의 키부츠인데 이곳에 내리면 왼쪽으로 높다란 굴뚝이 서 있는 키부츠 공장이 보이고 정면에는 국립공원 입구가 보인다. 이 국립공원이 가이사랴이다.

　　가이사랴는 원래 페니키아 사람들이 만든 도시였지만 예수님이 태어나기 전만해도 폐허나 다름없던 곳이었다. 그러다가 주전 22년부터 헤롯 왕은 이곳에 새로운 도시를 만들게 된다. 그 당시에는 이곳에 유대인이 아닌

사람들이 많이 살고 있었는데, 헤롯이 유대인뿐만 아니라 비유대인들에게
도 많은 관심과 애정을 갖고 있다는 것을 과시하기 위해 이곳을 선택하였고
또 팔레스타인 땅과 로마로 연결할 수 있는 항구도시를 만들기 위해 이곳 가
이사랴에 새로운 도시를 만든 것이다.

　　헤롯은 자신이 팔레스타인의 분봉 왕으로 있을 때 참으로 많은 도시를
건설하고 건축하였는데, 유대인들을 위해 예루살렘의 성전을 건설하였고
이곳 가이사랴에도 비유대인들을 위해서도 도시를 건설하였던 것이다.

　　그런데 헤롯이 만든 가이사랴는 거의 로마와 흡사한 모습으로 도시를
건설한 것이 특징이다. 이곳에 로마식 원형경기장을 만들었고 로마식 건축
물을 세운 후 로마의 황제 카이사르 아우구스트의 이름을 따서 이 도시의 이
름을 가이사랴라고 명명하고 카이사르 황제에게 바쳤다. 그래서 이곳은 나
중에 로마에서 파견된 총독이 거주하는 정치적인 중심지가 되었다.

　　예수님을 십자가에 매다는 사형선고를 내린 빌라도 총독 역시 A.D. 26
년부터 10년간 이곳에서 살았는데, 평소에는 이곳에 있다가 유대인의 4대
절기 때에만 예루살렘으로 올라갔다. 그래서 빌라도가 예수님을 처음 만나
사형선고를 내리게 될 때에도 유대인의 유월절 절기였기 때문에 예루살렘
으로 올라갔다가 가야바 제사장에 의해서 끌려온 예수님을 처음 만나게 된
것이다.

　　가이사랴도 구약성경에는 그다지 많이 등장하지 않는다. 그러나 신약
성경의 사도행전에는 집중적으로 소개된다. 그것은 사도 바울이 가이사랴
에 오랜 기간 동안 머물면서 신학적 이론을 정리한 곳이기 때문이다.

　　사도 바울은 예수 믿는 사람들을 핍박하기 위해 다메섹으로 가다가 예
수님을 만나게 된 후 자신의 죄를 깨닫고 그때부터 그리스도인이 된다. 이

가이사랴

사실을 알게 된 유대인들이 바울을 잡기 위해 혈안이 되자, 일단 이곳 가이사랴로 몸을 피한 다음 고향인 다소로 향하게 된다.

　이제 완벽한 그리스도인이 된 바울은 다시 다소에서 출발하여 안디옥과 이고니온 등으로 1차 선교여행을 하게 되고, 곧이어 빌립보, 데살로니가, 베뢰아, 고린도 등을 거치는 2차 선교여행 끝에 다시 가이사랴로 돌아오게 된다. 그 이후 에베소와 빌립보 등을 거치는 3차 선교여행 끝에도 가이사랴의 윗부분에 해당하는 성경에서 마둘레네(Mitylene)라고 표현되는 현재의 악고(Akko)를 거쳐 이곳 가이사랴에 도착한다.

　그러나 바울은 세 번째 선교여행 이후 가이사랴에 도착했을 때 심각한 고난을 당하게 된다. 유대인이 아닌 이방인들에게는 구원이 있을 수 없다고 주장하는 베드로와 야고보와 심한 신학적 충돌을 겪게 되고, 이 충돌은 소동으로 번져 2년간 감옥신세를 지게 된다.

　이렇듯 가이사랴는 사도 바울과 떼려야 뗄·수 없는 도시이며, 지금도 이곳 가이사랴에 가면 그리스도인이 된 사도 바울이 저 멀리 지중해를 바라보며 세계선교를 향해서 꿈꾸던 그 계획과 그곳에서 예수님을 묵상하며 신학적 이론을 정립하던 그 야심찬 얼굴을 만나볼 수 있다.

원형극장 Roman Amphitheatre

가이사랴 국립공원 입구에서 입장료를 내고 안으로 들어가면 정면에는 거대한 건축물을 만나게 된다. 이것은 헤롯이 만든 로마식 원형극장이다. 로마의 수많은 건축물 중에 빠질 수 없는 것이 바로 원형극장이다. 로마는 백성들을 한자리에 모아 군중을 선동하고 그들에게 권력자의 위엄을 드러내기 위해 원형극장을 많이 만들었다.

그런데 이곳에 있는 원형극장은 현재 로마에 있는 콜로세움과 같은 완벽한 원형이 아닌 반원형으로 되어 있다. 마치 부채꼴 모양으로 되어 있는 이 반원형극장은 일반 관객들이 바다를 향해 앉을 수 있게 되어 있고 바다 쪽에는 무대가 설치되어 있다.

현재도 약 5천 명이 앉을 수 있을 정도로 거의 완벽에 가깝게 보존되고 있는 이 반원형극장은 음향시설도 뛰어나다. 그래서 무대 쪽에서 누군가 음향 시스템 없이도 이야기를 하면 객석의 맨 끝까지 정확하게 전달될 수 있을 만큼 음향의 원리를 잘 파악하여 만든 건축물이라고 할 수 있다.

또한 어떤 자리에 앉아 있어도, 아무리 많은 사람들이 앉아 있어도 무대 위의 주인공을 볼 수 있다. 그리고 객석은 로마의 콜로세움과는 달리 좌석의 차별이 없어서 극장 안에 들어오면 누구나 다 똑같은 신분으로 공연을 볼 수 있다. 맨 앞쪽의 자리는 특별하게 좌석 옆에 손을 걸칠 수 있는 자리가 있긴 하다. 아마 이 자리는 그 당시 빌라도 총독이나 베스도 총독 같은 사람이 앉아 있었을지도 모른다. 만약 누구든지 가이사랴의 이 반원형극장에 찾아가게 되어 그 특별한 좌석에 앉게 된다면 그것은 빌라도 총독이나 베스도 총독이 앉았던 자리에 앉은 거나 다름없을 것이다.

원형극장

이 반원형극장을 발굴할 당시에 이곳에서 빌라도 총독의 이름이 적힌 돌판이 발견되었는데, 현재 이곳에 그 돌판이 전시되고 있지만 이것은 진품이 아니라 복사품이다. 진품은 예루살렘에 있는 박물관에 보관되어 있다. 현재도 이 반원형극장에서는 일 년에 몇 차례씩 공연이 이뤄지고 있다.

쥬빈메타나 아이작 스턴 등 유명한 연주가나 성악가들이 이 무대에 서서 공연을 하면 관객들은 객석에 앉아 빨갛게 물드는 지중해의 일몰을 바라보며 공연을 감상하는데 그야 말로 환상적이다. 2천 년이 넘는 세월을 간직한 고대 유적지에서 펼쳐지는 공연은 마치 지금이 2천 년 전인지 아니면 현재인지를 구분할 수 없게 한다.

그러나 또 한편으로는 이렇게 웅장하고 장엄한 반원형극장을 짓기 위해 얼마나 많은 세금을 거둬들이고 인력을 동원했을 지를 생각하면 맘이 편치 않다. 그렇게도 위세가 등등하던 로마 제국이 멸망하게 된 여러 가지 이유 중에 하나가 바로 이 원형극장 때문이라는 말도 있다. 로마인들은 생산과는 직접적인 관련이 전혀 없는 원형극장, 대중목욕탕 등의 거대한 건축물을 만드는데 온 정성을 쏟았기 때문이라는 것이다.

가이사랴의 젖줄, 수로^{Aqueduct}

가이사랴의 로마식 건축물은 반원형극장 말고도 여러 개가 남아있는데, 그중에 대표적인 것이 수로이다. 팔레스타인 지역에서 도시를 형성하는데는 물이 제일 중요하다. 예루살렘도 기혼샘이 있기 때문에 도시가 형성된 것이고, 나사렛도 마리아의 샘이 있었기 때문에 도시가 형성된 것이다.

그런데 가이사랴는 팔레스타인 땅에서 로마나 다른 지중해 지역과 연결하기에는 최적의 항구이긴 하지만 안타깝게도 샘이 없었다. 그래서 생각해 낸 것이 이곳에서 약 15km 떨어져 있는 갈멜산에서 물을 끌어오는 것이었다.

지금으로부터 2천 년 전 15km나 멀리 떨어져 있는 곳에서 물을 끌어오는 것이 과연 가능한 일일까? 그러나 로마는 세계에서 물을 제일 잘 관리하였던 민족으로 알려져 있다. 현재 이탈리아의 수도 로마에는 약 3백여 개의 분수가 있으며 로마에서 약 30km 떨어져 있는 티볼리공원에는 한 장소에 약 2천여 개의 분수가 밀집되어 있다. 그런데 놀랍게도 이 분수들은 수백 년 또는 수천 년 전에 만든 것임에도 불구하고 지금까지 그 물줄기가 끊이지를 않고 있다. 그리고 그 분수들은 전기나 어떤 동력을 이용해서 물을 뿜어 올리는 것이 아니라 순전히 물의 낙차를 이용해서 내 뿜는 것이기 때문에 그렇게 오랜 세월 물줄기가 멈추지 않았던 것이다.

실제로 로마의 땅 지하에는 약 80km의 길이로 물이 흐르는 도수관이 매설되어 있다고 한다. 그것 역시 이미 수천 년 전에 만들어놓은 것이다. 이 정도로 로마 사람들은 물을 끌어오고 물을 사용하는 데는 타의 추종을 불허할 만큼 실력이 대단한 사람들이었다.

헤롯이 만든 마사다 요새 역시 그 높은 산꼭대기에도 물탱크와 사우나까지 만들어 놓았을 정도였으니까. 사우나 안에 들어가면 바닥에 뜨거운 물을 흐르게 하고 그 위에 대리석 판을 깔아 뜨끈뜨끈 하게 해 주는가 하면, 그 뜨거운 수증기가 사방의 벽에 부착된 도관을 통해 벽에서까지 열기가 나왔다고 한다. 그리고 천장에 수증기가 맺혀 물이 바닥에 떨어지지 않게 천장에 홈을 파 놓아 양쪽 벽으로 흘러 내려갈 수 있게 해놓았다.

이 정도로 물에 대한 해박한 지식과 노하우가 있는 로마인들이 가이사랴에서 15km 떨어진 갈멜산에서 물을 끌어오는 일은 어쩌면 식은 죽 먹기였을지 모른다. 어쨌든 가이사랴의 해안가 쪽에는 우리나라의 고가도로처럼 약 900m 정도의 길이로 길게 아치가 세워져 있는 것을 쉽게 발견할 수 있다. 해안가 쪽에 만든 수로라서 그랬는지 그 옛날 15km의 거대한 수로는 현재 바닷물에 침식되고 파괴되어 그 정도만 남아있게 되었다고 한다.

이 아치 위로 올라가서 구경할 수 있도록 전망대가 설치되어 있는데, 이곳에 올라가 보면 아치 위에는 물이 흐를 수 있도록 커다란 홈이 파져 있다. 그리고 내륙 쪽에는 해안가 쪽의 높은 아치 위에 설치된 수로 말고 땅에서 불과 50cm 정도밖에 안 되는 높이의 낮은 수로도 있다. 이 수로는 헤롯이 가이사랴를 건설할 때 만든 수로가 아닌 비잔틴 시대 때 만들어진 것으로 알

△가이사랴(낮은 수로) △가이사랴(높은 수로)

려져 있다.

방파제

가이사랴는 위치적으로 봤을 때 팔레스타인 땅과 로마를 비롯한 지중해 연안도시를 바닷길로 연결할 수 있는 최적의 장소이다. 하지만 가이사랴는 먼 곳으로 떠나는 대형 선박을 관리하기에는 어려운 지리적 문제점이 많은 곳이다.

대형 선박이 정박을 하려면 수시로 불어오는 높은 파도를 피해서 안전하게 정박할 수 있는 만이 있어야 한다. 하지만 이스라엘의 서쪽 해안선에는 만(灣)이 있는 곳이 없다. 이스라엘의 지도에서 볼 수 있듯이 이스라엘의 서쪽 해안선은 마치 우리나라의 동해안을 보는 것처럼 밋밋하다. 그 어느 한곳에도 대형 선박을 정박할 만한 장소가 없는 것이다. 그래서 생각해 낸 것이

가이사랴, 십자군 도시

방파제이다.

방파제를 건설한다는 것은 원형극장을 세우고 15km 떨어진 곳에서 물을 끌어오는 수로를 만드는 것 못지않은 고도의 공법이 필요한 대규모 공사이다.

우선 수시로 파도가 밀려오는 곳에 계속해서 커다란 바윗돌을 가라앉혀야 한다. 웬만한 크기의 돌로는 파도에 쓸려가 버리기 때문에 어쩔 수 없이 커다랗고 무거운 바위를 어디선가 캐내야 하고, 운반해야 하며, 바다 속에 가라앉혀야 한다. 한두 개나 수백 개 갖고는 턱도 없는 작업이다. 더구나 바다의 깊이는 약 4m나 되는데 바닷물 속에 가라앉은 바위가 마침내 수면 위로 그 모습을 드러낼 때까지 계속해서 쏟아 부어야 하는 작업을 통해서 방파제를 만드는 것이다.

그런데 2천 년 전 이곳 사람들은 헤롯의 명령에 의해서 그 일을 감당하였다. 불행 중 다행스러운 것은 바다 속은 단단한 석회암이 깔려 있었기 때문에 바윗돌이 단단하게 쌓일 수 있었다는 것이다.

그 당시 이곳에 하나는 길이가 600m, 그리고 또 하나의 길이는 300m 정도로 두 개의 방파제를 만들었는데, 그렇게 만들어진 방파제는 2천 년이 지난 오늘날까지도 허물어지지 않고 그대로 모습을 유지하고 있으며, 지금도 그 방파제 위를 관광객들이 걸어 다닐 수 있다.

이 방파제 위를 걷고 있으면 2천 년 전 이 방파제에 정박해 있던 배를 이용해 에베소와 고린도, 갈라디아와 빌립보 등으로 향했을 사도 바울의 모습을 발견할 수 있을지도 모른다. 그리고 이곳을 통해 그리스도의 복음이 전 세계 곳곳에 번져 나가기 시작한 그 시발점이 되었다는 것을 생각한다면 그 느낌은 정말 새롭게 다가올 것이다.

그 후로 가이사랴는 십자군 시대 때 또 다시 중흥기를 맞이하게 된다. 이미 오래전에 헤롯에 의해서 만들어진 훌륭한 항구도시는 유럽에서 성지를 찾아오는 십자군들에게 중요한 도시로 자리 잡게 된다.

그래서 현재도 가이사랴에는 비잔틴 시대 때 만들어진 여러 가지 건축물들이 남아있는데, 성채와 그 성채를 보호하는 해자(垓字)까지 아직도 보존되어 있다. 해자는 성채를 보호하기 위해 성벽 주변으로 빙 둘러서 구덩이를 파 놓은 것인데 이곳의 해자는 특이하게도 인근의 바닷물을 끌어 들여서 채우는 형식으로 되어 있다.

이스라엘 건국의 시작,

텔.아.비.브.

비브는 그야말로 현대 도시와 같다. 특히 지중해 해안가에는 호텔과 각국의 대사관, 그리고 쇼핑센터들이 자리 잡고
서 바쁘게 움직이는 직장인들과 외국에서 찾아온 사람들로 늘 북적거리고 있다. 그리고 욥바에 있는 베드로기념교회
는 죽은 다비다를 살려내는 장면과 시몬의 집 옥상에서 보았다는 환상의 한 장면이 벽화로 그려져 있다.

이스라엘 건국의 시작,
텔아비브 _Tel Aviv_

텔아비브로, 텔아비브로…

가이사랴에서 지중해 해안도로를 따라 남쪽으로 약 한 시간 정도 달려가다 보면 이스라엘에서 두 번째로 큰 도시 텔아비브(Tel Aiv)를 만나게 된다.

텔아비브란 봄의 언덕이라는 뜻으로 지중해를 끼고 발달된 도시라 겨울에도 춥지 않고 따뜻해서 많은 관광객이 찾아오는 곳이다. 그래서 이곳에 가면 마치 미국의 맨하탄이나 우리나라의 강남처럼 고층빌딩이 줄지어 있다. 이제까지 투박하고 야트막한 고대 도시와도 같은 모습의 이스라엘을 봤다면 이곳 텔아비브는 그야말로 현대 도시와 같은 모습이다. 특히 지중해 해안가에는 호텔과 각국의 대사관, 그리고 쇼핑센터들이 자리 잡고 있어서 바쁘게 움직이는 직장인들과 외국에서 찾아온 사람들로 늘 북적거리고 있다.

아비브 시내
아비브 시내의 디젠고프 광장

그렇다면 이스라엘 수도는 예루살렘인데 왜 이 곳 텔아비브에 외국대사관들이 자리 잡고 있는 것일까? 국제 관례상 대사관은 그 나라의 수도에 자리 잡게 되어 있다. 하지만 이스라엘은 1948년 텔아비브를 중심으로 건국을 한 뒤 1967년 6일 전쟁을 통해 요르단 국가의 영토로 되어 있었던 예루살렘을 빼앗아 이스라엘의 수도로 결정하였지만 국제사회에서는 예루살렘을 이스라엘의 수도로 인정하는데 동의하지 않았다. 이스라엘의 점령지를 수도로 인정하게 되면 국제사회 간의 분쟁이 생길 수 있기 때문이다. 그래서 미국을 포함한 국제사회는 아직도 예루살렘을 이스라엘의 수도로 공식적으로 인정하지 않고 텔아비브에 대사관을 주재시키고 있다.

텔아비브를 소개하기 위해서는 알프레드 드레퓌스(Alfled Dreyfus)라는 사람을 이야기하지 않을 수 없다. 알프레드 드레퓌스는 유대인의 신분으로서는 보기 드물게 젊은 나이에 프랑스의 참모본부에서 대위라는 높은 지위까지 올라간 인물이었지만 1894년 느닷없이 프랑스 주재 독일 군무관에게 해군의 군사기밀을 제공했다는 혐의로 체포가 된다.

드레퓌스의 스파이 혐의는 전혀 근거 없는 것이었지만 그 당시 프랑스에 있는 유대인에 대한 은근한 멸시와 차별대우에서 나온 억지였으며 유대인으로서 프랑스 군대의 요직에까지 유대인이 진출했다는 것에 불만을 품은 군 내부의 모함이었다.

드레퓌스는 자신의 결백을 주장하였지만 그의 소리는 힘을 얻지 못하고 오히려 때를 기다렸다는 듯이 프랑스 언론들은 프랑스의 안보를 위협하고 프랑스의 영토를 차지하려는 유대인이라는 기사로 연일 대서특필하였다.

프랑스 전체는 불에 기름을 부은 듯 유대인을 향한 성토의 목소리가 넘쳐나 그 누구도 드레퓌스의 무죄주장에 귀 기울이지 않았다. 다행히 드레퓌스의 편이 되어 드레퓌스가 스파이를 하였다는 증거를 대라고 주장하는 사람들도 있었지만 참모본부는 군사기밀이라며 증거를 내놓지 않았다.

결국 드레퓌스는 비밀리에 진행된 군사재판에서 억울하다는 호소에도 불구하고 종신형을 언도 받은 뒤 아프리카의 외딴섬으로 끌려가게 되고, 이렇게 드레퓌스는 역사의 뒤안길로 사라지는 듯 하였다.

그 일이 있은 후 3년 뒤, 프랑스의 참모본부에서는 다르쥬 삐까르 중령이라는 장교가 또 다른 스파이 건을 조사하는 과정에서 드레퓌스의 사건이 처음부터 모든 것이 날조되었으며 진범은 에스떼라지라는 프랑스 장교였다는 것을 발견하게 된다. 삐까르는 드레퓌스와 군사학교의 동기생이었다.

그러나 참모본부는 삐까르 중령의 이 같은 이야기를 묵살하고 만다. 몇 년 전에 사건이 모두 마무리 되었고 프랑스 국민들도 잊고 있는 마당에 이제 와서 옛 사건을 다시 끄집어내어 혼란을 일으키고 싶지 않았던 것이다.

뿐만 아니라 오히려 참모본부는 삐까르를 군사기밀 누설죄로 체포함으로써 또 다시 진실은 유대인을 싫어하는 프랑스 지식인층에 의해 빛도 보지 못하고 묻히는 듯 하였지만 이 소식을 전해들은 전 세계의 언론은 그냥 넘어가지 않았다.

"과연 프랑스는 진실을 숨기고 있는 것인가? 왜 피고인에게 단 한 번의 변론의 기회도 주지 않고 비밀재판을 했으며 진범을 밝혀냈다는 일부의 주장을 묵살하는가? 프랑스 언론은 왜 가만히 있는가? 프랑스 언론은 죽었단 말인가?"

전 세계의 언론은 이 같은 기사를 연일 다루었으며, 프랑스 내부에서도 '재심을 해야 한다'와 '재심을 하는 것은 프랑스 재판을 우롱하는 것이다'는 식으로 국민들의 의견이 둘로 갈라지며 연일 데모와 소요가 이어지는 사태까지 벌어졌다.

1887년 에밀졸라도 '로르로'라는 잡지에 '나는 고발한다'라는 제목으로 "드레퓌스는 무죄이며 진범은 따로 있다. 이 같은 사실을 프랑스 참모본부는 모두 알고 있으면서 감추고 있다"는 내용의 원고를 적어서 보도하였다. 이 기사를 읽은 프랑스 국민은 폭동을 일으키고 에밀졸라의 집으로 찾아가 돌을 던지는 등 사태는 심각해졌으며 에밀졸라를 재판에 세워 1년이라는 형기를 받게 하고 투옥시킨다.

이로써 프랑스는 또다시 잠잠해지는 듯 하였지만 스파이 행동을 하였던 에스떼라지는 영국으로 도망을 갔고 그의 범행을 덮어주었던 측근이 자살을 하는 일이 벌어졌다. 영국으로 도망간 에스떼라지는 그곳에서 자신은 프랑스와 독일의 이중첩자였으며 드레퓌스 사건이야 말로 참모본부의 장군들에 의해서 날조된 사건이라는 내용을 고백으로 책을 출판하고 말았다.

전 세계는 분노하기 시작하였고 외국의 프랑스 대사관 앞에는 성난 군중들이 몰려들었으며 프랑스의 국기를 불태우며 프랑스의 정부와 군의 부도덕을 궐기하는 사태까지 벌어졌다. 프랑스는 진퇴양난에 빠지고 말았다.

결국 프랑스는 아프리카 외딴섬의 차가운 방안에서 좌절과 절망에 빠져있던 드레퓌스를 다시 불러내 1906년 7월 12일 재판을 하게 되고 그 자리에서 무죄선고와 함께 소령으로서의 군 복귀 명령을 내리게 된다.

다시는 프랑스 땅을 밟지 못할 것만 같았던 드레퓌스는 8년간이라는 긴 세월을 참고 견디어 냈던 것이다. 유대인이라는 이유 하나만으로 받는 차별대우, 남의 나라에서 얹혀사는 민족의 설움이 드레퓌스라는 인물을 통해 나타났던 대표적인 사건이었다.

이 드레퓌스의 사건을 프랑스에서 처음부터 끝까지 취재한 사람이 있었다. 오스트리아 출신 헤르츨이라는 기자이다. 그는 이 사건을 취재하면서 더 이상 유대인들이 나라 없이 남의 나라를 전전하면서 살기보다는 이제는 고향땅으로 돌아가 2천 년 전에 사라진 조국을 다시 세우자는 생각을 강하게 갖게 된다.

그의 그런 생각은 '유대국가'라는 책으로 발표되었으며, 그는 이 책에서 모든 유대인을 흥분시키는 시오니즘을 부르짖게 된다. 시온이란 예루살렘에 있는 산을 말하는 것이지만 결국 시온산이 있는 예루살렘을 의미하는 것이며 전 세계에 흩어져 있는 유대인들이 이 민족의 박해로부터 벗어날 수 있는 길은 예루살렘으로 돌아가 유대 국가를 건설하는 것뿐이라고 주장을 하였다.

이 책은 전 세계에 있는 유대인들에게 강한 자극을 주었으며 이때부터 유대인들의 활발한 팔레스타인 복귀 운동이 펼쳐진 것이다. 그들이 찾은 곳은 이스라엘의 텔아비브였다. 텔아비브는 귀국선에서 내리는 유대인들로 북적거리기 시작하였다. 이때가 1909년 일이었다.

베드로가 환상을 본 욥바^{Old Jatta}

텔아비브 해안가에서 남쪽으로 바닷길을 따라 약 30분 정도 걸어가다
보면 해안가에 텔아비브 도시와는 또 다른 분위기의 오래 된 도시를 만나게
된다. 이곳은 올드 자파 또는 욥바라고 불리는 곳이다.

예루살렘 성에는 자파 게이트라고 하는 문이 있는데, 이 문을 통해서
밖으로 나온 다음 문과 연결된 길로 따라가면 이곳 자파가 나온다고 해서 자
파 게이트라고 한다. 그만큼 자파는 1909년 이후 신도시로 형성된 텔아비브
와는 다르게 오랜 역사를 가진 도시이다.

구약성경에는 욥바는 단 지파가 살았던 곳이고, 솔로몬 시대에는 욥바
가 이스라엘로 들어오는 바다의 관문 역할을 하는 중요한 곳이기도 하였다.
그래서 솔로몬 왕이 예루살렘에 성전을 짓기 위해 레바논의 백향목을 들여
올 때 레바논을 출발한 배가 이곳 욥바항을 통해 들어왔었다.

그 당시 레바논에서 벌목한 나무는 이스라엘로 들어 올때 배에 싣고 오
기도 하였지만, 놀랍게도 지중해는 위쪽으로 터키와 오른쪽으로 시리아와
이스라엘, 그리고 남쪽으로는 이집트와 리비아 등을 끼고 시계방향으로 해
류가 흐르고 있어서 이스라엘의 북쪽 지방에 있는 레바논의 해안가에서 벌
목한 나무를 바닷물에 띄워놓기만 해도 자연적으로 이스라엘을 향해 내려
왔으며 이스라엘의 욥바항에서는 위쪽에서 떠내려 오는 뗏목을 그저 건져
내기만 하면 되었다. 아마도 솔로몬 왕 시대에도 레바논의 나무를 그런 식으
로 이스라엘까지 가져 왔을 것이며, 그 당시 욥바는 활발한 무역항이었던 것
만은 확실한 것 같다.

요나가 하나님을 피해서 다시스로 가기 위해 배를 올라탄 곳도 이곳 욥

바였다. 다시스란 지금의 포르투갈과 스페인 지역을 가리키는 것으로 이스라엘에서 스페인과 포르투갈까지 가려고 했다는 것은 그만큼 욥바가 장거리행 선박들이 정박했었다는 뜻이기도 하다.

이렇듯 욥바는 항구로써의 역할을 톡톡히 해냈지만 구약성경에서는 중요한 사건의 배경으로 등장하지 않으며, 신약성경에서도 베드로와 관련되어 잠깐 등장하게 된다.

베드로는 예수님의 승천 이후 로마로 가기 위해 이곳의 피장 시몬의 집에서 머물다가 죽은 다비다를 살렸고, 이곳에서 하나님이 보여주시는 환상을 직접 목격하기도 한다. 다비다를 살린 이후 베드로는 구두수선공이었던 시몬의 집 지붕에 올라가 기도를 하는데 갑자기 하늘에서 보자기가 내려오고 그 보자기 속에는 부정한 짐승이 들어 있었고 이를 잡아먹으라는 하나님의 음성이 들렸지만 베드로는 그것을 거절하는 내용이었다.

지금도 욥바에 가면 구두수선공 시몬의 집이었다고 주장하는 곳이 있다. 그 집이 진짜인지는 잘 모르겠지만 올드 욥바의 중앙광장에서 오른쪽으로 보면 오래된 등대가 있는데 그 등대의 왼쪽아래에 구두수선공 시몬의 집이라는 간판이 매달려 있지만 갈 때마다 문이 잠겨 있어서 안으로 들어갈 수는 없었다.

올드 욥바에는 아주 오래되고 큰 교회가 하나 있는 것을 볼 수 있다. 그 교회가 베드로기념교회이다. 베드로가 로마로 가기 직전 이곳에서 머물다가 하나님의 음성을 들은 것을 기념하기 위해 만들어진 교회인데, 이 교회는 십자군 시대에 만들었던 교회의 터 위에 1654년에 다시 세워진 교회이다.

올드 욥바의 중앙광장에서 해안가 쪽으로 자리 잡고 있는 이 교회 안에는 베드로가 죽은 다비다를 살려내는 장면과 시몬의 집 옥상에서 보았다는 환상의 한 장면이 벽화로 그려져 있다. 그리고 올드 욥바에는 오래된 벼룩시장이 있다. 이곳에 가면 지난 세월 세계의 각지에 뿔뿔이 흩어져 살다가 이스라엘 땅을 찾아 온 유대인들이 세계 각국에서 가져 와서 사용했던 옛날 물건들이 잔뜩 나와 있어서 굳이 구입을 하지 않고 그냥 눈으로만 구경을 해도 재미있는 경험이 될 것이다.

이스라엘의 마지막 여행지답게 텔아비브에서는 옷을 벗고 해수욕을 할 수 있다. 바닷가 곳곳에 자리 잡고 있는 탈의실에서 수영복을 갈아입은 후 몸을 지중해에 던지면 지난 이스라엘 여행에서 쌓였던 피곤과 스트레스는 한순간 날아가 버리게 된다. 곳곳에 안전수상요원이 지켜보고 있기 때문에 맘 편하게 수영할 수 있는 지중해 체험은 이스라엘 성지순례에서도 결코 잊지 못할 순간이 될 것이다.

1) 욥바 거리 2) 텔아비브 해안가에서 바라본 욥바

꼭 한번 가고 싶은 이스라엘

초판 1쇄 발행   2008. 06. 20.
　　6쇄 발행   2019. 05. 20.

역은이　　김종철
펴낸이　　방주석
펴낸곳　　베드로서원
주　소　　10252 경기도 고양시 일산동구 고봉로 776-92
전　화　　031-976-8970
팩　스　　031-976-8971
이메일　　peterhouse@daum.net
창립일　　1988년 6월 3일
등　록　　2010년 1월 18일 (제59호)

ISBN   978-89-7419-254-9 03810
책값은 뒤표지에 있습니다.

베드로서원은 말씀과 성령 안에서 기도로 시작하며
영혼이 풍요로워지는 책을 만드는 데 힘쓰고 있으며,
문서선교 사역의 현장에서 세계화의 비전을 넓혀가겠습니다.

나의 힘이신 여호와여 내가 주를 사랑하나이다(시 18:1)